W0279216

MARKUS THIELE

DIE WAHRHEIT DER DINGE

MARKUS THIELE

DIE WAHRHEIT DER DINGE

ROMAN

BENEVENTO

FSC
www.fsc.org
MIX
Papier aus verantwortungsvollen Quellen
FSC® C014496

Die Verwendung des Zitats aus *Homo faber* auf S. 67 erfolgt mit freundlicher Genehmigung des Suhrkamp Verlags und stammt aus:
Max Frisch, *Homo faber. Ein Bericht.* © Suhrkamp Verlag Frankfurt am Main 1957
Alle Rechte bei und vorbehalten durch Suhrkamp Verlag Berlin.

Sämtliche Angaben in diesem Werk erfolgen trotz sorgfältiger Bearbeitung ohne Gewähr. Eine Haftung der Autoren bzw. Herausgeber und des Verlages ist ausgeschlossen.

1. Auflage 2021
Copyright deutsche Erstausgabe © 2021 Benevento Verlag bei Benevento Publishing Salzburg – München, eine Marke der Red Bull Media House GmbH, Wals bei Salzburg

Alle Rechte vorbehalten, insbesondere das des öffentlichen Vortrags, der Übertragung durch Rundfunk und Fernsehen sowie der Übersetzung, auch einzelner Teile. Kein Teil des Werkes darf in irgendeiner Form (durch Fotografie, Mikrofilm oder andere Verfahren) ohne schriftliche Genehmigung des Verlages reproduziert oder unter Verwendung elektronischer Systeme verarbeitet, vervielfältigt oder verbreitet werden.

Medieninhaber, Verleger und Herausgeber:
Red Bull Media House GmbH
Oberst-Lepperdinger-Straße 11–15
5071 Wals bei Salzburg, Österreich

Satz: MEDIA DESIGN: RIZNER.AT
Gesetzt aus der Minion Pro, Bison Bold
Umschlaggestaltung: zero-media.net, München
Umschlagmotiv: Marta Orlowska/Trevillion Images
Printed by GGP Media GmbH, Germany

ISBN: 978-3-7109-0093-8

Für Marion

Prüft euch nur, ob ihr gerecht sein könnt,
wenn ihr es wolltet.

Friedrich Nietzsche

PROLOG

Er habe nicht hingesehen. Das werden die Worte des Pförtners sein, wenn er später vor der Schwurgerichtskammer als Zeuge vernommen wird. Er hat eine Glatze und einen roten Vollbart, und seine Augenlider scheinen unentwegt zu zittern. Er wird aussagen, er könne sich nicht erinnern, bei der Frau eine Eingangskontrolle durchgeführt zu haben. Aber er sei ein gewissenhafter Justizbeamter, darauf wird er bestehen, während seine Blicke keinen Halt finden im Gerichtssaal. Natürlich habe er sie sofort erkannt. Man habe sich gegrüßt und bestimmt auch ein paar Worte miteinander gewechselt, wie die Male zuvor. Dass man sich kenne, sei zu viel gesagt, aber über die Wochen hinweg habe man ein Lächeln für den anderen übrig gehabt, auch wenn ihr das vermutlich schwergefallen sei. Ihr ungeschminktes Gesicht habe oft müde gewirkt, niedergeschlagen; die helle Haut, die eingefallenen Wangen, ihre tränenlosen Augen. Sie habe ihm leidgetan. Den Satz wird er mehrmals sagen.

An jenem Vormittag ist der Oktoberhimmel über Hamburg klar und blau. Die Nacht hat Frost gebracht, er hat sich auf die kahlen Bäume gelegt und funkelt wie Glassplitter im frühen Sonnenlicht. Um 4.30 Uhr ist Corinna Maier aufgestanden, hat Kaffee gekocht und auf ihrem Balkon eine Zigarette geraucht. Danach hat sie in der Dusche eine Stunde lang heißes Wasser auf sich regnen lassen und sich gewünscht, es wäre Abend ohne Tag davor. Sie kann nicht essen, schläft in Versatzstücken und denkt ständig an die Verhandlung. Nach der Dusche war ihr übel, Kaffee und Magensäure schossen ihr die Kehle empor. Sie musste sich übergeben. Danach zog sie sich an, packte ihre Handtasche und ist in die Straßenbahn. Sechs Stationen. Die Fahrt dauerte ewig.

Der Staatsanwalt wird nach diesem vierunddreißigsten Verhandlungstag sagen, die Nebenklägerin sei ruhig und in sich gekehrt gewesen, wie immer. Auffälligkeiten habe sie nicht gezeigt. Ihr Anwalt wird anderer Ansicht sein. Er will eine Veränderung bei seiner Mandantin festgestellt haben, sie sei ihm ungewöhnlich nervös vorgekommen, auch wenn sie kaum ein Wort gesprochen habe. Für ihn sei die Frau zur Überzeugung gelangt, dass für ihren psychischen Druck die Ventile des Rechtsstaats nicht mehr ausreichten.

Dieser Montag, der 25. Oktober 2010, ist einer der kältesten seit der modernen Wetteraufzeichnung. Corinna Maier trägt Schal, Wollmütze und Wintermantel. Auf die spätere Frage, warum sie ihre Handtasche unter dem Mantel getragen habe und nicht darüber wie sonst, wird sie antworten, sie sei sich dessen nicht bewusst gewesen. Als sie gegen 8.30 Uhr das Hamburger Strafgerichtsgebäude am Sievekingplatz betreten will, sind ihre Augen und Wangen gerötet vom eisigen Wind. Vor dem riesigen Renaissancegebäude hat sich bereits eine Menschentraube gebildet. Kamerateams säumen die sechs Stufen bis zur Tür und das Sandsteinplateau davor. Reporter drängen auf Corinna zu, stecken ihr Fragen ins Ohr, halten ihr Mikrofone vors Gesicht. Sie nimmt Frauen wahr, die ihr eine Daumendrückgeste zuwerfen, auf einem Stoffbanner liest sie: »Macht endlich Schluss!« Wie ein Mückenschwarm flirrt alles um sie herum, und sie ist schon im Begriff, die Flucht zu ergreifen, als einer der Pförtner ihren Arm greift und sie mit sich durch die Masse zieht. Im Gebäude schickt er sie durch den Detektor. Als er zu piepen beginnt, lächelt der Pförtner, macht eine abwinkende Geste und sagt, das sei schon in Ordnung. Es ist ihr Lieblingspförtner, der Glatzkopf mit dem roten Bart.

Eine Gerichtsreporterin wird später schreiben, Corinna M.'s Blick sei an diesem Morgen ein anderer gewesen, unterkühlter, abseitiger als sonst, verloren. Als ob ihr schwindelig sei und sie Sorge habe, augenblicklich das Bewusstsein zu verlieren. Die Reporterin will in dem Blick erkannt haben, dass der Dreiundvierzigjährigen das eigene Leben gleichgültig geworden sei.

Als sich der Saal mit Zuschauern füllt, sieht Corinna Maier nicht auf. Noch nicht. Ihr Blick ruht auf der Tischplatte, selbst als der Angeklagte zu seinem Platz geführt wird. Es ist der vierunddreißigste Verhandlungstag, der letzte, der Tag der Urteilsverkündung. Staatsanwaltschaft und Verteidigung haben ihre Plädoyers gehalten. Der Angeklagte hat bisher geschwiegen, jetzt hat er das letzte Wort, das Gesetz sieht es so vor.

Während er aufsteht, erhebt sich auch Corinna Maier. Sie zieht eine Pistole aus ihrer Handtasche und schießt ihm acht Projektile in Kopf und Bauch, ein ganzes Magazin.

Mit einem dumpfen Schlag fällt die Waffe zu Boden. Sofort stürmen Wachleute los und nehmen die Frau fest. Sie leistet keinerlei Widerstand. Auf dem Weg zum Ausgang sagt sie immer wieder:

»Hoffentlich ist er tot.«

2015

Motorsägen. Bestimmt zwei oder drei. Ihr Kreischen schneidet durch die Luft. Petersen sieht Britta und Jannis vor sich, er will sie anfassen, will sie umarmen, um sich ihrer Echtheit zu versichern. Seine Frau und sein Sohn stehen auf einem Ponton, während er auf einem Dampfer an der Reling steht und winkt und das Schiff sich immer weiter entfernt. Sonnenlicht sticht ihm in die Augen, die Luft schmeckt salzig und riecht nach Hafenmodder. Britta und Jannis winken nicht, sie stehen nur da und sehen zu, wie Petersen auf die offene See gezogen wird, ein unbeherrschbares Hinaustreiben, bis Frau und Kind nur noch sandkorngroß sind. Petersen kann sie nicht mehr erkennen, und sie sehen ihn vermutlich auch nicht mehr, aber er winkt ihnen noch immer und fragt sich, wohin er eigentlich fährt und warum seine Familie nicht mitkommt. Als er sich umdreht, sitzen Britta und Jannis in einer Stuhlreihe an Deck und schmökern in irgendwelchen bunten Reiseführern. Sie reagieren nicht, als er sie anspricht. Dafür schneiden die Motorsägen wieder in seinen Kopf, deutlicher jetzt. Die Familie löst sich auf, das Bild an Deck wird matt, ein vergilbtes Polaroid, bis es sich verflüchtigt wie abziehender Hochnebel. Petersen muss aufstehen.

»Wirklich alle?«, fragt der Gärtner, als Petersen wenig später vor ihm steht.

»Alle. Die komplette Südseite.«

»Dann haben Sie aber kein bisschen Schatten mehr im Garten.«

»Im Haus auch nicht.«

Er dreht sich um und betrachtet die Fassade. Putz und Anstrich sind über zehn Jahre alt, an einigen Stellen haben sich Risse gebildet, oder das Weiß ist grau und wolkig geworden. Alles halb so wild, wichtiger sind die Innenräume.

Am Nachmittag rückt er Möbel zur Seite, räumt Gläser, Gemälde und Teppiche in den Keller. Er schraubt Leuchten ab und reißt die Tapete von den Wänden. Auf dem nackten Putz spachtelt er Unebenheiten zu und streicht nach einer Trocknungspause Tiefengrund darauf. Die Luft im Zimmer riecht nach Arbeit, ein Geruch aus seiner Kindheit. Als Vater das Wohnzimmer tapezierte und strich, waren Sofa und Sessel in die Mitte gerückt und mit Folie abgedeckt. Abends saßen sie auf dem Boden. Mutter hatte eine Decke ausgebreitet und Stullen geschmiert, Eier gekocht und ein Glas Gurken geöffnet. Im Hintergrund dudelte das Radio, Petersen trank Pfefferminztee mit Honig. Die Erinnerung an jene Kindertage ist verblasst, das Gefühl von damals ist geblieben: Nie war er seinem Vater näher als auf dem Boden der Wohnzimmerbaustelle, mit dem Geruch von Tapetenkleister und Dispersionsfarbe in der Nase und frischem Gersterbrot mit Schmalz und Harzer Käse im Mund. Da war Vater sein bester Freund.

Die Männer im Garten sägen und hacken und häckseln, transportieren ab, harken sauber und verfüllen die Erdlöcher, die von den Stuken und Wurzeln zurückgeblieben sind. Am Abend sind alle neunzehn Fichten weg. Es ist dunkel. Ob mehr Licht ins Wohnzimmer fällt, weiß Petersen erst morgen.

Als Britta und er damals die Bäume pflanzten, waren sie einen Meter hoch, für größere fehlte das Geld. Sie würden schnell wachsen, hatte der Verkäufer gesagt, der Sichtschutz zu den dahinterliegenden Feldern brauche keine fünf Jahre. Der Mann hatte recht behalten, einige Sommer später konnten die Bauern bei ihrer Feldarbeit nicht mehr in den Garten glotzen. Doch der Verkäufer hatte nicht gesagt, dass die Bäume eines Tages das gesamte Sonnenlicht im Haus nehmen würden, und Petersen hatte nicht daran gedacht. An trüben Tagen mussten sie sogar im Sommer schon morgens Licht anschalten. Das ist jetzt hoffentlich anders.

Das Brot ist trocken, zweiundsiebzig Stunden haben den Saft aus dem Laib gezogen. Er mag kein trockenes Brot, und frisches hat er vergessen. Aber eine einfache, ehrliche Mahlzeit ist ihm immer noch am liebsten: Brot, Schinken, Käse. Schnörkelei braucht er nicht. Also schneidet er eine breite Scheibe ab, halbiert sie und steckt die Hälften in den Toaster. Als er die Eier in der Pfanne verrührt, klingelt das Telefon.

»Petersen.«

»Ich bin's.« Brittas Stimme ist ruhig und gefasst. Seine Frau ist kontrolliert, jedenfalls will sie einen kontrollierten Eindruck vermitteln; er kennt sie. Eine Pause entsteht, Innehalten, auf beiden Seiten schwelen Erwartungen.

»Hi! Wie geht's euch?«

»Ging schon besser«, sagt Britta.

Er weiß nicht, was er antworten soll. Er wünscht sich, dass es seiner Frau gut geht. Erst im Vermissen wird deutlich, was man hatte. So sehr er sich ihren Anruf gewünscht hat, so sehr ist er jetzt davon überrascht. Seit Tagen keine Reaktion von ihr. Er nimmt ihr das nicht übel, keineswegs, aber jetzt hat sie ihn auf dem falschen Fuß erwischt. Er schweigt.

»Was tust du?«

»Renovieren.«

»Was?«

»Renovieren. Wohnzimmer, Jannis' Zimmer. Wurde ja mal Zeit. Die Küche hat es auch nötig. Mal sehen, wie weit ich komme.«

»Und deine Akten?«

So fängt es immer an – mit einem von Brittas Vorwürfen. Sie haben noch keine drei Sätze gewechselt, und schon steht eine seiner vermeintlichen Unzulänglichkeiten zwischen ihnen. Wie oft Petersen ihn schon gehört hat, diesen steten Tropfen. Aus der Reihe ihrer Vorhaltungen ist es diese, die er noch am ehesten nachvollziehen kann, auch wenn er sie objektiv für falsch hält und als ungerecht empfindet.

Britta glaubt, seine Akten seien ihm wichtiger als die Familie. Er entgegnet dann, es seien nicht nur Akten, nicht nur belanglose Amtsvorgänge. Es ginge um Menschen. Sein Beruf verlange Gewissenhaftigkeit. Sie fragt reflexartig, warum ihm fremde Menschen wichtiger seien als die eigenen, und er weiß darauf keine Antwort.

Jetzt, hier am Telefon, ist er nicht frei von diesem Gesprächsmuster, in dem sie sich immer wieder verfangen wie Fische im Schleppnetz. Oder hört er mehr, als gesagt wird? Vielleicht hat sie recht, und es liegt an ihm, dass sie sich nicht mehr verstehen. Vielleicht arbeitet er zu viel und ist zu wenig für die Familie da. Aber es ist nicht fair, ihm das unentwegt vorzuwerfen. Er kümmert sich um seine Familie, das hat er immer getan. Er war für seine Frau da, wenn sie seine Schulter brauchte, und für seinen Sohn, wenn er als Kind böse Träume gehabt hat. Außerdem hat seine Arbeit ihnen ein gutes Leben beschert, das wird auch Britta nicht abstreiten können. In einer Ehe, in der man den anderen besser kennt als sich selbst, bleibt Raum für Wertungen, für Vorwegnahmen. Jeder glaubt, die Empfindungen des anderen zu kennen. Wahrscheinlich liegt man damit öfter falsch, als einem lieb sein kann.

»Warum rufst du an?«, fragt er.

»Soll ich nicht?«

»Doch. Natürlich.«

»Jannis hat vierzehn Punkte geschrieben. In Mathe, Vor-Abi.«

»Das ist ja toll! Er kann Mathe nicht ausstehen. Wo steckt er?«

Mit dem Telefon in der Hand geht Petersen ins Wohnzimmer und knipst das Licht der nackten Glühbirne unter der Decke aus. Es riecht nach Tapetenkleister, die Fensterscheiben sind beschlagen, einzelne Tropfen laufen herab. Die Heizung knackt und gibt ein leises Rauschen von sich. Vaters riesige Hände und die gelben Fingernägel, unter denen stets der Dreck der Forstarbeit klebte. Petersen ist nicht wie er. Und irgendwie ist er es doch.

»Er übernachtet bei Fatme«, sagt Britta.

Fatme. Dem Namen folgt tiefes Schweigen auf beiden Seiten. Der große Knall zwischen ihnen, der Vulkanausbruch, ist gut eine Woche her. Seitdem hat sich Stille ausgebreitet wie ein Lavastrom, der alles Gemeinsame versteinert. Petersen hat sich gegenüber seiner Frau noch nie so wortlos gefühlt. Mit einem Mal kommt alles zusammen, er hat das Gefühl, alle Wetter brechen zugleich auf ihn ein. Er hält das Ruder noch immer in der Hand, aber er verliert den Kurs. Britta, Jannis, Fatme, alles dreht sich in seinem Kopf, der Korkmaz-Prozess, Brittas Vorwürfe, der große Streit. Immer stehe seine Arbeit über allem, und dann seine ewige Rechthaberei. Er spiele den unfehlbaren Richter, der über den Dingen schwebe, aber von wegen, voreingenommen sei er und lasse sich von niederen Vorurteilen leiten. Gerecht? Dass sie nicht lache. Fatme habe er nie akzeptiert. Er mache alles kaputt, seine Familie habe er seiner Sturheit geopfert.

Petersen fuchtelt mit der Hand vor seinem Kopf, als könne er die wirren Gedanken wie Fliegen verjagen.

Jannis ist groß geworden. Manchmal sieht Petersen ihn vor sich, wie der Lütte auf seinem Schoß sitzt und ihn mit seinen Zahnlücken anlacht. Oder auf dem Beifahrersitz ihres alten Kombis, während die Bürsten der Waschanlage über das Auto herfallen, wenn sie samstags zur Tankstelle fuhren. Er hat seinem Sohn noch nie das Tapezieren gezeigt.

»Frank?«

»Ja?«

»Ok, bist noch dran. Dachte schon, du hättest aufgelegt.«

»Nein.«

»Wie geht es *dir* denn?«

Meint Britta die Frage ernst, will sie eine ehrliche Antwort? Es ist nicht seine Art drum herumzureden. »Ich möchte, dass ihr nach Hause kommt.«

Rauschen, ein Knacken. Er stellt sich Britta vor. Sie sitzt auf dem kleinen Telefonbänkchen im Flur ihrer Eltern, den Hörer in der linken

Hand, mit der rechten spielt sie an der gekringelten Schnur. Brittas Rücken ist rund, das Haar ein wenig zerzaust vom Tag. Ihre langen braunen Haare, sie wehen im Wind, dahinter der Atlantik, die Wellen wischen auf den Strand und nehmen die Fußabdrücke mit. Britta streckt die Arme zum Himmel, ihre Augen leuchten. Sein erster Urlaub mit ihr am Meer, sie waren Anfang zwanzig. Der gelbe Fünfzig-Franc-Schein mit der Sonnenblume – zu schön zum Ausgeben.

»Gib uns Zeit, Frank. So geht es nicht weiter.«

»Ja«, sagt er im Affekt.

»Wollte mich nur kurz melden.«

Als er wieder in der Küche steht, ist das Rührei verbrannt. Er schmeißt es in den Müll. Die Pfanne gleich mit. Und das trockene Brot wollte er ohnehin nicht.

In der Nacht ist ihm kalt. Zeit seines Lebens hat er nackt geschlafen, Stoff an den Beinen und auf dem Oberkörper war ihm zu viel. Jetzt friert er, sein Körper ist überzogen mit Gänsehaut, er zittert. Er nimmt seinen Bademantel vom Türhaken. Vor wenigen Tagen erst hat er ihn gekauft, weißer Frotteestoff, ein teures Stück, knapp hundert Euro hat es gekostet, doch genau jetzt ist er jeden Cent wert. In der Küche macht er Licht überm Herd und schenkt den letzten Schluck Rotwein ins Glas, der am Abend übrig geblieben ist. Er trinkt und schaut sich um. Die geflieste Arbeitsfläche im Stil toskanischer Bauernhäuser. Die schweren Holzmöbel mit ihren unbehandelten Oberflächen und der Gasherd mit fünf Kochfeldern. Urlaubsglück aus Italien, hinübergerettet nach Norddeutschland. Wie Wein, der zu Hause nicht mehr schmeckt. Petersen kann den Cotto-Ton nicht mehr sehen. Wenn Britta zurück ist, wird er mit ihr sprechen. Vielleicht geht es ihr wie ihm, sie haben sich nur noch nicht die Karten gelegt. Unausgesprochenes ist schlecht. Das weiß er inzwischen, oder besser: Das ruft er sich immer wieder ins Gedächtnis und versucht, sich danach zu richten. Eine neue Erfahrung. Eine gute. Darauf zündet er sich eine Zigarette an. Ist schließlich niemand da, der ihm das Rauchen im Haus verbieten könnte.

Am anderen Morgen wecken ihn Kopfschmerzen und ein trockener Mund, es ist immer das Gleiche: Der fade Geschmack, den der nachwirkende Tabak hinterlässt, klebt wie eine Wolldecke zwischen Zunge und Gaumen. Also nimmt er sich auch heute vor, mit dem Rauchen kürzer zu treten, obwohl er sich dabei selbst nicht traut – und das, noch bevor er das erste Bein aus dem Bett getan hat.

Er duscht, es ist schon mitten am Vormittag, er kocht Kaffee und presst Orangen aus. Oktoberregen klatscht ans Fenster, während ein kräftiger Nordost ums Haus keift. Er solle ihnen Zeit geben, hat Britta gesagt. Zeit – als könnte sie irgendetwas ausrichten, außer zu vergehen. Wunden soll sie heilen können, aber das ist so nicht richtig. Es ist die Erinnerung, die irgendwann verblasst, bei dem einen mehr, dem anderen weniger, im Guten wie im Schlechten. Im Grunde ist das Berufen auf die Zeit nichts anderes als eine Ausrede für Feigheit. Feigheit, dem anderen die Wahrheit zu sagen, die ehrlichen Gefühle zu offenbaren, weil man ihn nicht verletzen will. Mit der Zeit ist das so eine Sache. Sie mag viel bewirken, mag Wunden heilen, indem sie die Erinnerung trübt. Aber kann sie Empfindungen, die vergilbt sind wie Raucherhände, neues Leben einhauchen?

Die Stille im Haus ist hörbar, jeder Schritt hallt nach. Petersen geht über die Etagen, durch die Räume, hält inne im kahlen Wohnzimmer, in dem die Bodendielen nachgeben und knarren. Ein Festsaal, vor wenigen Stunden noch mit Tanz, Musik und Lachen erfüllt, die Gläser halbvoll auf den Tischen und Papierschlangenfetzen am Boden. Er sieht Jannis als Kleinkind, sein Sohn trägt nichts außer einer Windel und krabbelt voller Stolz und Entdeckerfreude die Holztreppe zum Obergeschoss hinauf. Dabei brabbelt er unentwegt irgendwelches Zeug, das kein Mensch versteht. Kaum sieht er seinen Vater an, gibt der ihm in allem recht. Britta steht unten im Flur und schmunzelt. *Nimm deinen Sohn nicht auf den Arm*, heißt ihr Blick. Genau an dieser Treppe steht Petersen jetzt, sieht nach oben. Kein Krabbeln, kein Lachen, kein mahnender Blick. Und doch ist alles da, alles ist greifbar. Verrückt, irgendwie. Nicht die Momente der Vergangenheit machen traurig, es ist die Unmöglichkeit, sie in die Zukunft zu tragen.

In der Küche dreht Petersen die Heizung höher. Sein luxuriöser Bademantel wird zum Freund, draußen herrscht ein biblisches Unwetter, keinen Fuß wird er heute vor die Tür setzen. Ohnehin gibt es genug zu tun hier drin. Vielleicht nimmt er sich sogar die Küche vor, wenigstens die Wände müssten gestrichen werden. Er kann dieses Pastellgrün nicht mehr sehen! Und das Tropfen des Wasserhahns muss auch endlich ein Ende haben.

Als er Kaffee nachschenkt, klingelt das Telefon. Ihm ist nicht nach Gesprächen zumute, doch bei der Nummer geht er ran. Friedrich wolle sich nach einer Ewigkeit mal wieder gemeldet haben. Ob Petersen Zeit und Lust habe und so weiter, er sei in Hamburg. Also doch raus aus dem Haus. Einem alten Freund sagt man nicht ab. Sie verabreden sich zum Mittagessen.

Zwei Stunden später sitzt Petersen in einer hölzernen Pinte an den Landungsbrücken. Fischernetze hängen von den Decken, sie halten ausgestopfte Forellen und Plastikhummer gefangen. Es riecht nach Fritteusenfett.

Friedrich Timens isst mit Appetit. Er schaufelt Bratkartoffeln, Salat und Lachsfilet in sich hinein, als hätte er seit Tagen nichts gehabt. Petersen pickt mit der Gabel in seinem Krabbensalat und der Folienkartoffel herum.

»Was ist?«

»Nichts. Ich hab nur keinen Hunger.«

Friedrich sieht ihn stirnrunzelnd an, konzentriert sich dann auf sein Essen. Als er fertig ist und zu Petersen rüberguckt, schiebt der ihm seine Krabben und die Kartoffel entgegen. Friedrich grinst.

»Sabine ist noch zur Kur«, sagt er und macht sich über Petersens Teller her.

Die Studienfreunde bestellen Bier und Köm. Wie in alten Zeiten. Draußen sitzen Möwen auf der Balustrade, ihr Gefieder stiebt auf im Wind, die diesige Kälte scheint ihnen so wenig auszumachen wie den Touristen, die an der Scheibe vorbeispazieren. Auf der Elbe schippern ein paar Schuten und Schlepper, dahinter liegt Dock elf mit der Aufschrift »Blohm & Voss«.

Friedrich ist in die Jahre gekommen: dicklich, wässrige Augen, die Lippen in eingezogenem Politikergrinsen verformt. Dazu der Haarkranz und die Mistelzweige geplatzter Äderchen auf seinen Wangen. Er erinnert an eine Fliegerbombe aus dem Zweiten Weltkrieg. Ein massiver, rostiger Eisenklumpen, der am Grund des Meeres liegt und auf Erschütterung wartet.

»Dein Urteil ist endlich online, die Korkmaz-Sache. Hab schon drauf gewartet. Mutige Entscheidung, mein Lieber.« Friedrich spricht mit vollem Mund. Seine Stirn glänzt.

Mutige Entscheidung – wenn Britta das jetzt hören könnte. Für sie war es falsch, ohne Wenn und Aber, selten hat er sie so fassungslos erlebt. Eigentlich ist sie eine intelligente Frau, sie ist besonnen und wägt ab. Und sie versteht juristische Zusammenhänge. Petersen ist vollkommen schleierhaft, warum sie derart emotional auf sein Urteil reagiert hat.

Er sieht Friedrich an: »Es geht nicht um Mut.«

»Sondern?«

»Um die richtige Entscheidung.«

»Und?«, fragt Friedrich. »Ist sie richtig?«

»Sonst hätten wir sie nicht verkündet. Aber warten wir mal ab, was der Olymp sagt.«

»Die Sache liegt beim BGH?«

»Ja. Der Arzt hat Revision eingelegt.«

»Hmhm«, brummt Friedrich und nickt. »In welchem Senat?«, fragt er.

»Im ersten. Warum?«

»Klaus Pieper, der Vorsitzende. Ich kenne ihn ganz gut, Parteikollege. Soll ich ihn mal anrufen?«

Das ist Friedrich. Er glaubt, dass sich alles auf der Welt durch ein Parteibuch regeln lässt. Kurzer Anruf, und die Sache läuft. Petersen weiß, warum er nie in die Politik gegangen ist.

»Das lass mal. Pieper wird seine Arbeit schon machen.«

»Ich sag's ja nur«, sagt Friedrich und hebt die Hände wie gegen eine unsichtbare Waffe.

»Und bei dir? Was macht die Sitzungsarbeit im Bundestag?« Petersen weiß, dass er Fritz damit am Schopf packt.

»Mach dich nur lustig. Deine Meinung zu meinem Job kenne ich. Du nimmst ihn nicht ernst. Und weißt du was? Das ist mir völlig egal!« Mit einer Baguettescheibe wischt er den Teller sauber, bis der letzte Rest Soße verschwunden ist. Dann hält er sich die Faust vor den Mund und stößt auf.

»Ich nehme ihn ernst. Trotzdem schlägst du dir jeden Tag die Falten aus dem Sack. Hier eine Ausschusssitzung, da eine Abstimmung. Nur vernünftige Gesetze, die bekommt ihr nicht mehr hin.«

Petersen beobachtet die Schlamperei des Gesetzgebers seit Jahren, und sie ärgert ihn maßlos. Viel zu oft ist politische Effekthascherei mit im Spiel. Gesetzesänderungen, die mit breiter Brust dem unwissenden Publikum als fortschrittliche Notwendigkeit verkauft und anschließend vom Bundesverfassungsgericht als grundrechtswidrig und für nichtig erklärt werden. Es gibt unzählige Beispiele dafür, aber Petersen will das Wiedersehen mit Friedrich nicht vermiesen. Außerdem ist ihm die Unzulänglichkeit des Gesetzgebers im Augenblick ziemlich egal, er hat ganz andere Sorgen.

Die Kellnerin bringt noch eine Runde Bier und Schnaps, Fritz und Petersen stoßen an. Bisher hat ihm das Bier hier immer geschmeckt, frisch gezapft, gut gekühlt. Heute fehlt Kohlensäure, und zu warm ist es auch. Als Fritz sein Glas absetzt, ist es zur Hälfte geleert.

»Dann lass uns tauschen – ich mache deine Arbeit, du meine. Danach gibt's Manöverkritik. Wie findest du das?«

Petersen kippt sein Bierglas, ohne es anzuheben, die Kante auf dem Pappdeckel. Mit kreisenden Bewegungen fährt er die Konturen des ovalen Brauereiwappens ab. Ein weißer Schlüssel auf rotem Grund.

»Hätte was«, sagt Petersen.

Friedrich hustet und starrt Petersen an. »Hast du was geraucht? Du verabscheust Politik?!«

Abwartend, die Stirn krausgezogen, sitzt Friedrich da. Er wischt sich mit der Serviette über den Nacken. Petersen weicht seinem Blick nicht aus. Was haben sie zusammen gefeiert, früher, zu Studienzeiten. Gelacht, getrunken, sich die Welt erklärt, selbst auf Fritz' Verbindungshaus hat Petersen sich irgendwann wohlgefühlt.

Er verabscheut die Politik nicht. Das Problem ist nur, dass Politik vielfach von Dummköpfen gemacht wird. Von Dummköpfen und Gernegroßen.

»Du warst schon immer ein Weltverbesserer. Komm, lass uns noch einen trinken.« Friedrich winkt der Bedienung.

Die Luft im vollbesetzten Raum ist stickig und dick. Von den Tellern steigt Dampf auf, an den Fensterscheiben hängt Kondensat. Die Kellner bewegen sich schnell und mit ernster Miene. Hier ein Lachen, da Geschirrklappern, Menschen, die niesen und in Taschentücher schnauben. Petersen ist heiß, sein Gesicht glüht, die Hände sind kalt. Eine Weile haben sich die beiden nicht gesehen. Sonst haben sie sich immer viel zu erzählen. Heute ist das Gespräch zäh, die Themen wollen nicht ins Rollen kommen. Man könnte sie für ein Ehepaar kurz vor der Scheidung halten.

Die Kellnerin ist höchstens Mitte zwanzig, beide Unterarme sind tätowiert. *Michelle,* kann Petersen auf der rechten Seite lesen, in langgezogener Schnörkelschrift bedeckt der Name die gesamte Hautfläche zwischen Handgelenk und Ellenbogen. Friedrich zieht die Stirn in Falten, er bedankt sich mit erhobener Hand und kurzem Nicken. Das Lächeln nimmt Petersen ihm nicht ab, dafür kennt er ihn zu lange.

Als die Frau weg ist, schüttelt Friedrich den Kopf. »Mal was anderes«, sagt er. »Hast du's gelesen?«

»Was?«

»Sie wird entlassen.«

»Wer wird entlassen?«

»Na, die Maier. Stand gestern im Abendblatt.«

Was sagt Fritz da? Corinna Maier wird entlassen? Stand im Abendblatt? Hinter Petersens Schläfen setzt ein Stechen ein. Das kann er doch unmöglich überlesen haben. Obwohl – in letzter Zeit liest er kaum noch Tageszeitung, gestern Abend hat er nur den Sportteil durchgeblättert. Er muss schneller atmen, die abgestandene Luft scheint ohne Sauerstoff zu sein. Er öffnet den obersten Hemdknopf. Die feuchte Hitze ist unerträglich. Er schaut durchs Fenster, in der Scheibe spiegelt er sich. Der Haaransatz wird allmählich grau, an den Augen haben die Fältchen zugenommen, und der Dreitagebart ist zu lang.

»Alles in Ordnung?«, fragt Friedrich.

Petersen nimmt die Frage kaum wahr, sie kommt von weit weg, er nickt mechanisch. Es ist tatsächlich an ihm vorbeigegangen, dass sie entlassen wird. Der Tag würde kommen, das war klar. Doch jetzt, da es offenbar so weit ist, krampft sich sein Magen zusammen wie nach verdorbenem Essen. Er ist auf ihre Entlassung nicht vorbereitet. Oder ist er es doch? Wie könnte er nicht darauf vorbereitet sein, wenn seither kaum ein Tag vergangen ist, an dem er nicht an damals gedacht hat? Immer wieder reißen ihn die Schüsse aus dem Schlaf, acht Schüsse sind es genau, die nicht mehr den Angeklagten, sondern ihn, Petersen, treffen, die ihn schweißgebadet aufschreien lassen. Er sieht das Blut, hört die Schreie der Zuschauer im Saal, spürt bis heute die Platzwunde an seiner Stirn, die er sich an seinem Richtertisch geholt hat, als er sich zu Boden warf. Vielleicht hat Britta recht, vielleicht wäre es besser gewesen, wenn er sich professionelle Hilfe geholt hätte. Aber eigentlich hat er sich inzwischen ganz gut im Griff. Die Nächte, in denen er durchschläft, überwiegen schon längst, da muss er nicht zum

Seelenklempner laufen. Er ist mit der Zeit gut darin geworden, die Sache von sich wegzuschieben. Dennoch: Hier und jetzt setzt ihm die Nachricht der Entlassung mächtig zu, sie kommt in einem denkbar ungünstigen Moment. Scheinbar hat sich alles gegen ihn verschworen. Was ist nur plötzlich los? Britta, Korkmaz, und jetzt auch noch die Maler. Ein Schwindelgefühl überkommt ihn, er gerät ins Wanken, kann sich aber an der Tischkante abstützen.

»Mensch, Frank, was ist denn los?« Friedrich reicht Petersen ein Taschentuch herüber.

Er wischt sich die Stirn trocken, holt Luft.

»Sag bloß, du wusstest das noch nicht?« Friedrich zieht die Augenbrauen hoch. »Verschlingst doch sonst drei Zeitungen am Tag.«

Petersen zuckt mit den Achseln. »Ich weiß nicht, was los ist in letzter Zeit. Vielleicht werde ich einfach nur alt. Dieser ganze Scheiß damals hat mir ziemlich zugesetzt.«

Es hat wieder zu regnen begonnen. Schneeregen, der vom Wind verwirbelt wird. Passanten kämpfen mit offenen Schirmen.

»Vier Jahre sind 'ne lange Zeit«, sagt Friedrich gegen die Scheibe, so dass sich ein Nebelfleck darauf bildet, der gleich wieder zerrinnt. Er legt seine Hand auf Petersens Unterarm. »Frank? Ist wirklich alles okay? Du siehst beschissen aus.«

»Ja, ja, schon gut. Ich dachte nur, ich wäre darüber hinweg. Aber allein ihren Namen zu hören …«

»Ich weiß. Ich weiß das. War keine leichte Sache für dich.«

Eine Fähre macht an den Landungsbrücken fest und spuckt Fahrgäste aus. Das Schiff schwankt im Wasser. Eine alte Frau steht gebeugt auf dem Ponton, sie stützt sich auf einen Mülleimer, der Menschenstrom rauscht an ihr vorüber. Als der Weg frei ist, zieht sie sich klapprig die Gangway vorwärts. Drüben auf der anderen Seite wird Dock elf geflutet, eine Sirene quäkt, die Warnleuchten an den Seiten blinken. Ein paar Männer stehen oben an der Reling, die Reflektorstreifen ihrer Sicherheitsjacken glänzen.

Das Frauengefängnis liegt nördlich von Husum. Von hier keine zwei Stunden mit dem Auto.

Um kurz nach vierzehn Uhr versucht Petersen aus dem Wagen, die Präsidentin des Landgerichts Hamburg, Katharina Winterfeld, ans Telefon zu bekommen. Er erreicht nur die Mailbox, also hinterlässt er eine Rückrufbitte. Nein, es ist nicht vermessen, seine Chefin zum Essen einzuladen. Außerdem erscheint eine Unterredung in ihrem Dienstzimmer der Sache nicht angemessen.

Der Straßenverkehr an diesem Mittwochnachmittag läuft dahin wie Harz vom Baum, die B5 in Richtung Süden ist dicht. Rückleuchten verschwimmen im Regenstaub. An der Tankstelle kurz vor der Kreuzung nach Reinbek kauft er Zigaretten. Scheiß Vorsätze; ein Mann mit einundfünfzig muss richtig von falsch trennen und Entscheidungen treffen können. Ein Strafrichter sowieso. Und zu Recht wird dabei Vernunft von ihm verlangt. Der Job ist das eine. Ob er raucht, was anderes. Seine Unvernunft. Den Luxus darf er sich gönnen; in dieser Sache geht es schließlich nur um ihn.

In den vergangenen Tagen ohne seine Arbeit ist er sich nackt vorgekommen. Jede Menge freier Zeit liegt vor ihm, doch er kann nichts mit ihr anfangen, sie segelt unter falscher Flagge. War sie früher oft herbeigesehnt, ist sie jetzt nichts weiter als eine Flucht. Eine Flucht vor Antworten, die ihm Angst machen, auf Fragen, die er sich nicht zu stellen traut. Also ergeht er sich in Aktionismus. Er renoviert das Haus. Erledigt Tätigkeiten, von denen er geglaubt hat, sie verlernt zu haben, und fragt sich nach dem Sinn. Vielleicht sollte er doch an die Küste fahren. Am Meer entlangschlendern, den Gedanken nachhängen, sich sortieren. Klarheit finden. Kann einem abgeliebten Fleckchen Erde durch frische Tapeten, Wandfarbe und Möbel neues Leben eingehaucht werden? Kann er damit die Patina seiner Vergangenheit überstreichen? So kann es jedenfalls nicht weitergehen, es ist ein Treten auf der Stelle, Petersen liebt seine Familie, ohne sie ist er nur halb.

Ein Tonkrug, hat Britta gesagt. Ihr gemeinsames Leben sei wie ein Tonkrug, der zu Bruch gegangen ist. Sie hätten die Scherben zusammengeklebt, der Krug sei wieder ganz, das stimme schon. Aber man sehe überall Risse, Klebenähte, die kleinen Löcher, weil sie die letzten Scherbensplitter nicht hatten finden können. Er sei nicht mehr derselbe. Undicht, unbrauchbar, nur noch schöne Erinnerung. Risse gehörten zum Leben, gab er zur Antwort, Reibungskanten seien täglich Brot. Es gehe um Respekt und darum, dem anderen trotz aller Zweisamkeit seine Individualität zu lassen. Darauf schwieg sie, bis sie sagte, Individualität und Egoismus lägen dicht beieinander.

Aus dem Radio quäkt Phil Collins *Take me home*. Das Konzert, Mitte oder Ende der Neunziger. Britta war mit Jannis schwanger. Sie waren Genesis auch ohne Peter Gabriel treu geblieben. Die Messehalle war ausverkauft, schwitzende Menschenmassen, die sich schoben und einander anlachten, die ihre Arme in die Luft streckten und jedes Lied mitgrölten. Britta und er standen an der Bühne, er hatte zuvor gefragt, ob Britta sich das zutraue, diese Anstrengung. Logisch, hatte sie geantwortet. Mit der U-Bahn waren sie zum Messegelände gefahren. Dicke, nasse Luft, die drängelnden Körper und das Hämmern der Bässe waren zu viel, sie gingen nach einer Stunde wieder. Britta ärgerte sich mehr als er. Sie versprachen einander ein neues Konzert. Beim Versprechen ist es geblieben.

Als er gerade in die Einfahrt biegt, klingelt das Handy, die Nummer leuchtet im Display. Der Rückruf, auf den er gewartet hat.

Katharina Winterfeld entschuldigt sich, sie habe noch Sitzung gehabt und so weiter.

«Was kann ich für Sie tun?«

»Ich bräuchte mal Ihren Rat. Als Kollegin und als Chefin.« Und weil eine Pause zu entstehen droht, schiebt er nach: »Kann ich auf Ihre Verschwiegenheit vertrauen?«

Sie ist eine kluge und attraktive Frau in den Vierzigern. Viele Kollegen trauen ihr das Amt der Präsidentin nicht zu, aber das sagt natürlich niemand laut. Ihre langen, schwarzen Haare und die immer roten Lippen trüben die Objektivität, vor allem die der Männer.

»Natürlich können Sie das. Das wissen Sie doch. Worum geht's?«

Für Petersen ist sie die Idealbesetzung auf dem Posten. Nach seiner Auffassung ist sie nicht nur eine exzellente Juristin, sondern auch eine gewissenhafte Führungskraft. Sie interessiert sich für die Belange ihrer Mannschaft und nimmt sich Zeit für jeden Einzelnen, wenn es darauf ankommt. Er vertraut ihr, sie ist genau die Person, die er jetzt braucht.

»Hätten Sie heute Abend Zeit? Es ist etwas Persönliches«, sagt er. Es knackt in der Leitung. Hoffentlich versteht sie sein Anliegen nicht falsch.

»Mittwochs habe ich eigentlich meinen Tennisabend«, sagt sie. »Aber wenn ich ehrlich bin, kommt mir Ihr Anruf sehr gelegen, mein rechter Arm tut seit ein paar Tagen weh, spielen kann ich sowieso nicht. Verraten Sie mir, was Sie auf dem Herzen haben?«

»Es geht um mich«, sagt er und merkt seine Unbeholfenheit, kaum dass er die Worte ausgesprochen hat. »Ich würde mich gern mit Ihnen über meinen Job unterhalten und über ein paar andere Dinge.«

Wieder knackt es in der Leitung, und ein leises Sirren ist zu hören. Sie verabreden sich für das *Rigoletto* am Jungfernstieg, halb acht. Petersen bestellt einen Tisch. Dann stellt er den Wagen ab und geht ins Haus.

Er zieht sich seine Laufschuhe an und seinen blauen Trainingsanzug und setzt ein Basecap auf. Es hat aufgehört zu regnen, und der Wind ist auch weniger geworden. Kein optimales Wetter zum Joggen, aber besser als nichts. Mal sehen, ob er seine alte Strecke noch immer in einer Dreiviertelstunde schafft. Zuversicht ist eine Droge.

Nach siebenundfünfzig Minuten ist er völlig erschöpft zurück. Die Oberschenkelmuskeln brennen, der Schweiß rinnt ihm von der Stirn, und seine Lungen tauschen nicht so viel Sauerstoff aus, wie er benötigt. Er muss wieder mehr trainieren, es gab eine Zeit, sie liegt noch nicht lange zurück, da ist er fünf Mal die Woche gelaufen. Bei

Wind und Wetter. Das war dieselbe Zeit, als Britta und er noch jeden zweiten Tag gevögelt haben. Muss vor Jannis' Geburt gewesen sein, also doch schon achtzehn Jahre her.

Nach einer heißen Dusche und einem Espresso legt er sich im Schlafzimmer aufs Bett und stößt den Rauch seiner Zigarette an die Decke. Der Rauch verfängt sich im Silberlüster und wabert auseinander. Petersen hat noch nie im Schlafzimmer geraucht, er wird nachher lüften. Wenn Britta zurück ist, hört die Raucherei im Haus wieder auf.

Er öffnet den großen, weißen Kleiderschrank und geht seine Klamotten durch. Eine Jeans, ein weißes Hemd und ein dunkelblaues Sakko erscheinen ihm für den Anlass passend.

Kurz vor halb acht steht er im *Rigoletto*. Räume, von deren Stuckdecken messingfarbene Kronleuchter hängen. Weißgedeckte Tische, große Teller, gerahmt von zwei Paar Silberbesteck. Daneben breitbauchige Weingläser auf hohen Stielen, in denen sich Kerzenlicht spiegelt. Im *Rigoletto* verbietet es sich, Pizza zu bestellen, selbst wenn sie auf der Karte steht. Petersen nimmt die Stoffserviette vom Teller und legt sie halbgefaltet auf seinen rechten Oberschenkel. Er war schon lange nicht mehr hier, aber alles ist wie in seiner Erinnerung, alles atmet noch immer Gediegenheit, eine kleine Empfangshalle in einem Schloss. Vielleicht ist dieser Rahmen nicht der richtige für ein dienstliches Gespräch. Andererseits, im Grunde ist es ja eher privat.

Er bestellt ein Glas Lugana zum Aperitif, obwohl er sich nicht viel daraus macht. Weißwein ist für Frauen, die ihr Glas mit abgespreiztem Finger halten, das ist ihm zu etepetete. Petersen trinkt Rotwein oder noch lieber einfach ein kühles Bier, aber im *Rigoletto* gilt für Bier das Gleiche wie für Pizza.

Draußen gleiten Autos über die Straße, keine Spur vom Lärm, den sie verursachen, der Raum ist gegen Einflüsse von außen gut gesichert. Als sein Glas geleert ist, fragt er sich, ob Frauen sich verspäten, weil sie es wollen oder nicht anders können. Britta kann Stunden zuvor frei haben, im Kino kommt sie erst an, wenn der Film schon läuft.

Der Kellner begrüßt Katharina Winterfeld mit Handschlag. Sie entschuldigt sich bei Petersen, ihr Auto sei nicht angesprungen. Den Mantel reicht sie dem Kellner. Petersens Frage nach einem Aperitif verneint sie und nimmt Rotwein. Er bestellt Gallo Nero, den ersten Schluck trinkt sie mit geschlossenen Augen, ihre Finger behält sie am Stiel.

»Also, dann lassen Sie mal hören. Bekommt Ihnen der Urlaub nicht?« Sie schmunzelt und stellt ihr Glas auf den Tisch.

Petersen lacht kurz. »Nein, nein, der Urlaub war überfällig. Das ist es nicht.« Die Kerze vor ihm steht still im Raum. Wenn man direkt in die Flamme sieht, verdunkelt sich alles um sie herum, und es scheint, als schwebe sie frei in der Luft.

Petersen räuspert sich. »Danke, dass Sie so spontan für mich Zeit hatten. Die Sache ist die ... ich ... also, wie soll ich anfangen?«

Sie lächelt, ihre roten Lippen glänzen.

Am Tisch nebenan sitzt ein junges Paar. Der Mann trägt ein lässiges Shirt und Jeans, die Frau eine Bluse, die in einem Cordrock steckt. Sie essen Pizza und trinken Bier, und Petersen muss innerlich über sich lachen.

»Zurzeit scheint bei mir alles ein wenig – wie soll ich sagen? – aus den Fugen geraten zu sein. Ich habe das Gefühl, kein Stein sitzt mehr auf dem anderen. Beruflich, wie auch privat.« Er nippt am Glas.

»Sie machen es spannend«, sagt sie. »Ich möchte Ihnen nicht zu nahe treten, Frank, aber ich frage mich, was es so Wichtiges gibt, das wir nicht auch nach Ihrem Urlaub im Gericht besprechen könnten. Aber wie dem auch sei, ich war schon lange nicht mehr hier, ich habe mich wirklich darauf gefreut. Zum Wohl.«

Sie stoßen an.

»Geht mir auch so. In die guten Restaurants kommt man viel zu selten.«

Der Kellner bringt die Karte. Petersen kann sich auf das Angebot nicht konzentrieren, er liest, ohne dass die Wörter eine Emotion oder eine Geschmacksvorstellung hervorrufen. Die Seite mit den Pizzen überblättert er, die Auswahl an Fleisch ist so klein wie gehaltvoll, Ossobuco hatte er lange nicht. Katharina Winterfeld nimmt Thunfisch auf Wirsing. Eine selbstbewusste Kombination, sie passt zu ihr.

Sein Appetit ist begrenzt, seit Tagen. Das wundert ihn nicht, das war schon immer so, wenn er Grundsatzfragen gewälzt hat. Und so grundsätzlich ging es ihm noch nie ans Eingemachte, in jeder Hinsicht. Das *Rigoletto*, hat er gehofft, würde den Appetit zurückbringen. So einfach ist es aber nicht.

»Also?«, sagt sie. »Ich bin ganz Ohr.«

»Nun, die Sache ist die. Es ist vermutlich das Beste, wenn ich meinen Stuhl räume. Wie müsste ich das anstellen? Ich bin Beamter. Kann ich einfach kündigen? Wie geht so etwas vor sich?«

»Sie wollen was?« Ihre Augen werden größer.

»In letzter Zeit …« Wie soll er es formulieren? Er hat noch mit niemandem darüber gesprochen, nicht mit Friedrich, nicht mit Britta. Eigentlich ist er sich selbst nicht im Klaren darüber. Es ist nicht leicht, in Worte zu fassen, was ihn seit Monaten, vielleicht schon seit Jahren umtreibt und sich in den letzten Tagen so deutlich zugespitzt hat. Selbstkritik braucht Mut. Der scheint ihm abhandengekommen zu sein.

Aus Lautsprechern, die fast unsichtbar in die Decke eingelassen sind, dringt leise Musik, Claudio Baglioni mit *Noi no*. Katharina Winterfeld nippt an ihrem Glas.

»In den letzten zwei Jahr bin ich vom BGH vier Mal aufgehoben worden. Das kannte ich bislang nicht. Meine Urteile haben immer gehalten. Mit Karlsruhe hatte ich eine Art unausgesprochenen Nichtangriffspakt: Ich kritisiere ihre Urteile nicht, sie winken meine durch. Hat gut geklappt. Aber jetzt liegt auch noch die Korkmaz-Sache beim ersten Senat.«

Nach vorn gebeugt legt sie ihre Hände übereinander auf den Tisch. Lange, unlackierte Nägel an langen, dünnen Fingern. Die Augen der Frau strahlen Sanftmut aus, die schwarzen Haare fallen links und rechts herab und glänzen; kaum zu glauben, dass sie schon fünfundvierzig ist. »Sie sind einer der erfahrensten und besten Strafrichter, die ich kenne. Natürlich werden Urteile hin und wieder aufgehoben. Na und? Was sagt das über die Qualität? Gar nichts. Jedenfalls nicht bei Ihnen. Sie sind Profi. Sie haben Mut, den Menschen auch unbequeme Entscheidungen zuzumuten. Manchmal hoch am Wind, aber immer fundiert. So ist es, da schmeichele ich Ihnen nicht.«

Sie nimmt ihren Oberkörper zurück und macht Platz auf dem Tisch, als der Kellner zu servieren beginnt.

»Meine letzten Urteile wurden nicht einfach aufgehoben«, sagt Petersen. »Sie wurden aufgehoben und zurückverwiesen, weil mir mangelnde Sachverhaltsaufklärung vorgeworfen wurde.«

Sie isst schnell, außergewöhnlich schnell. Es sieht nicht nach Eile aus. Es wird Hunger sein, schlichter Hunger einer Frau ohne Allüren.

»Frank, wir alle machen Fehler. Kein Beinbruch. Man darf es nur nicht zur Gewohnheit werden lassen. Und davon sind Sie nun weiß Gott weit entfernt.«

Das Paar am Nachbartisch hat die leeren Teller zur Seite geschoben und hält sich bei den Händen. Der Mann flüstert der Frau unhörbar etwas zu, sie lacht darauf und sieht zu Boden.

Katharina Winterfeld hat recht und unrecht zugleich. Aber ein Drama besteht aus mehreren Akten, und er möchte es nicht bis zum Höhepunkt kommen lassen. Keiner hat ihm je gesagt, wann eine Graustufe hell oder dunkel ist. Er mag kein Grau.

»Ich nehme meinen Job ernst und kenne das Gesetz. Jedes einzelne Verfahren ist ein Drahtseilakt, und die Sturzgefahr ist groß. Das habe ich mit den Jahren gelernt, und mich interessiert nicht, was andere von meinen Urteilen halten. Ich muss mich morgens im Spiegel angucken können.«

»Und? Können Sie?« Katharina Winterfeld hat Thunfisch und Wirsing fast aufgegessen. Kaum vorstellbar, dass die Kombination wirklich genießbar ist.

»Ich glaube, dass ich bislang ein gutes Händchen hatte. Aber vielleicht werde ich allmählich bequem. Oder selbstverliebt. Fragen Sie den Mörder, ob er lebenslänglich als gerecht empfindet. Er wird anders antworten als die Angehörigen des Opfers. Gerechtigkeit ist Wunschdenken. Daran können sich Philosophiestudenten austoben. In unserem Job geht es allein um Gewissenhaftigkeit. Mehr haben wir nicht abzumachen.«

Sie sitzt ihm ruhig gegenüber, fast gebannt, das Besteck in den Händen, die jetzt neben ihrem Teller ruhen. Sie zieht die Augenbrauen hoch, lächelt und nickt. »Wissen Sie, was mein Vater immer gesagt hat?«, fragt sie.

»Nein.«

»Er sagte, jede Gesellschaft hat die Justiz, die sie verdient.«

»Und welche Justiz hat unsere Gesellschaft verdient?«

Sie legt das Besteck beiseite. »Eine mit Menschen wie Ihnen, Frank Petersen.«

Die Worte seiner Chefin hallen in ihm nach. Er prostet ihr mit seinem Glas zu und sieht aufs Tischtuch, auf dem sich ein paar Soßenspritzer um seinen Teller herum versammelt haben.

Er weiß, wie sehr sie seine Arbeit schätzt. Dennoch kann er sich nicht freuen. Seine Selbstzweifel sitzen tief, sie haben sich eingenistet in seinem Inneren und keimen ständig aus. Sie sprechen mit verschiedenen Mündern, Britta, Korkmaz, der BGH, und jetzt ist auch die verstummte Corinna Maier wieder da, alle reden durcheinander, er kann sich keinen Reim darauf machen.

Petersen braucht Richtung, und sein Kompass hat den Geist aufgegeben. Er hasst Kakophonie, sie ist ein Labyrinth ohne Ausgang, eine Gleichung mit zu vielen Unbekannten; er verzettelt sich, sobald er zu rechnen beginnt.

Vom Ossobuco liegt noch die Hälfte auf dem Teller, er bekommt nichts mehr runter. Er legt das Besteck auf den Tisch und wischt sich mit der Serviette über den Mund. Aus der Küche dringt leises Geschirrklappern, Gäste stoßen mit Gläsern an, das Paar nebenan küsst sich, alles im gedämpften Licht der tönernen Wandleuchten.

»Haben Sie gelesen, dass Corinna Maier entlassen wird?« Petersen schenkt Wein nach.

»Ja, habe ich. Ist das der Grund für unser Abendessen?«

»Hm«, macht er und sieht sie an. Katharina Winterfeld schiebt sich das letzte Stück Fisch in den Mund. Sie tupft die Lippen mit der Serviette ab, die sie danach fast andächtig gefaltet neben den Teller legt.

»Sie haben damals keinen Fehler gemacht. Außerdem liegt das Verfahren Jahre zurück. Corinna Maier würde irgendwann entlassen werden, damit war zu rechnen. Die Sache ist doch längst vergessen.«

»Vergessen? Wer hat sie vergessen? Sie? Die Kollegen? Die Menschen da draußen? Mir genügen vier Jahre nicht, das ist zu kurz zum Vergessen. Kaum ein Tag vergeht, an dem ich nicht daran denke.«

Ihm ist warm geworden, er spürt seinen Puls. Katharina Winterfeld sagt nichts, wartet. Er leert sein Wasserglas in einem Zug.

»Wissen Sie, was meine Frau sagt?«

»Na?«

»Ich hätte den Respekt verloren.«

»Ihr gegenüber?«

»Allem gegenüber.«

»Und, haben Sie?«

»Tse«, macht er. Natürlich hat er das nicht. Aber irgendetwas ist dran an Brittas Sicht. An ihren Worten ist immer was dran, auch wenn er das ungern zugibt. Sicher, es ist möglich, dass Britta gänzlich unrecht hat. Allerdings kennt sie ihn seit über zwanzig Jahren, Höhen und Tiefen haben sie hinter sich. Der Tod seines Vaters, als Petersen an allem zweifelte. Britta war da, hat ihn gestützt. Sie weiß, was er braucht. Sie weiß, wer er ist. Vielleicht mehr als er selbst. Sie meint es gut mit ihm. Sie muss zu ihm zurückkommen.

»Anerkennung ist gefährlich«, sagt er. »Jedenfalls auf Dauer. Man gewöhnt sich an Lob, und die Kritiker belächelt man irgendwann.

Protest? Wird weggewischt. Ist unsachlich. Unausgegoren. Zweifelnde Kollegen oder Freunde? Haben keine Ahnung. Haben nicht genug nachgedacht. Und eines Tages – aber das merken Sie natürlich nicht – kommt der Augenblick, da verlieren Sie die Obacht. Die Routine übernimmt das Ruder, Ihr Sorgfaltsanspruch tritt langsam, aber sicher ins zweite Glied. Und dann? Weitermachen! Wie immer. Sie ficht nichts an. Bis an einem hundekalten Montagmorgen in Ihrem Gerichtssaal eine Frau ein komplettes Magazin in den Angeklagten schießt.«

Die Arme vor der Brust verschränkt, lehnt sich Katharina Winterfeld zurück. Ihr Gesichtsausdruck ist schlecht zu deuten, dafür kennt er sie nicht lange genug, schon gar nicht in einer Situation, in der er Sorge hat, schon zu viel von sich preisgegeben zu haben. Aber es tut gut, jemanden bei sich zu haben, dem man sich so offen anvertrauen kann. Es hat den Anschein, als spreche aus den Augen der Frau Verständnis, vielleicht sogar ein wenig Dankbarkeit für so viel Offenheit.

»Frank.« Sie legt die Hände in den Schoß. »Corinna Maier ist verurteilt worden, weil sie einen Menschen erschossen hat. Ja, vielleicht sind Sie nicht mehr selbstkritisch genug. Aber das hat die Frau nicht dazu veranlasst, den Abzug zu drücken. Sie hat geschossen, weil sie mit keinem anderen Urteil außer dem Tod des Angeklagten einverstanden gewesen wäre. Sie hat sich selbst zum Richter erhoben, weil sie Ihren Spruch nie akzeptiert hätte.« Katharina Winterfeld zieht die Augenbrauen zusammen.

»Was ist, wenn Sie sich irren? Ich habe mir immer wieder den Kopf zermartert über die Motive dieser Frau. Worauf hat sie gewartet? Warum hat sie sich das angetan? Vielleicht hätte ich es verhindern können.«

»Dann sagen Sie mir, wie.«

Das junge Paar nebenan ist aufgestanden und verlässt Arm in Arm den Raum. Das weiße Tischtuch ist voller Krümel, ein Bierglas noch halbvoll.

»Wenn ich das wüsste. Seit die Schüsse gefallen sind, frage ich mich das jeden Tag. Ich habe keine Ahnung. Ich weiß nur, dass eins feststeht.« Petersen schluckt trocken.

»Nämlich?«, fragt Katharina Winterfeld.

»Dass mein Leben seitdem den Bach runter geht.«

1989

Allmählich füllt sich der Hörsaal des medizinischen Instituts der Uni Hamburg. Das Halbrund der Stuhlreihen, ansteigend wie in einem Amphitheater, wird auch heute bis auf den letzten Platz voll besetzt sein. Die Zuspätkommer werden links und rechts davon auf den mit grauem Filzteppich beklebten Treppenstufen sitzen müssen.

Corinna ist unsicher. Sarah steht lächelnd mit schrägem Kopf vor ihr und wartet auf Corinnas Antwort. Wie soll sie reagieren? Sarahs Angebot ist verlockend, eine solche Einladung hat sie bisher noch nicht bekommen, fünf Semester lang nicht. Das *Sachs* ist eine Institution in Hamburgs Kneipenszene; da war Corinna noch nie, Tante Anne hat sie davor gewarnt, Drogen und so. Sagt sie jetzt zu, wird sie ein schlechtes Gewissen plagen. Gibt sie Sarah einen Korb, ist sie endgültig raus aus der Clique. Ist sie überhaupt drin?

»Gern«, hört sie sich sagen, und schon ist ihr mulmig. Sie zieht abends nicht um die Häuser. Ohne das Geld aus dem Nebenjob geht gar nichts, ausgerechnet heute Abend hat sie Schicht, von neunzehn bis dreiundzwanzig Uhr sitzt sie am Bibliotheksschalter. Sie braucht eine Vertretung.

»Schön«, sagt Sarah, drückt ihr ein Einladungskärtchen in die Hand, dreht sich um und geht rüber zu Karina und Silvia.

Warum setzt sie sich nicht neben Corinna? Sitzt man nicht im Hörsaal zusammen, wenn man gemeinsam ausgeht? Corinna sieht zu den dreien hinüber. Sarah stammt aus Köln, mehr weiß Corinna nicht über sie. Sarah hat sich den Kopf kahlgeschoren, weil sie lange Haare tussihaft findet, dafür trägt sie zu jeder Tageszeit knallbunte Hängeohrringe. Daneben Karina, eine Halbrussin, mit beneidenswert langen Beinen und stahlblauen Augen, und Silvia, die mit ihren Eltern West-Berlin den Rücken gekehrt und in der Hansestadt festgemacht hat, in Altona; es dauerte kein Jahr, da bekam der Vater Heimweh und zog zurück nach Berlin, Frau und Tochter hat er nie gefragt, ob sie mitkommen wollen. Hin und wieder unternimmt Corinna etwas mit den dreien, Lerngruppe, Tee am Nachmittag. Zum Ausgehen wurde sie noch nie eingeladen, und wenn sie ehrlich ist, bleibt sie lieber für sich. Aber jetzt abzusagen käme völliger Isolation gleich. Sie freut sich also. Tante Anne wird sie besser nichts davon erzählen.

In den ersten Reihen des Hörsaals sitzen immer dieselben Gestalten; Jungs aus gutem Hause mit englischen Wachsjacken und Einstecktuch. Stellt der Professor eine Frage, schnellen ihre Finger in die Luft, einige mit Siegelring. Sie sind laut und präsent, sie glauben sich umhüllt von einer eigenen Aura, mit dem Duft der weiten Welt. Sie sind die Auserwählten, zum Herrschen bestimmt. Allein, weil Papa Chefarzt oder Anwalt oder sonst was ist. Corinna darf die Salbe aus der Apotheke für Tante Anne nicht vergessen.

Neben den Wachsjacken-Alphatierchen sitzt – natürlich mit gehörigem Abstand – das Grauen: Volker Puvogel, von allen nur »die Taube« genannt. Er ist schwerhörig wie ein Greis und kleidet sich auch so: speckige Cordhose und Holzfällerhemd. Am Gürtel baumelt ein Schlüsselbund mit Fuchsschwanz. Von den Holzfällerhemden scheint er Hunderte zu besitzen, alle mit etwas unterschiedlichem Muster und doch alle gleich. Das Verrückte ist: Trotz seiner vielleicht fünfundzwanzig Jahre riecht er wie ein alter Mann. Wen wundert's da, wenn jeder im Semester einen Bogen um ihn macht, Corinna eingeschlossen, obwohl es nur fair wäre, ihm reinen Wein einzuschenken. Jeder, auch die Taube, hat eine Chance verdient. Nur müsste sich dazu einer finden, der es gut mit ihm meint und auf den Volker Puvogel hört. Das ist Corinna – eine Frau – sicher nicht.

Prof. Manthey betritt die Bühne. So muss man es nennen. Ihm ist weniger daran gelegen, seinen Studenten didaktisch aufbereitet etwas beizubringen; ihm geht es nicht um das Wie. Ihm geht es allein um das Was. Und so redet er eineinhalb Stunden lang druckreif und für eine Hörspielkassette geeignet über Molekularbiologie, ohne dass Corinna irgendwas kapiert. Sie ist zweifellos nicht die einzige im Saal, viele sitzen stirnrunzelnd oder kopfschüttelnd da, während sie versuchen, der schnellen Folge der Overheadfolien an der weißen Leinwand zu folgen.

»So will ich denn die heutige Veranstaltung schließen. Sie arbeiten bitte nach, die Kapitel sechsundvierzig bis fünfzig. Nächste Woche wird die Klausur geschrieben. Bis dahin, eine gute Zeit.« Der Professor verneigt sich wie ein Theaterschauspieler, schnappt sich seine Aktentasche und verschwindet unter dem einsetzenden Geklopfe der Studenten aus dem Raum. Die Typen in der ersten Reihe können gar nicht genug bekommen, sie hämmern mit den Knöcheln noch auf die Schreibablagen ein, als Manthey den Saal längst verlassen hat.

In der Mensa herrschen Hochbetrieb und Chaos. Alles drängelt, grabscht nach Tabletts, Besteck, Tellern, Gläsern. Von den vier zur Wahl stehenden Gerichten nimmt Corinna den Eintopf. Von Sarah, Karina und Silvia keine Spur.

Plätze an den langen Tischreihen sind Mangelware. Überall wird gegessen, gelacht, gequatscht. Mit ihrem Tablett in der Hand steht sie im Gang und sucht. Hinten in der Ecke ist noch was frei, ein Platz am Fenster, wer hätte das gedacht? Die Sonne bricht sich im Blattwerk der Bäume und fällt sprenkelnd in den Raum.

»Darf ich?«, fragt sie den jungen Mann am Tisch.

»Oh, yes, sure, bitte.« Er räumt ein paar Bücher vom Stuhl und legt sie hinter sich auf den Boden.

Corinna hat ihn schon mal gesehen, neulich, auf der Inneren. Es muss einer der drei Gastdoktoranden aus Pretoria sein, von denen Professor Owen erzählt hat.

»Ähm … bist du auch Mediziner? Also … Student, meine ich.« Der Eintopf ist zu heiß, sie kann ihn nicht essen und pustet etwas zu kräftig auf den Löffel, so dass ein Stück Fleisch auf den Teller fällt und ein paar Spritzer auf ihrer Bluse landen.

»Yes. Ich bin Steve. Und du?« Er zerteilt die Ravioli mit der Gabel und sieht aus dem Augenwinkel zu den Spritzern auf ihrem Oberteil. Schmunzelt er?

»Ich heiße Corinna. Corinna Maier. Bist du einer der Gastdoktoranden?«

»Correct. Ähm, sorry … Ja, das bin ich. Ich bin am Lehrstuhl von Professor Owen.«

Sie wusste es, er war derjenige, von dem Owen geradezu geschwärmt hat und zu dessen Vortrag sie nächste Woche mitkommen soll, abends irgendwann. So kommt sie nie zum Arbeiten – und zu Geld auch nicht.

»Wie findest du ihn, Owen meine ich. Wenn ich dieses verdammte Physikum hinter mir habe, will ich auch bei ihm promovieren.« Der Eintopf wird nicht kälter.

»Oh, he's cool. Mach das. Er hat – wie sagt man auf Deutsch? - gute Ahnung. Ein Freund von mir hat auch bei ihm promoviert. Ist heute Chefarzt in Johannesburg.«

»Na, so weit weg wollte ich jetzt nicht.« Corinna lacht.

Steves Teller ist leer. Er bückt sich nach seinen Büchern und steht auf. »Südafrika ist schön. Solltest du dir anschauen. Ich muss jetzt los. Mach's gut. War schön, dich kennenzulernen.«

»Ja, danke. Bis bald.« Corinna löffelt ihren Eintopf weiter, der allmählich abkühlt.

Als Steve am Ausgang ist, dreht er sich noch einmal um und winkt. Die Wärme des Eintopfs verteilt sich in Corinnas Magen. Steve verschwindet durch die Drehtür, draußen schließt er ein Fahrrad auf und fährt davon, durch die Fensterscheibe sieht sie ihm nach. Ein klappriges Damenrad, hellgrünmetallic, das Hinterrad eiert, und der Sattel sitzt zu tief.

Sie muss sich beeilen. Einen Rest des Eintopfs lässt sie übrig, stellt ihr Tablett auf das Transportband und macht sich auf den Weg.

An der Apothekenkasse hat sich eine Schlange gebildet, Corinna sieht zur Uhr und wird nervös. Tante Anne braucht die Salbe, ihr rechter Fußknöchel ist noch immer geschwollen und ganz rot, sie kann kaum auftreten. Seit vier Tagen geht das jetzt schon. Corinna muss für Anne noch einkaufen, Wäsche waschen und ihre Wohnung im Altenstift putzen. Anne hat abgebaut, nicht nur körperlich. Wenn sie mit Corinna in der Küche sitzt, scheint sie manchmal überlegen zu müssen, wer das Mädchen ihr gegenüber ist. Beim Rommé vergisst sie die Spielregeln und legt wirres Zeug aus. Und wenn sie abends vorm Fernseher einschläft, scheint sie böse Sachen zu träumen und weint. Anne ist leicht wie ein Vogel, klein und zerbrechlich, Corinna kann sie mühelos ins Bett tragen. An Tagen, an denen sie sie nicht besucht, kommt die Frau vom Pflegedienst. Anne soll noch nicht sterben.

»Zuzahlung«, sagt die Frau an der Kasse.

»Zuzahlung?«, fragt Corinna. »Vierundzwanzig Mark für eine Salbe?«

»Der Chef stellt sie persönlich her.«

»Und das macht sie so teuer?«

»Und so gut«, sagt die Frau.

»Was mischt er rein, Blattgold?« Corinna zahlt kopfschüttelnd und geht.

Tante Anne friert ständig, alle Fenster hält sie geschlossen. Im Wohnzimmer hängt eine Wolke aus Schweiß und Muff und Arztpraxis. Genauso riecht die Taube, vielleicht ist er doch schon über achtzig und hat sich nur gut gehalten. Corinna grinst in sich hinein.

Als Corinna in Annes Wohnung kommt, döst ihre Tante im Sessel. Zwei Polizisten schreien aus dem Fernseher ins Zimmer. Sie springen in ihren Streifenwagen, das Martinshorn ist unerträglich. Corinna schnappt sich die Fernbedienung und schaltet ab. Sie zieht die Gardinen beiseite und reißt die Balkontür auf. Frischer Septemberwind weht ihr entgegen, sie saugt ihn tief in ihre Lunge. Anne hat sich zwei Decken auf die Beine gelegt, der Oberkörper hängt schräg an der Rückenlehne. Sie atmet mit offenem Mund, Corinna hört die Luftstöße. Die kleine Anne. Was wäre aus Corinna geworden, wenn sie ihre Tante nicht gehabt hätte?

In der Küche brüht Corinna Tee auf. Sie wäscht das benutzte Geschirr ab und stellt Teller, Glas und Topf zurück in den Schrank. Danach legt sie Wäsche zusammen und verstaut sie in den Schlafzimmerschubladen. Sie setzt sich auf die Matratzenkante, ein schönes, antikes Bett aus der Biedermeierzeit, mit geschwungenen und klarlackierten Kanten an den hohen Kopf- und Fußenden. Daneben ein passender Nachttisch mit dunklen Sternintarsien auf dem Türblatt. Sie nimmt das Bild, das auf dem Nachttisch steht, und streicht mit den Fingern übers Glas, wie sie es immer tut, wenn sie hier ist. Die Schwestern, links ihre Mutter, rechts die um einiges ältere Anne, hatten große Ähnlichkeit, die kurzen Haare, der ernste Blick. Nur etwas dicker war Corinnas Mutter, breiter in den Schultern, und dabei doch zierlich. Wäre Tante Anne nicht gewesen, Corinna hätte vielleicht nie etwas über ihre Mutter erfahren.

Sie schlägt das Bett zurück, zieht das Laken gerade und schüttelt das Kissen auf. Noch einmal lüften, bevor sie die Vorhänge zuzieht. Sie geht zurück zur Küche, süßt den Tee mit Honig und stellt ihn zusammen mit ein paar Keksen und geschälten Apfelspalten auf ein Tablett.

»Mein Kind«, sagt Anne verschlafen und lächelt.

»Hey«, sagt Corinna und küsst Anne die trockene Stirn. Sie reibt ihr den Knöchel mit der Salbe ein und erneuert den Verband. Annes Ferse fühlt sich an wie ein Stein, der von irgendeinem Massiv abgeplatzt ist, rau und kantig. Die dünnen Beine und knochigen Ärmchen, zerbrechlich wie dürre Äste eines Baumes. Prof. Owen hat gesagt, nahe Angehörige pflegen zu dürfen, sei ein Geschenk. Nur Narren könnten das nicht erkennen. Corinna liebt ihre Tante über alles, dennoch fragt sie sich in Momenten wie diesen, ob sie eine Närrin ist.

Sie setzt sich auf die Sessellehne und erzählt Anne von der Universität. Von den praktischen Vorlesungen, in denen sie jetzt immer häufiger einen weißen Kittel trage, worauf sie schon ein bisschen stolz sei. Und von den Kommilitonen, auch von der Taube, Volker Puvogel, den sie beim Namen nennt. Immer, wenn Corinna ihn ausspricht, lacht Anne, als höre sie ihn zum ersten Mal.

»Bei deiner Kunstlehrerin hatte ich schon Unterricht«, sagt Anne irgendwann; das sagt sie jedes Mal.

»Ja.« Corinna streichelt der Tante über das Haar. Zeit fürs Bett.

Hämmernde Bässe. Bon Jovi kreischt aus den Boxen. Die Luft ist heiß, der Schweiß tropft von der Decke, das Markenzeichen des *Sachs*, die Leute sind wie verrückt danach, und die Türsteher lassen nur noch weibliche Gäste durch. Das reflektierende Licht einer Glitzerkugel unter der Decke besprenkelt die tanzenden Körper mit rot-blau-grünen Tupfern. Die Gesichter glänzen, man spricht miteinander, indem man sich ins Ohr schreit.

Corinna ärgert sich über ihren Lippenstift. Sie trägt nie welchen, jetzt fühlt er sich verschmiert an. Sie schiebt sich durch die nassen, warmen Körper. Wo zum Geier ist die Toilette? Lange aushalten wird sie es hier nicht, es ist viel zu laut und stickig. Auf der Toilette schminken sich Mädchen mit Dauerwelle und bauchfreien Oberteilen vorm Spiegel, aus der zweiten Reihe kontrolliert Corinna ihren Mund. Die Konturen sind wider Erwarten nicht verwischt. Dennoch kleben die Lippen unangenehm aufeinander. Sie hat das Gefühl, alle um sie herum starren sie an und fragen sich, was die Fremde hier zu suchen hat. Sie stellt sich plötzlich den Laden, die Menschen, die Theke als ein riesiges Feuer vor, in dem alles aufgeht. Alles brennt und schreit und rennt durcheinander. Corinna steht am Rand und sieht zu. Die Gäste tanzen nicht, sie fliehen, sie versuchen, den Flammen zu entkommen, und bei diesem Gedanken drängt sich Corinna unweigerlich die Frage auf, warum man sich einen solchen Schuppen antut.

Sie bestellt eine Cola und schaut sich um. Sarah und die anderen sind nirgends zu sehen. Eine Runde wird sie noch drehen, wenn sie sie dann nicht findet, haut sie wieder ab.

Sie hätte es besser wissen können. Die Einladung, die Sarah ihr heute Vormittag in die Hand gedrückt hat, war nicht ernst gemeint. Zu schön, um wahr zu sein. Der Wunsch, dazuzugehören, ist da, auch wenn Corinna ihn zu leugnen versucht. Aber es gelingt nicht. Es geht nicht darum, im Mittelpunkt zu stehen, sie möchte einfach nur ein paar Freundinnen haben, eine einzige würde sogar genügen, wenn es eine echte wäre. Es hat sich so gut angefühlt, von Sarah angesprochen zu werden, und doch hat Corinna gleich gespürt, dass etwas nicht stimmt. Prof. Owen sagt, wie sehr wir uns ärgern, hänge weniger davon ab, was uns widerfährt, als vielmehr davon, wie wir damit umgehen. Corinna solle mit heiterer Gelassenheit durchs Leben gehen. Denn mit Gelassenheit stecke man Wut, Neid und Enttäuschungen besser weg als mit lauernder Erwartung. Leichter gesagt als getan, wenn man in einer Disko steht und erkennt, dass man verarscht wurde.

Als eine Hand sie am Arm berührt, erschrickt sie.

»Hi!«, ruft Steve ihr entgegen. »Das ist ja eine Überraschung!«

Das kann man wohl sagen. Wenn sie auch mit vielem gerechnet hätte, dann bestimmt nicht damit, ausgerechnet Steve hier zu treffen.

»Trinken wir was zusammen?«, fragt er. Der Schweiß steht ihm auf der schwarzen Stirn.

»Ja«, ruft sie. »Gern!«

Steve bestellt zwei Cola-Rum und reicht ihr ein Glas. Er deutet zum Ausgang, Corinna nickt. Draußen brummen ihr die Ohren. Die frische Luft ist ein Segen.

»Bist du allein hier?«, fragt sie.

»Ja, es hatte niemand Lust. Und deine Nummer hatte ich nicht.« Er lacht, die weißen Zähne leuchten. »Ich hätte meine Jacke mit rausnehmen sollen«, sagt er und reibt sich mit der Hand über den nackten Unterarm.

Corinna und Steve stoßen an und trinken.

»And what about you? Bist du auch allein hier?«

»Ich wollte mich mit ein paar … Freundinnen treffen, scheinen aber nicht gekommen zu sein.«

»Ist vielleicht noch zu früh.« Steve zuckt mit den Schultern.

»Ja, kann sein«, sagt sie, aber es liegt bestimmt nicht an der Uhrzeit. Sarah und die anderen machen sich vermutlich einen Spaß daraus, sich vorzustellen, wie Corinna die ganze Diskothek nach ihnen absucht.

»Bist du öfter hier?«

Was soll sie darauf antworten? »Ja, schon«, sagt sie nervös, und nippt sofort an ihrem Glas. »Und du?«

»Ich bin noch nicht lange in Deutschland.«

Er erzählt wenigstens keine Geschichten, jetzt ärgert sie sich. »Also, um ehrlich zu sein …«

»Sorry«, unterbricht er sie. »Wenn wir noch draußen bleiben wollen, hole ich kurz meine Jacke.«

Corinna hält sein Glas. Nach einer kurzen, für Corinna nicht hörbaren Diskussion mit dem Türsteher, verschwindet Steve im *Sachs* und kommt gleich darauf mit seiner Jacke zurück.

»Besser«, sagt er und nimmt sein Glas wieder an sich.

Eine Pause entsteht, es ist die Art von Gesprächspause, die Unruhe erzeugt. Du fühlst: Der Moment ist ein Geschenk, verdirb ihn nicht. Und genau diese Erkenntnis ist es, die dich unter Druck setzt. *Verdirb ihn nicht* heißt: Sag etwas Schlaues, mach dich interessant, bring die Luft zum Knistern. Aber dazu fehlt Corinna die Erfahrung, vielleicht auch der Mut. Doch egal, da muss sie jetzt durch, auch wenn sie sich Steve gegenüber blamiert. »Was hat dich nach Deutschland geführt?«, fragt sie.

Er lächelt. »Mediziner aus Deutschland werden auf der ganzen Welt sehr geschätzt. Ich wollte erst in die Staaten, nach Chicago. Dann habe ich mich aber für Deutschland entschieden.«

Die Leute kommen und gehen oder stehen in einer großen Traube vor dem Eingang. Die dumpfen Bässe von drinnen wehen auf die

Straße. Lachen, Quatschen, Zigarettenrauch, Parfüm. Die Mischung eines ausgelassenen Abends. Corinna kann sich nicht erinnern, wann sie das letzte Mal ausgelassen gefeiert hat.

»Amerika wäre doch bestimmt cooler gewesen«, sagt sie und kommt sich noch immer unbeholfen vor.

»Ja, schon. Aber …«

»Was?«

»Na ja …« Steve zuckt die Achseln. »Ganz freiwillig war das nicht. Ich habe ein Stipendium, mit Deutschland als Auflage. Die USA hätte ich mir nicht leisten können.«

Corinna nickt. Das kann sie nur zu gut nachvollziehen. Bildung ist ein Luxusgut. Wenn das Geld von Anne nicht gewesen wäre, hätte sie nie die Privatschule besuchen können. Wer weiß, ob sie es dann überhaupt bis zum Abitur geschafft hätte. Am Marineum haben sich die Lehrer Zeit für sie genommen, haben sie da abgeholt, wo sie leistungsmäßig stand, und ihr den Weg nach vorn gezeigt. Ohne diese Hilfe wäre sie heute bestimmt nicht Medizinstudentin. Und es tut gut, zu hören, dass Steve scheinbar auch nicht zu denen gehört, die von Papas Gnaden ihre Barbour-Jacken und BMW-Cabrios zur Schau stellen; er kocht auch nur mit Wasser.

Gerade will sie ihm vom Marineum erzählen, als auf der anderen Straßenseite Sarah, Karina und Silvia aus einem Auto steigen.

»Da sind sie«, sagt Corinna und winkt ihnen zu.

Niemand winkt zurück, obwohl die drei sie ganz offensichtlich sehen. Sie besprechen sich, Silvia hebt kurz die Hand, dann gehen sie über die Straße. Sie tragen Pumps mit hohen Absätzen und weite Blusen mit bunten Mustern. Ihre Hüften bewegen sie mit bewusstem Einsatz, und sofort werden sie vor dem Eingang von ein paar Jungs begrüßt, die Corinna nicht kennt. Sarah dreht sich kurz zu ihr, ist aber gleich wieder ins Gespräch vertieft.

»Sind das deine Freundinnen?«, fragt Steve und sieht dabei zum Eingang.

Die drei gehen mit den Typen rein. Corinna schluckt trocken und dreht sich zur Seite.

»Ich denke, ich möchte jetzt gehen«, sagt sie.

Es ist nach dreiundzwanzig Uhr, als Corinna und Steve an einer spärlich beleuchteten Haltestelle in einen Stadtbus steigen. Die Nacht ist ungewöhnlich warm für Mitte September. Erstes Laub fällt.

Sie lösen beim Fahrer zwei Tickets. Der Fahrer kassiert mit sauertöpfischem Gesicht und reicht ihnen die Fahrscheine. Sie setzen sich in einen leeren Vierer mit gegenüberstehenden Bänken.

Der Bus, der bis auf ein paar Fahrgäste verwaist ist, fährt ab. Es dauert nur ein paar Minuten, bis er an der nächsten Haltestelle stoppt. Drei Männer mit Bierflaschen in den Händen steigen zu. Beim Anfahren torkeln sie durch den Gang, stützen sich links und rechts an den Sitzen ab, ihre Gesichter sind gerötet, sie grölen wie in einem Fußballstadion. Bier schwappt aus den Dosen auf den Boden. Im wackelnden Rückspiegel sieht Corinna das runde Gesicht des Busfahrers. Er starrt auf die Straße, gibt Gas, bremst, fährt Kurven, hält an Ampeln. Er hat seinen Feierabend im Blick, ein Fernfahrer mit Fracht, die er noch löschen muss.

»Seht euch das an: ein Schwarzfahrer!« Einer der Typen sieht auf Steve herab und bricht in Gelächter aus. Seine beiden Kumpel stimmen mit ein. Auf Steves Stirn bilden sich Schweißperlen. Seine Kaumuskeln kontrahieren und treten am Wangenknochen hervor. Die dunkle Haut glänzt. Corinna legt ihm eine Hand auf den Unterarm. »Ignorier' sie einfach«, sagt sie.

In einer Kurve verliert einer der Männer das Gleichgewicht, er fällt in die Sitzgruppe vor Corinnas und Steves Füße, Steve streckt gleich darauf seine Hand aus, um dem Liegenden aufzuhelfen. Der dreht seine Schulter zur Seite. »Nicht anfassen«, lallt er.

»Komm schon«, sagt Steve und hält weiterhin die Hand hin.

Während die anderen beiden Männer noch immer lachen, bringt der am Boden Liegende sich allmählich auf die Beine. Schwankend und an den Sitzlehnen abstützend beugt er sich zu Corinna. Sie riecht seinen fauligen Bieratem.

»Ey, Blondie, sag dem Affenmann, dass er mich nicht anpacken soll!«

Corinna erstarrt. Der Mann schwankt weiter. Der Bus fährt weiter. Die anderen beiden hören auf zu lachen.

»Na los! Sag's ihm schon!«, wiederholt er leicht aggressiv.

»Lass gut sein«, wirft einer seiner Kumpel ein.

Corinna dreht den Kopf zurück. Die wenige Fahrgäste sitzen wie Schaufensterpuppen im Halbdunkel, den Blick abgewendet. Corinnas Unterlippe beginnt zu zittern. Das Vibrieren des Busmotors unter ihren Füßen krabbelt die Waden empor. Unvermittelt erhebt sich Steve von seinem Platz. Er klettert auf die Sitzbank, beugt seinen Oberkörper vor, stülpt die Lippen nach außen und deutet mit den Händen ein Kratzen in den Achselhöhlen an, begleitet von Brülllauten. Die anderen beiden Männer schreien vor Lachen. Einer haut dem dritten auf den Rücken und grölt: »Alter – Gorillas im Nebel! Wie geil!«

Der Busfahrer bremst. Er stoppt am Straßenrand, verlässt den Führerstand und kommt nach hinten auf die Gruppe zu.

»Schluss jetzt! Ich glaube, es geht los!« Er greift Steve am Arm und zieht ihn zu sich. »Rumtanzen auf den Sitzen! Von wegen! Du hast sie wohl nicht alle!«

Er stößt Steve durch die offene Mitteltür auf die Straße. Der stolpert und stürzt auf den Asphalt. Corinna rennt am Fahrer vorbei und springt raus. Als der Bus anfährt, winken die drei. Und die Schaufensterpuppen gucken.

2015

Das Scharnier braucht Öl, das Quietschen der Dachbodenluke geht durch Mark und Bein. Petersen macht Licht. Zwei alte Holztruhen, drei Fernseher, Jannis' Kinderbett. Daneben unzählige leere Kartons, wüst zu einem Turm gestapelt, Koffer, Stehlampen, Brittas Cellokasten und ihre Staffelei mit Leinwänden in allen Größen, ihr Malkasten mit unzähligen Tuben, Pinseln und Paletten. Aus der Zeit gefallene Gegenstände, bedeckt mit einer Patina aus Staub. Im müden Schein der Glühbirne, die vom Dachbalken baumelt, wirkt der Spitzboden wie eine Szene aus einem Schwarzweißfilm. Das alte Küchenbüfett steht unterm Dachfenster. Sie haben den Boden nie ausbauen lassen, die offenen Ziegel hängen ineinander, eisiger Wind pfeift durch die Ritzen.

Das Büfett, ein Holzschrank in Altweiß mit Blumengardinen hinter den Scheibentüren, ist ein Erbstück seiner Eltern. Er wollte es aufarbeiten lassen, damit es zu den anderen Möbeln passt. Die Farbe abbeizen, neue Beschläge anbringen. Er hat es immer vor sich hergeschoben wie einen guten Vorsatz. Bis heute weiß er nicht, ob Britta den Schrank je gemocht hat, sie haben nie darüber gesprochen.

Er öffnet die rechte, untere Tür, die elf Ordner stehen unversehrt nebeneinander, die Rücken sauber beschriftet. Daneben die zwei Akten. Einen nach dem anderen zieht er die elf Ordner heraus und stellt sie neben sich auf den Boden, zuletzt greift er nach den beiden Handakten. Er packt alles in einen der leeren Umzugskartons und trägt ihn zur Dachluke. Bevor er das Licht ausknipst, sieht er sich noch einmal um. Er stellt den Karton zur Seite, macht einen Schritt nach links zu dem Regal und zieht eine Zigarrenkiste heraus. Petersen setzt sich auf einen Haufen alter Decken und nimmt einen Stapel

Bilder aus der Holzschachtel. Gleich das oberste behält er in der Hand und legt die anderen neben sich auf die Dielen.

Orgelpfeifen. Wenn man Britta, Jannis und ihn auf dem Foto sieht, wie sie nebeneinander in der Flughafenhalle stehen und den landenden Maschinen durch die Panoramascheibe zusehen, kann man sie für Orgelpfeifen halten. Er muss schmunzeln. Das war 2010, Mitte August, Schulbeginn.

Die Boeing war unpünktlich. Zwei Minuten nur, aber unpünktlich.

»Wann kommt sie endlich?«, fragte Jannis. Er müsse Geduld haben, antwortete er seinem Sohn. Britta schüttelte lächelnd den Kopf. *Du und Geduld*, hieß das.

Keine fünfzehn Minuten später kamen die Passagiere die Gangway entlang. Sie eilten zum Kofferlaufband, drängelten sich zwischen andere Menschen und harrten aus wie Greifvögel auf Beute. Ein blitzschneller Griff, und das eigene Gepäckstück war in Sicherheit.

Jannis war aufgeregt. Seine Austauschschülerin hieß Cathy und kam aus London. Britta und er wussten nicht, was sie erwartete, Jannis hatte sicher Fotos von ihr bekommen, die er ihnen aber nie gezeigt hatte.

»Da«, sagte Jannis und zeigte zur Menschenmenge am Kofferrollband. »Da ist sie.«

Petersen sah in die Richtung, in die sein Sohn zeigte, konnte aber kein vierzehnjähriges Mädchen erkennen, nur Männer in Trenchcoats und ein paar ältere Damen. Jannis ging zur Schleuse am Ausgang der Gepäckhalle, um Cathy in Empfang zu nehmen, Britta und er blieben im Hintergrund. Als sich die Glastür aufschob und Jannis seine Hand zur Begrüßung ausstreckte, spürte Petersen ein Ziehen im Magen. Seine Frau sah ihn fragend an, Petersen wiegelte mit einer Handbewegung ab.

Die neue Mitbewohnerin bezog das Gästezimmer im Erdgeschoss. Sie und Jannis waren durch eine Etage voneinander getrennt, und

Petersen war gespannt, wann er in der Nacht das erste Knarren der Stufen hören würde.

Am Abend saß Britta im Wohnzimmer. Er schenkte Wein nach und ließ sich in seinen Sessel fallen. Die Terrassentür stand offen, draußen sangen Vögel in den Tannen.

»Sag schon.« Britta sah ihrem Mann in die Augen.

»Was?«

»Das weißt du genau.«

»Was soll ich wissen?«

Britta stand auf, schloss die Wohnzimmertür zum Flur und setzte sich zurück an ihren Platz. Sie nahm einen Schluck Wein und stellte das Glas behutsam auf den Tisch, als könnte es zerspringen.

»Du magst sie nicht«, sagte sie.

»Unsinn. Ich kenne das Mädchen doch gar nicht.«

»Eben.«

»Was, eben?«

»Du kennst sie nicht, und trotzdem magst du sie nicht.«

»Was soll das, Britta? Es ist spät. Ich bin zu müde zum Streiten.« Er stand auf, sah durch die offene Terrassentür in den abendlichen Garten und schob die Hände in die Hosentaschen. Ein anstrengender Tag stand bevor, Auftakt der Verhandlung gegen zwei Neunzehnjährige, die eine Frau zu Tode getreten haben sollten.

»Dich stört, dass sie schwarz ist«, sagte Britta.

Er drehte sich zu ihr. »Wie bitte?«

»Du hast mich verstanden.«

Er sah wieder in den Garten. Schleierwolken hatten sich vor das Abendrot geschoben. Britta stellte sich neben ihn. Er wartete auf ihre Hand an seiner Schulter. Sie verschränkte die Arme vor der Brust.

»Wird eine Vollmondnacht«, sagte sie.

Er nickte.

»Frank, es ist eine wichtige Erfahrung für ihn. Er wird erwachsen. Nimm ihm nicht die Freude.«

Petersen atmete durch. »Morgen beginnt die Verhandlung gegen zwei junge Männer. Sie sollen eine Frau im Supermarkt zu Tode getreten haben. Die Frau hatte nur um etwas Platz an der Gemüsetheke gebeten. Daraufhin stießen sie sie zu Boden und traten minutenlang mit ihren Stiefeln auf sie ein. Niemand kam zu Hilfe, niemand rief die Polizei. Als die Augenzeugen später vernommen wurden, konnte sich keiner erinnern. Die Frau starb auf dem Weg ins Krankenhaus.«

Britta drehte sich zu ihm. »Manchmal frage ich mich, wie du diesen Job durchstehst.« Sie drückte ihren Kopf gegen seine Brust, umarmte ihn. Für einen Augenblick hörte er das Blut in ihren Adern rauschen. »Warum haben die Kerle das getan?«

Er tauchte sein Gesicht in ihr Haar, roch das warme Aroma ihres Blumenshampoos. Seine kluge Britta, seine wundervolle Frau, ihr Duft wirkte wie ein Magnet.

»Vermutlich nur aus einem Grund.«

Britta nahm ihren Kopf von seiner Brust und sah ihn an. Ihre Augen leuchteten, im diffusen Licht des Raumes schienen die Pupillen nicht scharf stellen zu können. Sie flackerten, kaum waren sie größer geworden, zogen sie sich wieder zusammen. Britta würde Kopfschmerzen bekommen, wenn sie nicht schon welche hatte.

»Sie war Muslimin und trug ein Kopftuch«, sagte er. »Nur deshalb haben sie sie zu Tode getreten.«

Britta sah ihn mit krausgezogener Stirn an, sie schüttelte sacht den Kopf. »Was geschieht mit unserem Land? Warum sind die Menschen so?«

Petersen zündete sich eine Zigarette an und blies den Rauch in den Himmel. »Ich habe nichts gegen Cathy, nicht das Geringste. Das Einzige, was ich habe, ist Angst. Angst um sie und Angst um unseren Sohn.«

Britta sah in den roten Abendhimmel, der sich mehr und mehr verdunkelt hatte, und holte Luft. Sie umarmte ihren Mann erneut. Und nickte.

Er legt das Bild zur Seite, lehnt den Kopf gegen den Fachwerkständer und atmet durch. Unweigerlich kommen ihm Gedanken an seine eigene Schulzeit, an seine eigene Austauschschülerin. Auch er hatte mit seinem Vater am Flughafen gestanden, das Kribbeln im Bauch reichte bis unter die Nägel – hatten er und Jamie Lee doch schon reichlich heiße Gedanken per Briefpost ausgetauscht. Sie kam aus Mainc und war sechzehn, genau wie er selbst. Bis heute erinnert er sich gern an sie, kein Wunder: Sie zeigte ihm, was erwachsen werden heißt. Ihr erstes Mal hat er nie vergessen. Einerseits, weil Jamie Lee Unterwäsche trug wie eine erwachsene Frau, mit Spitze in Rot und Schwarz. Andererseits, weil plötzlich sein Vater im Zimmer stand und den Sohn kurz darauf windelweich schlug. Jamie Lee musste abreisen, sie war gerade drei Wochen bei ihnen und sollte drei Monate bleiben. Doch Petersens Vater ließ es nicht zu, und er – der Sohn – durfte sie im Jahr darauf nicht besuchen. Wenn er volljährig sei, sagte der Vater, könne Petersen machen, was er wolle, aber so lange er seine Füße unter den Tisch und so weiter.

Petersens Blick verliert sich im Schein der Deckenlampe. Er schließt die Augen, atmet ruhig. Jamie Lee lacht. Sie tanzt, wirft ihr langes Haar zurück, kommt auf ihn zu und küsst seinen Mund. Seine erste große Liebe. Er hat sie nie wiedergesehen. Er löscht das Licht und geht ins Bett.

Schlafentzug ist Folter. Seit Nächten liegt er wach, wälzt sich von einer Seite auf die andere.

Durst. Nächtelang begleitet ihn ein Durst, den er nicht kennt, nicht in den letzten Jahren. Als Student, jeden Tag auf dem Tennisplatz oder der Tartanbahn, da war Durst ein Markenzeichen. Doch heute? Ohne Anstrengung? Ohne Belastung? Manchmal hat er den Eindruck, als steckten zwei Menschen in ihm. Der eine braucht Ruhe, Geborgenheit. Dieser Mensch hat alles im Leben erreicht, am Abend legt er die Füße hoch und schläft bei der Tagesschau ein. Er muss, dieser gemütliche Mensch, zweimal am Tag warm essen und ein bis zwei Gläschen Wein trinken. Es dauert nicht lange, und die Augenlider werden schwer. Dann döst er ein und ist zufrieden. Der andere Mensch ist agiler, Petersen nennt ihn den Unruhestifter. Setzt er sich in den Sessel, fordert er ihn zum Arschhochkriegen auf. Er packt Petersen am Kragen und schleudert ihn durch den Raum. Lässt ihn Dinge tun, die er ewig nicht getan hat. Renovieren zum Beispiel. Tapezieren, Wände streichen. Petersen sieht beide vor sich: der eine dick, rotbackig, mit einem immerwährenden Grinsen, der andere asketisch, drahtig und voller Tatendrang. Er ist weder der eine noch der andere, gerade in den letzten Tagen wird das deutlich. Bleibt die Frage: Wer ist er eigentlich?

Immerhin, heute steht der Wecker auf kurz vor halb acht, früher als in den letzten Tagen. Draußen wird es langsam heller, er knipst die Nachttischlampe an. Neben ihm, auf Brittas Seite: die elf Ordner und die Handakten. Eine der Akten schlägt er auf. Er starrt das Papier an wie einen Haufen alter Kontoauszüge, in denen man eine einzige Überweisung sucht. Nur, was genau er zu finden hofft, weiß er nicht. Strafrechtlich könnte man vielleicht von einem Anfangsverdacht sprechen. Petersen weiß zwar nicht, was er zu finden glaubt, er weiß aber, dass da etwas ist, dem er nachgehen sollte. Das passt überhaupt nicht zu ihm, er klingt ja fast wie ein Esoteriker. Er folgt doch keinem Gefühl! Er ist Analytiker, Realist, die Juristerei ist Mathematik, eins und eins ist zwei, Punkt. Doch wenn er ehrlich ist, treibt ihn in den letzten Tagen genau dies um: Eins und eins hat ein Ergebnis, nur ist er nicht sicher, ob es zwei ist. Mann, Petersen, hast du sie noch alle? Er schüttelt den Kopf über sich, schmeißt die Akte beiseite und steht auf. Zeit für Kaffee, einen starken.

Den Bademantel übergezogen, geht er nach unten. Die Holztreppe knarzt. Er könnte die Stufen weiß lasieren und die Blenden dazwischen rausnehmen, das wäre luftiger. Er grinst und schüttelt den Kopf. Als sie das Haus bezogen, war ihm die Treppe heilig.

Jannis' Zimmer ist wieder sauber, nur noch nicht eingeräumt. Die meisten Möbel hat sein Sohn hiergelassen, den Schreibtisch, einen

Kleiderschrank, das Bett. Was soll er auch bei den Großeltern damit, dort hat er ein eingerichtetes Zimmer. Hoffentlich gefallen ihm die beigen Wände. Wenn nicht, streicht Petersen noch mal, Jannis soll die Farbe aussuchen. Und wenn ihm die Schränke nicht mehr zusagen, werden neue gekauft. Die Einrichtung ist Jahre alt.

Das Wohnzimmer ist auch noch nicht fertig; renoviert ja, aber leer. Die getäfelte Decke hat Petersen runtergerissen, den Beton geschliffen und glatt verputzt. Genauso hat er es mit den Wänden gemacht, dann die Decke weiß, die Wände cremefarben gerollt. Ohne Möbel wirkt der Raum groß, jedes Geräusch hallt wie in einer Lagerhalle. Mit der Hand streicht er über die glatten Oberflächen. Die alten Bilder passen nicht mehr, Wald- und Wiesenlandschaften sind Seniorenmotive, Britta hat recht; er wird neue besorgen, mal sehen, wann er Zeit dafür findet.

Einen Becher Kaffee in der Hand, steht der Richter auf Urlaub an der Terrassentür. Oktoberraureif liegt auf den Teakmöbeln, es ist empfindlich kalt geworden, am Ende des Gartens schließen Wiesen an, durch den Nebel sind Land und Himmel nicht zu trennen. Der Bauer hat vor Jahren aus seinen Feldern dort die Wiesen entstehen lassen, auf denen heute Galloways grasen; ihr braunes, zotteliges Fell dampft. Wenn Britta will, wird er eine Hecke pflanzen, eine Hecke kann auf Höhe gehalten werden. Soll sie entscheiden.

Sie wollten beide das Haus, ihr Friesenhaus mit Fachwerk, am Ende einer Sackgasse, der nächste Nachbar Hunderte Meter entfernt, und bis Hamburg ist es trotzdem nur eine dreiviertel Stunde mit dem Auto. Ein fast zwei Hektar großer Garten, mit alten Apfel- und Kirschbäumen und wilden Rosen an den Seiten. Ohne Britta kann er damit nichts anfangen. Darin lustwandeln? Pflegen kann er ihn schon gar nicht. Britta ist die mit den grünen Daumen, Petersen macht nur die handwerklichen Sachen, Rasen mähen, Bäume schneiden nach ihrer Anleitung oder Wurzelballen ausgraben. Kommt Britta nicht zurück, wird alles verwildern.

Petersen ist kalt, er schließt die Tür und geht nach oben. Im Schlafzimmer dreht er die Heizung auf. Die Scheiben sind beschlagen. Er setzt sich aufs Bett und wirft die Decke über die Beine.

Elf Ordner, zwei Handakten. Wie aus einem Affekt heraus hat er damals alles kopieren lassen und mit nach Hause genommen. Die Verfahren liegen vier und fünf Jahre zurück. Das eine, Strafsache 22 Ks 34 Js 1213/10, der Prozess gegen Dirk Malchow, wurde im Herbst 2010 verhandelt. Das andere, Strafsache 22 Ks 18 Js 404/11 gegen Corinna Maier, ein Jahr darauf.

Elf Ordner, zwei Handakten, rund fünftausend Blatt Papier vereinen das Leben zweier Menschen, die das Schicksal zusammengeführt hat. Er nimmt die Akte Maier und blättert. Liest Zeugenaussagen, darunter seine eigene. Studiert psychiatrische Gutachten, Protokolle der endlosen Sitzungstage und die handschriftlichen Notizen seiner Kollegen. Ein Wust an Erkenntnissen, zusammengetragen zur Erkenntnislosigkeit: Warum hat die Angeklagte bis zum letzten Tag gewartet? Hätte sie am ersten Tag geschossen, am zweiten, man hätte eine Affekthandlung darin sehen können, mit erheblicher Strafmilderung. Aber so? Sie hatte bis zur Urteilsverkündung gewartet. Warum?

Zu sechseinhalb Jahren wegen Totschlags wurde sie verurteilt. Eine goldene Brücke. Bei Mord wäre nur lebenslänglich geblieben. Katharina Winterfeld führte den Vorsitz der großen Strafkammer und saß zwischen ihren beiden Kollegen und den zwei Schöffen.

Kommt Corinna Maier jetzt frei, hat sie etwa vier Jahre verbüßt. Eine in sich gekehrte Frau, mit blondem, zusammengebundenem Haar. Sie war nie auffällig geschminkt, trug Jeans, einen Strickpullover, manchmal ein Seidentuch und immer die graue Lederhandtasche. Dennoch: Sie umgab eine besondere Aura. Sie erschien Petersen voller Rätsel. Eine Frau mit Ängsten, die sie zu beherrschen wusste. Eine Frau, die litt und lächelte. Sie war weder selbstbewusst noch unterwürfig, sie war nicht laut und nicht leise, und so unscheinbar ihr Auftreten war, so sehr zog sie doch alle Aufmerksamkeit an sich, kaum dass sie den Saal betreten hatte.

Die Küchenuhr zeigt viertel nach acht. Petersen nippt am Kaffeepott. Soll er? Es ist Unsinn! Aber der Gedanke prickelt wie Sekt. Viertel nach acht, um diese Uhrzeit erreicht er noch niemanden. Lass es, Petersen. Er wählt, lässt es klingeln. Er will auflegen, als tatsächlich jemand abnimmt. Der Pförtner klingt übellaunig, die Gefängnisdirektorin sei noch nicht in ihrem Büro. Petersen solle es nach neun noch mal probieren. Seine Atmung ist schnell. In der Küche nimmt er einen großen Schluck Orangensaft aus der Flasche. Es wären nur ein paar Tage. Eins und eins ist zwei. Oder auch nicht. Du hast einen Knall, Petersen. Und wenn schon. Er kann nicht anders. Auch ein Anfangsverdacht ist ein Verdacht. Er geht hoch ins Schlafzimmer. Er muss packen.

1989

Prof. Owen winkt, neben ihm ist ein Platz frei. Die Stuhlreihen sind voll besetzt, das Thema hat bereits für Gesprächsstoff gesorgt, noch bevor Steve seinen Vortrag gehalten hat. Er sitzt vorn an der Seite und ist bestimmt furchtbar nervös; sie wäre es jedenfalls.

Corinna ist die Einzige aus ihrem Semester. Für die Innere interessiert sich kaum jemand. Sie streicht ihren Rock glatt. Ist er zu kurz? Sie trägt nicht gern Röcke.

Vom Begrüßungsapplaus getragen, tritt Steve ans Rednerpult und beginnt mit jeder Menge Zahlen. Wie Verkehrsmeldungen wehen Statistiken über die häufigsten Infektionsausbreitungen, Krankheitsverläufe und Todesfälle durch den Raum. Grelles Neonlicht und Linoleumfliesen spenden den sterilen Rahmen. Es ist bereits nach zwanzig Uhr, und feuchtwarme Luft hängt über den Köpfen, als Steve eine Bombe explodieren lässt: »Und so haben unsere Untersuchungen ergeben, dass Vorhautbeschneidung vor HIV schützt.«

Raunen in der Menge. Alles ist hellwach. Fragende Blicke erreichen den Dekan, seine Wissenschaftler schütteln den Kopf, schützen ein Lachen vor oder machen wegwerfende Handbewegungen.

»Warten Sie es ab, die ersten gehen gleich«, flüstert ihr Prof. Owen zu, er amüsiert sich. Ein weltweit geachteter Immunologe, Teile seiner Forschungsergebnisse gelten als bahnbrechend. Er scheint den Verlauf der nächsten Minuten zu kennen. Ob er auch beschnitten ist? Sofort schießt Corinna Hitze in die Wangen.

»Verzeihen Sie, junger Mann, aber ich habe selten einen solchen Unfug gehört.« Ein Mann mit Haarkranz und Nickelbrille spricht mit lauter Stimme und rotem Kopf. »Ihrem Vortrag lässt sich keinerlei plausible Methodik entnehmen, ganz zu schweigen von einer Repräsentanz. Beschneidung schützt vor HIV … Blanker Unsinn! Und nach meiner Überzeugung durch nichts belegt.«

Altmännergrummeln erfüllt den Raum.

»Nun, wir haben jeweils eintausendfünfhundert unbeschnittene und beschnittene Männer zwischen achtzehn und neunundzwanzig Jahren untersucht. Bei den unbeschnittenen lag die Infektionsquote bei neunundvierzig Personen, bei den beschnittenen bei zwanzig. Daraus schließen wir, dass beschnittene Männer ein um sechzig Prozent geringeres Ansteckungsrisiko als unbeschnittene Männer aufweisen.«

Der Saal tuschelt, hier ein Lachen, da ein Kopfschütteln. Auf Corinnas Oberlippe sammeln sich Schweißperlen, sie fummelt an ihren Fingernägeln herum, spürt, wie ihr Puls steigt. Ihr Rock ist doch zu kurz, sie mag nicht, wenn man die Hälfte ihrer Oberschenkel sieht.

Ein anderer aus den Reihen ruft: »Welche Kausalzusammenhänge stützen Ihre Ergebnisse? Ich habe den Verdacht, dem Ganzen liegt reine Spekulation zugrunde!« Der Mann grinst breit.

Steve räuspert sich, rückt das Mikrofon zurecht und sagt: »Durch die Beschneidung der Vorhaut verändert sich die mikrobiotische Zusammensetzung der Penisschleimhaut. Hauptsächlich nimmt die Zahl aerober Bakterien zu und gleichzeitig die Zahl der anaeroben ab. Anaerobe Bakterien, die unter Einfluss von Sauerstoff nicht oder nur schlecht wachsen können, sind an Entzündungsprozessen und an der Entstehung von Infektionen beteiligt. Daher ist es nach unseren Erkenntnissen wahrscheinlich, dass die Beseitigung der anaeroben Bakterien durch die Beschneidung einer der Faktoren ist, der die Gefahr einer HIV-Infektion verringert. Außerdem verdickt sich die durch die Beschneidung freigelegte Haut, wodurch die darunter befindlichen Immunzellen effektiver geschützt werden.«

Der Breitgrinser grinst nicht mehr, er wischt sich mit der Hand übers Kinn, Corinna kann das Kratzen der Bartstoppeln hören. Steves Blick springt von einem Zuhörer zum anderen.

»Sagen Sie uns bitte, wie die Prozentsätze bei den Untersuchten differieren.« Warum muss ausgerechnet Owen sich einmischen? Worauf will er hinaus?

Wieder grummelt die Menge, zustimmendes Kopfnicken. Steve blättert in seinen Unterlagen, ein paar Blätter fallen zu Boden, er wischt sich über die Stirn, über das breite Pflaster, das dort prangt, über die drei Stiche der darunter liegenden Naht. Er sagt: »Bei den unbeschnittenen Männern haben sich 3,3 Prozent der Männer infiziert, bei den beschnittenen lediglich 1,3.«

»Vielen Dank«, sagt Owen. »Aber das bedeutet doch, wenn mein mathematisches Verständnis mich nicht verlassen hat, dass ein Rückgang von HIV-Neuinfektionen von gerade mal zwei Prozent zu erwarten ist, nicht wahr?«

»Nun ja …«, beginnt Steve und wird von Owen unterbrochen.

»Daraus wiederum lässt sich doch der Schluss ableiten, dass achtundneunzig Prozent aller Beschneidungen irrelevant sind – jedenfalls als HIV-Schutz. Oder irre ich mich?«

Steves Schultern hängen herunter, der Blick ist starr. Der Dekan steht kopfschüttelnd auf und gibt Owen die Hand. »Vollkommen richtig, Herr Kollege, vollkommen richtig.« Dann geht er zum Ausgang.

Nach und nach folgen ihm die anderen Zuhörer, kurz darauf ist der Raum verwaist. Der Overheadprojektor surrt und wirft ein konvexes Lichtquadrat an die Wand. Steve klaubt seine Papiere vom Boden auf und stopft sie in eine Aktentasche.

»Seien Sie nicht enttäuscht«, sagt Owen. »Ihr Vortrag war hervorragend. Sie sind auf dem richtigen Weg. Sie dürfen sich nur nicht angreifbar machen.« Er gibt Steve die Hand.

»Thanks. Aber was soll ich machen? Die Zahlen sprechen für sich.«

»Nein«, sagt Owen. »Das tun sie nicht. Zahlen sprechen niemals für sich.«

»Meine ganze Arbeit war umsonst.«

»Unsinn! Natürlich nicht. Ihre Zahlen sind valide. Aber die Würdigung – Sie müssen an der Aussage arbeiten. Wo fünf Prozent sind, stehen fünfundneunzig gegenüber. Für welche Seite entscheiden Sie sich? Und warum? Die Wahrheit der Dinge versteckt sich gern.«

»Die Wahrheit der Dinge?«, fragt Steve.

Owen klopft ihm auf die Schulter und geht. Corinna und Steve sehen sich fragend an.

»Wie meinen Sie das?«, ruft Steve ihm auf dem Stationsgang hinterher.

Prof. Owen dreht sich um. »Die Wahrheit der Dinge ist die Summe ihrer Unwahrheiten. Denken Sie immer daran, mein Freund, und seien Sie auf der Hut.« Er winkt Corinna zu sich.

Sie gibt Steve die Hand. »Ich muss los, er will noch ein paar Untersuchungsergebnisse mit mir besprechen.«

»Sehen wir uns wieder?«, fragt er.

»Sie lächelt.«

Es ist spät geworden, schon nach einundzwanzig Uhr. Dennoch muss sie ihn fragen, es führt kein Weg daran vorbei. Owen geht ungewöhnlich langsam über den Klinikflur, sie kennt ihn nur in Eile. Scheinbar gedankenverloren starrt er zu Boden, man könnte meinen, er zähle seine Schritte, die Hände auf dem Rücken verschränkt.

Corinna atmet durch und stoppt. Sie stehen im Gang, alles ist still, nur eine Beatmungsmaschine in einem der Zimmer schnaubt leise im Takt. Als eine Nachtschwester grinsend vorbeihuscht, zieht Owen die Augenbrauen hoch zum Gruß. Sie trägt eine Nierenschale in der Hand, darauf eine Spritze und zwei Glasfläschchen.

»Warum, Professor?«, fragt Corinna in die Stille.

»Was meinen Sie?«

»Sie haben ihn vor der halben Fakultät bloßgestellt.« Corinna beißt sich auf die Unterlippe.

»Es musste sein.« Owen sieht sie an. »Sie mögen ihn, richtig?«

»Sie haben ihn blamiert.«

»Es ist gut, wenn man gemocht wird.«

»Warum, Professor? Warum haben Sie das getan?«

Owen dreht sich um, sie gehen weiter.

»Der Junge ist gut, sehr gut. Er könnte eine große Karriere als Wissenschaftler vor sich haben.«

»Dann verstehe ich nicht, warum Sie ihn …«

»Aber er ist naiv. Gutgläubig. Das ist seine Achillesferse.«

»Wie meinen Sie das?« Corinna schüttelt den Kopf.

»Demut, junge Frau. Ihm fehlt Demut. Er glaubt, ein Berg ist da, um erklommen zu werden.«

»Ist er das nicht?« Corinna zieht die Augenbrauen hoch.

»Nein, das ist er nicht. Der Berg steht um seiner selbst willen in der Welt.«

»Was macht das für einen Unterschied?«

»Steve muss aufpassen. Die Zahl seiner Kritiker wird groß sein. Größer als bei seinen weißen Kollegen.«

Eine Neonröhre an der Decke flackert, Corinnas Augen brennen, Müdigkeit steigt in ihr auf wie Quecksilber im Thermometer. Die Oberschenkel brennen, sie braucht dringend Schlaf. Es fällt ihr schwer, sich auf Owens Worte zu konzentrieren, für ein Streitgespräch fehlt ihr die Kondition. Doch sein Verhalten kann sie nicht unkommentiert lassen.

»Er war mit seinem Vortrag durch, niemand stellte mehr Fragen. Nur Sie …«

»Er muss vorbereitet werden auf das, was ihn erwartet. Je früher, desto besser.« Owens Stimme ist ernster geworden, das Lachen aus seinem Gesicht ist verschwunden.

»Wenn einer gut ist, spielt die Hautfarbe keine Rolle«, sagt sie, und sofort hat sie Sorge, ob sie in diesem Ton mit ihrem Professor sprechen darf. Er ist ein weiser Mann, er ist hochintelligent und empathisch. Sie hat noch nie Ungerechtigkeit gegenüber Studenten bei ihm erlebt, er behandelt sie auf Augenhöhe. Kritik von ihr, die nötig ist, wird er abkönnen. Hoffentlich.

Owen lächelt, kaum sichtlich nickt er. »Das glauben Sie wirklich, nicht wahr?«

»Es hat bei Ihnen doch auch keine Rolle gespielt? Warum soll es bei Steve anders sein?«

Owen sieht den Gang entlang, alles schläft. Vorn aus dem Schwesternzimmer dudelt Radiomusik durch die offene Tür, ein paar Flüsterstimmen der Nachtschicht sind zu hören.

»Ich hatte Glück«, sagt Owen. »Meine Familie hatte Geld. Ich war auf Privatschulen, konnte in Oxford studieren. Ihr Freund hingegen kommt aus Pretorias Ghettos. Ich verurteile das nicht, ganz bestimmt nicht. Nur habe ich viel erlebt – bei Freunden, Bekannten, denen es ähnlich ging wie ihm. Ich habe erfahren dürfen, dass die Leute die Straßenseite wechselten, wenn wir ihnen entgegenkamen. Oder dass Fahrgäste sich nicht von einem schwarzen Taximann fahren lassen wollten. In der Straßenbahn blieben die Plätze neben uns frei, die Menschen standen lieber. Und bis heute trauen viele Patienten einem schwarzen Chefarzt nicht über den Weg. Die Fratze der Feindseligkeit lacht mir immer wieder ins Gesicht. Der Mensch ist einfach, das Unbekannte macht ihm Angst. Und solange wir Angst haben, schlagen wir uns die Köpfe ein. Ich sag Ihnen was.« Er stoppt kurz, räuspert sich, schaut im Gang nach vorn, dann nach hinten und fährt mit gedämpfter Stimme fort: »Ich habe kürzlich, gleich, nachdem die Grenze offen war, auf Drängen einiger guter Freunde einen Forschungsauftrag in Eberswalde angenommen. Meine Frau und ich haben uns vor ein paar Wochen dort ein kleines Haus außerhalb der Stadt gekauft. Alles ist neu und unbekannt, und es kann einem wirklich Angst einflößen. Was bringt die Zukunft? Freud oder Leid? War es die richtige Entscheidung? Oder war sie falsch? Das weiß man leider immer erst im Nachhinein. Aber eins sage ich Ihnen: In allem Unbekannten liegen auch große Chancen. Ohne Mut und Pioniergeist wäre die Menschheit längst ausgestorben.«

Das kam für Corinna überraschend. »Aber haben Sie denn dann noch Ihren Lehrstuhl hier in Hamburg? Ich meine, weil ich gern bei Ihnen …«

»Irgendwann mal promovieren würde?«, unterbrach Owen sie. »Da machen Sie sich mal keine Sorgen. Ich werde Hamburg treu bleiben, zumindest der Uni. Es wird nur eine ganze Weile Pendelei werden zwischen hier und Eberswalde. Aber was soll's? Es ist, wie es ist. Wissen Sie übrigens, was in Ihrer Bibel zum Thema Angst steht, bei Timotheus? *Gott hat uns nicht gegeben den Geist der Furcht, sondern der Kraft und der Liebe und der Besonnenheit*. Ein kluger Mann, Ihr Gott. Und andere Götter denken genauso. Ich hoffe, Ihrem Steve bleibt manches erspart.«

An einer der Zimmertüren surrt der Alarm, die rote Lampe blinkt. Eine Schwester grüßt freundlich, als sie Corinna und Owen ruhigen Schrittes passiert.

2015

Seine gepackte Reisetasche ist auf dem Rücksitz verstaut, Kleidung und Badartikel reichen für einige Tage. Den Karton mit den Unterlagen hat er in den Kofferraum verfrachtet, daneben seine Ledertasche und drei Flaschen Rotwein. Er muss noch im Gericht vorbei. Das Garagentor öffnet sich auf Knopfdruck.

Petersen dreht den Zündschlüssel rum, zweimal, dreimal. Der Wagen rührt sich nicht. Verdammt! Er könnte ins Lenkrad beißen. Das Versagen des Land Rovers war abzusehen, der Ölfleck unterm Wagen ist nicht vom Himmel gefallen. Aber ausgerechnet jetzt?

Er öffnet die Haube. Mehr als dreihunderttausend Kilometer hinterlassen Spuren, der Motor ist ein einziger mit Öl verschmierter Dreckklumpen. Und nun? Brittas Auto ist auch weg.

Der Pannendienstmensch am Telefon spricht von einer halben Stunde. Petersen geht hoch und kocht sich noch einen Kaffee. Dunkle Wolken hängen am Himmel, morgens um zehn fühlt sich an wie nachmittags um fünf. Furchtbar, diese Jahreszeit. Dabei ist erst Ende Oktober.

Den Kaffeebecher in der Hand setzt Petersen sich im Arbeitszimmer aufs Sofa. Sein halbes Leben hängt in Bildern an der Wand. Britta und er in Südfrankreich, Britta und er im Kreißsaal, Britta und er – und Jannis – wieder in Südfrankreich. Examensparty, Hochzeit, seine Doktorfeier. Alles festgehalten auf 9 x 13 Hochglanz, die Doktorfeier auf 10 x 15. Komisch, von ihm hängen viel mehr Bilder da als von Britta. Dabei hat Britta sie ausgesucht. Petersen wird aus ihr nicht schlau. Einerseits nimmt sie sich zurück und hängt nur Bilder von ihm auf. Andererseits platzt der Vorwurf aus ihr raus, er achte nur auf sich. Das kommt manchmal ganz unvermittelt, ohne jede Vorwarnung. Dann sagt sie, sie fühle sich benachteiligt und missverstanden. In einem hat sie recht: Petersen ist viel unterwegs, ja. Seine Vortragsveranstaltungen sind aufs ganze Land verteilt, daran kann er nichts ändern, das organisiert der Seminaranbieter. Er wird sicher nicht mitten in der Nacht in Hamburg mit dem Auto starten, damit er pünktlich morgens um neun sein Referat in München halten kann. Es liegt auf der Hand, am Abend zuvor zu fahren und im Hotel zu übernachten. Britta hat keine Sorge, dass er was mit anderen Frauen anfängt, das ist es nicht. Sie ist neidisch auf seine Freiheit. So nennt sie es: Freiheit. Während sie sich um alles kümmert, um das Haus, den Garten, die Wäsche, den Einkauf, steigt er – auch ihre Worte – in edlen Hotels ab, geht abends an die Bar und trinkt teuren Wein. Das will sie auch. Dass er aber arbeitet und einen anstrengenden Vortrag über mehrere Stunden hält, sieht sie nicht. Sie sieht den Wein an der Bar, obwohl sie viel schlauer ist. Aber mit dem Kopf hat das wenig zu tun, solche Wettkämpfe werden mit dem Bauch ausgetragen. Petersen kann nur verlieren. Er bietet ihr an, mitzukommen. Das geht aber nicht, sagt sie. Sie hat schließlich auch einen Job und so weiter. Es ist zum Mäusemelken. Warum ist sie jetzt nicht hier, und sie lachen gemeinsam drüber? Denn das kann sie auch. Es braucht zwar etwas Zeit, aber sie kann es. Dann nimmt er sie in den Arm, küsst ihr Haar, während sie irgendetwas in seine Brust grummelt und ihm spielend in die Seite boxt.

Seine Britta. Es müssen mehr Fotos von ihr an die Wand.

Der Wind biegt die Äste des Ahorns im Garten, seine braunen Blätter segeln durch die Luft. Eine Drossel hält tapfer die Stellung, wie ein schwarzes Wollknäuel hockt sie da auf einem Ast und vermittelt den Eindruck maßloser Verärgerung.

Petersen stellt den Kaffee beiseite, zieht Brittas Abschlussarbeit aus dem Regal und lässt sich aufs Sofa zurückfallen. *Zufall und Fügung in Max Frischs* Homo Faber. *Eine Textanalyse von Britta Wilke.* Auszug Seite 21:

»Walter Faber ist Vollblutingenieur. Nicht nur im Beruf, auch privates Verhalten und Wahrnehmen versucht er so gut es geht in technische Matrizen umzusetzen. Menschliche Gefühle wie Angst, Liebe und Geborgenheit zählen für ihn nicht, da er für alles eine rationale Erklärung hat und gewohnt ist, die ›Dinge zu sehen, wie sie sind‹ [S. 24]. ›Ein Flugzeug ist für mich ein Flugzeug, ich sehe keinen ausgestorbenen Vogel dabei, sondern eine Super-Constellation mit Motor-Defekt, nichts weiter, und da kann sie der Mond bescheinen, wie er will. Warum soll ich erleben, was gar nicht ist?‹ [S. 25]. Die Überzeugung, Probleme mit Verstand und Logik lösen zu können, geben Faber ein tiefes Gefühl von Sicherheit und Kontrolle.«

Homo Faber. Britta und Petersen haben viel darüber diskutiert. Ist alles vorherbestimmt oder reiner Zufall? Er ist bis heute zu keiner Antwort für sich gekommen. Walter Faber ist ihm nicht unsympathisch. An Logik und Präzision ist nichts Falsches. Auch Petersen sieht nur, was ist, er fantasiert nichts hinzu. Nun gut, Britta hat nicht ganz unrecht, manche Dinge lassen sich nicht rational erfassen. Auf eigentümliche Art und Weise entwickeln sie eine unvorhersehbare Eigendynamik; der Verlauf eines Streits etwa, über Sinn und Unsinn gesetzlicher Verbote. Wenn Grundfesten aufeinanderprallen. Aber gerade da ist ein klarer Kopf wichtig. Für und Wider müssen geordnet werden. Das ist pure Logik. Schon sein Vater hat gesagt, Ordnung sei das halbe Leben. Dass Walter Faber daraus Selbstbewusstsein zieht, ist für Petersen ohne Weiteres nachvollziehbar. Aber tu ihm einen Gefallen, Walter Faber: Mach dich nicht lustig über ihn, auch wenn er gerade Zweifel hat, ob eins und eins zwei ergibt. Die Idee, zum Gefängnis zu fahren, ist vielleicht bescheuert, aber Petersen kann gerade nicht anders.

Es klingelt. Der Abschlepper. Petersen geht mit ihm in die Garage. Ein dicker, wortfauler Mann mit Zigarrenstummel im Mundwinkel und in einer gelben Schutzweste. Mit quietschender Seilwinde zieht er den Wagen auf die Pritsche. Er meldet sich, sagt er und fährt ab. Zurück bleibt der Ölfleck am Garagenboden.

Als der Wagen auf dem Weg in die Werkstatt und Petersen wieder in der Küche ist, schüttet er den Rest des Kaffees in den Ausguss und stellt den Becher in die ausgeräumte Geschirrspüle.

Homo Faber. Britta glaubt an Schicksal, für sie geschieht nichts grundlos, alles greift ineinander wie die Fäden im Spinnennetz. Was haben sie sich in die Haare bekommen darüber! Dabei hält auch sie im Grunde nichts von »höheren Mächten«, das ist ihr viel zu esoterisch. Vielleicht hat sie damals die Position eingenommen, um sich ihm gegenüber zu behaupten. Das tut sie manchmal, dann will sie ihm den Kopf geraderücken, er soll nicht abheben. Dabei hebt er gar nicht ab. Er hat nur oft recht. Er denkt sich das ja nicht aus, und er zaubert das ja auch nicht aus dem Hut: Die Auffassungen, die er vertritt, sind abgewogen und fundiert, er mag halt keine Oberflächlichkeit. Bevor er ein Ergebnis preisgibt, wird dessen Herleitung von allen Seiten durchleuchtet. Das ist zugegebenermaßen nicht immer einfach, und vielleicht ist er deshalb auch nicht spontan. Aber was nützt Spontaneität, wenn kurz darauf alles revidiert werden muss. Das ist doppelte Arbeit. Und peinlich obendrein. Und das hat rein gar nichts mit Überheblichkeit zu tun. Brittas Vorwurf, er erhebe sich über sie und sowieso über alles, ist Unfug. Sie geht so weit, dass er sich angeblich sogar über das Recht stelle, das Korkmaz-Urteil sei das beste Beispiel, sagte sie.

Petersen lehnt mit dem Rücken am Kühlschrank und schaut nach draußen. Die Kieseinfahrt zum Beispiel – sie ist ein klares Gegenbeispiel. Petersen wollte damals keinen Kies in der Einfahrt. Er war zwar mit Britta der Meinung, das würde gut aussehen, ein bisschen wie in Südfrankreich. Doch die Pflege, sagte er, sei Mist. Das ganze Unkraut, Blätter harken im Herbst und so weiter. Britta erwiderte, es komme eine Pflanzfolie darunter, und das Blätterharken sei kein Problem. Sie stritten lange darüber, und er hatte auch noch eine Reihe weiterer Argumente, die gegen Kies sprachen, Britta jedoch ließ sich nicht überzeugen. Also beugte er sich. Jetzt sieht er draußen das Unkraut durch den Kies wuchern, und die Einfahrt ist voller Herbstlaub. Nix Südfrankreich. Norddeutschland. Wer ist hier – bitteschön – rechthaberisch?

Petersen schaltet das Radio an. Der Nachrichtensprecher scheint erkältet zu sein, er spricht durch die Nase. Kein Wunder bei dem Sauwetter. Der BGH, sagt er, habe Schönheitsreparaturklauseln in Wohnraummietverträgen für unwirksam erklärt, wenn sie starre Fristen vorsähen. Petersen kann nur mit dem Kopf schütteln. Als gäbe es nichts Wichtigeres als Schönheitsreparaturklauseln. Die Korkmaz-Sache zum Beispiel. Sollen sie sein Urteil doch aufheben, ist ihm egal. Ist sowieso alles aus den Fugen. Aber halt, stopp. Das stimmt so auch nicht. Es ist ihm nicht egal. Es ist ihm sogar ganz und gar nicht egal. Wenn Karlsruhe ihn erneut korrigiert, wäre das das fünfte Mal in gut zwei Jahren. Die BGH-Kollegen können sich nicht ständig irren, nicht in der Häufung. Vielleicht ist ja doch was dran, und Petersen ist inzwischen etwas leichtfertig geworden.

Er schaltet das Radio aus, beugt sich zur Spüle herunter und nimmt einen Schluck aus dem Wasserhahn, bevor er in die Garage zurückgeht.

Der Ölfleck ist hartnäckig. Selbst mit Benzinreiniger ist ihm nicht beizukommen. Petersen schrubbt und schrubbt, ohne Erfolg, ein gelblich-grauer Rückstand bleibt. Ein Zeichen seiner Bequemlichkeit, der Wagen hätte längst zur Inspektion gemusst. Petersen versucht, sich nicht zu ärgern. Gibt Schlimmeres als einen Fleck auf einem Garagenboden. Er geht in die Waschküche und durchsucht den Schrank. Kalksteinentferner, Fensterklar, Waschpulver, Algentod. Alles da, nur nichts gegen Öl. Kalksteinentferner klingt aggressiv. Er spritzt einen kräftigen Strahl auf den Fleck und scheuert erneut mit dem Schwamm. Der Geruch ätzt in der Nase, aber es wirkt, der Farbschleier verschwindet – und mit ihm die Bodenfarbe. Prima, Frank, hast du toll gemacht! Sieht aus wie neu. Nur in alt. Und jetzt mit hellem Fleck. Er schmeißt die Giftflasche in den Mülleimer. Lappen, er braucht einen Lappen, die Hände kleben und sind schmierig. Im Vorratsraum? Negativ. Im Saunakeller? Handtücher. Immerhin, erst einmal fürs Grobe. Sofort bekommt der weiße Frotteestoff braune Flecken. Petersen setzt sich auf die kleine Holzbank unterm Fenster. Der Boxsack hängt bewegungslos gegenüber, die Handschuhe liegen im Regal. Ein Geburtstagsgeschenk zum Vierzigsten. Gegen »Wut und Frust, Leid und Lust«, scherzten die Freunde bei Übergabe des riesigen Kartons. Am anderen Morgen bohrte Petersen ein Loch in die Decke und schraubte einen beeindruckenden Stahlhaken hinein. Strahlend zog Britta die Handschuhe an und schlug drauflos. Sie war nicht zu stoppen, immer kräftiger wurden ihre Schläge, mit hochrotem Kopf, völlig außer Atem hielt sie irgendwann inne. Welche Kraft seine Frau entwickeln konnte, welche Aggression, die sie aus sich herausprügelte. Sie tänzelte dabei wie ein Profiboxer, wechselte die Positionen für den richtigen Winkel, wich zurück und trat nach vorn, um die Schwingungen des Sacks auszugleichen. Schweiß rann ihr von der Stirn, das Shirt klebte am Körper. Schon nach den ersten Schlägen war das Lächeln aus ihrem Gesicht verschwunden, sie war konzentriert wie im Wettkampf. Sechste Runde, der Gegner steht. Er ist hartnäckig, er will nicht auf die Bretter. Also mehr Druck, schnellere Bewegungen, die Muskeln zittern.

Britta bearbeitete das Leder bis zur Erschöpfung. Lächelnd sank sie auf die Bank, auf der Petersen jetzt sitzt. Sie zog ihn mit dem Zeigefinger unterm Kinn zu sich und küsste ihn. Küsste ihn lang und innig. Zog ihr nasses Oberteil aus, nahm seine Hand und legte sie auf ihre Brüste. Öffnete sein Hemd, löste seinen Gürtel. Petersen stand aufrecht und schloss die Augen. Lange hatten sie sich nicht mehr so geliebt wie an jenem Nachmittag im Saunakeller. Zehn Jahre ist das jetzt her.

Der Land Rover wird heute noch fertig, der Mann von der Werkstatt spricht von ein paar Stunden. Sehr gut. Die letzte Reparatur hat fünf Tage gedauert. Petersen bestellt ein Taxi für vierzehn Uhr. Dann geht er ins Bad und putzt sich die Zähne. Der Mentholgeschmack erfrischt.

Schicksal und Fügung oder Zufall? Wer oder was soll denn irgendwelche Zügel in der Hand halten und die Richtung bestimmen? Das ist wirklich Quatsch, aber so deutlich darf er das Britta nicht sagen, sonst fährt sie gleich wieder aus der Haut. Der Land Rover zum Beispiel. Warum gibt er ausgerechnet heute seinen Geist auf? Weil eine höhere Macht Petersen davon abhalten will, Corinna Maier zu treffen? Was für ein Sinn sollte sich dahinter verbergen? Selbst wenn die Fahrt zu ihr ohne den kleinsten Wert für ihn sein sollte, warum sollte sie verzögert oder gar verhindert werden? Die Wertlosigkeit als solche würde doch reichen. Die Erfahrung der Nutzlosigkeit, die macht er – bitteschön – noch selbst, dafür braucht er keine Vorherbestimmung.

Was wäre, wenn Britta nicht mehr zurückkäme? Wenn sie Ernst machte, wenn sie vielleicht einen anderen Mann kennenlernte? Das Bad wäre leer, das Haus wäre leer. In der kleinen Kiste auf der Fensterbank stünden nicht mehr ihre Schminksachen. Im Schlafzimmer wäre eine Seite frei. Die Saunalatschen wären fort, genauso wie ihre Bademäntel, die sie auf allen Etagen verteilt. Britta wäre nicht mehr da. Aber überall hinge ihr Lachen.

1989

Die Auswahl in der Bäckereiauslage ist mau. Mandelhörnchen, Blätterteigtaschen mit verschiedenen Füllungen, Himbeertorte, daneben ein Blechkuchen mit Vanillepudding und schwarz-brauner Schokoglasur. Auf dem Schild davor steht: Nigeria-Platte, 3,60 DM.

Corinna nimmt zwei Stück Himbeertorte, die dicke Frau an der Kasse lächelt. Sie beklagt sich über das zu warme Septemberwetter. Corinna möchte nicht unhöflich sein, aber alles, was sie dazu sagen kann, ist: »Ach, na ja.«

Es ist vierzehn Uhr, genau jetzt wollte sie bei ihm sein. Mit der Straßenbahn braucht sie von Eimsbüttel bis St. Georg locker eine halbe Stunde. Sie winkt sich ein Taxi heran. Über die Lombardsbrücke, vorbei an Binnen- und Außenalster, fährt sie der Wagen über den Glockengießerwall in die Hammerbrookstraße und hält vor der Hausnummer 42. Auf der Klingeltafel des Studentenwohnheims, einem Backsteingebäude im Charme eines Kasernenblocks, drückt sie die Nummer 86.

Hinter ihr zetern ein paar Spatzen in einem nur noch wenige Blätter tragenden Baum. Der Wind hat aufgefrischt, Corinna spürt Gänsehaut auf ihren Armen. Die Bäckereifachverkäuferin hatte unrecht.

Oben steht Steve im dunklen Flur und lächelt. Er hat den rechten Arm verbunden, und an der linken Seite seiner Stirn klebt ein großes Pflaster.

»Magst du Himbeerkuchen?«, fragt sie.

Sein hüstelndes Lachen darauf, es verunsichert sie. Selbst als er nickt, weiß sie nicht, ob es falsch war herzukommen. Ihr Herzklopfen lässt nicht nach.

»Ich mache Kaffee«, sagt er, legt sanft eine Hand auf ihren Rücken und führt sie in die Wohnung.

Im Wohnzimmer mit Stoffsofa und Kieferntisch, unzähligen Büchern und Zeitschriften, schaut Corinna aus dem Fenster auf einen Spielplatz. Kinder schaukeln, buddeln im Sandkasten, rutschen. Frauen mit Sonnenbrillen im Gesicht stehen im Kreis und unterhalten sich. Manchmal sehen sie zu den Kindern hinüber. Ein kühler Spätsommertag, dessen Himmel sich allmählich rot einfärbt.

»Was bedeutet ›hartlik groet‹«, fragt Corinna.

Steve lacht. »Wer hat es gesagt?«

»Professor Owen.«

Steve gießt kochendes Wasser in den Kaffeefilter. »Das ist Afrikaans. Es heißt ›herzliche Grüße‹.«

Der Kaffeeduft breitet sich im Raum aus, wie heute Morgen in Annes Küche, als Anne sagte, Corinna mache guten Kaffee. Corinna hat dem Pflegedienst Bescheid gegeben, der kümmert sich heute. Sie braucht mal eine kleine Verschnaufpause, so sehr sie Anne liebt, und Anne hat das sofort verstanden vorhin und ihr zum Abschied die Wange gestreichelt.

Neben einem Metallregal, in dessen Fächern wahllos Modellautos, vertrocknete Grünpflanzen, Werkzeug, Bilderrahmen, Geschirr, Gläser und unzählige Seiten Papier untergebracht sind, hängt ein Holzbrett etwas schief an der Wand, auf dem sich selbstbeschriftete Musikkassetten stapeln. Corinna legt den Kopf schräg und liest einige der Namen auf den Hüllen: Cat Stevens, The Police, Chris de Burgh. »Welche Musik hörst du am liebsten?«, fragt sie.

»My brother Mike hat die Kassetten für mich zusammengeschnitten. Zwischen den Liedern hat er Text mit einem Mikrofon aufgesprochen, wie ein DJ oder ein Showmaster. Das haben wir zu Hause oft gemacht: Wir haben uns Geschichten zu den Songs ausgedacht, weil wir die meisten Texte nicht kapiert haben. Das war ziemlich lustig.«

Corinna richtet sich auf und dreht sich um. »Weißt du noch so eine Geschichte?«

Steve nimmt den Filter von der Kanne, verschließt sie und stellt sie auf den Wohnzimmertisch. Dann nimmt er ein paar der Kassetten in die Hand und geht die Aufschriften durch. »Hier«, sagt er und lacht. Er zieht eine Kassette aus dem Stapel, die anderen legt er zurück auf das schiefe Wandbrett. »*Message in a Bottle* von The Police. Da geht's wohl um einsame Leute, die hoffen, mit ihrer Flaschenpost Freunde zu finden. Das haben wir aber nicht verstanden. Eine Nachricht aus einer Flasche – die konnte nur von einem Geist stammen, der darin wohnt. Wir haben überlegt, wie dieser Geist aussieht, kamen aber zu keinem Ergebnis. Klein musste er jedenfalls sein, weil er sonst ja nicht durch den Flaschenhals passt. Und wir waren uns einig, dass er immer betrunken ist und furchtbar lallt; er wohnt natürlich in einer Schnapsflasche!« Steve lacht und starrt auf die Kassette, als erwarte er, dass ihr der lallende Geist augenblicklich entsteigt.

Corinna lacht mit ihm und hält sich für einen Augenblick an seiner Schulter fest. Sie sehen einander an, Corinna nimmt ihre Hand weg. »Ihr hattet viel Spaß, was?«, fragt sie.

Das Lachen in Steves Gesicht versiegt. Sein Blick wandert über ihrer Schulter hinweg zum Fenster in die Ferne, im matten Licht des Raumes leuchtet das Weiß seiner Augen und sticht aus dem schwarzen Gesicht noch deutlicher hervor als sonst. Zum ersten Mal sieht Corinna, wie schön dieser Mann ist: die weichen Züge seiner Wangenknochen, die flache Stirn, die makellose Haut. Und erst jetzt bemerkt sie, dass er Rasierwasser benutzt hat, ein süßer, zederner Hauch weht ihr entgegen.

»Es tut mir leid, ich wollte dich nicht traurig machen«, sagt sie und zögert für eine Sekunde, doch dann legt sie erneut ihre Hand auf seine Schulter. Er sieht sie an und lächelt.

»Manchmal vermisse ich sie. Mike und Dave, Paula, Winnie, Sarah und natürlich meine Eltern. Alle paar Wochen ein Brief, ein paar mitgeschickte Bilder – that's not enough. Aber es muss eben reichen.«

Steve umfasst Corinnas Hand. Mit seinem Zeigefinger berührt er ihren Mund. Um sie herum herrscht Stille, nur vereinzelt weht Kinderlachen von draußen durch das gekippte Fenster. Corinna bewegt sich nicht, zu kostbar ist die Zärtlichkeit, die Steve ihr schenkt, zu wohltuend der Moment, um ihn enden zu lassen. Sie schließt die Augen, ihre Lider zittern. Behutsam ertastet auch sie sein Gesicht, seine Lippen, die geschlossenen Augen. Sie fühlt sich diesem Mann, dem sie erst vor einer Woche das erste Mal begegnet ist, auf eine intime Weise verbunden, die ihr Schwindel bereitet. Halt mich, denkt sie und lässt ihre Finger weiterwandern, über die Augenbrauen, die Stirn hinauf, bis zu seinem Pflaster. Er zuckt zurück. Sofort ist Corinna hellwach und nimmt ihre Hände an sich. Die Busfahrt nach dem *Sachs*, die betrunkenen Kerle, eine Platzwunde als Erinnerung daran.

»Oh nein«, sagt sie. »Tut es noch immer weh?«

Steve nickt und hält sich den Kopf. »Außerdem juckt es ganz fürchterlich.«

»Wenn es juckt, heilt es!«, erwidert sie und lacht. »Weißt du übrigens, was wir tun werden?«

»Nein, sag.«

»Wir werden zur Post am Neuen Wall gehen, hinterm Rathaus. Ein Bekannter arbeitet dort, er heißt Robert. Er ist total nett, der lässt mich immer für ein paar Mark mit meiner Brieffreundin in Kanada quatschen. Ich lege für dich ein gutes Wort ein, dann kannst du öfter mit deiner Familie telefonieren. Was meinst du?«

Steve bekommt große Augen. Er lacht, und unvermittelt drückt er Corinna einen Kuss auf die Wange.

Die Zeit ist stehen geblieben, kurz vor drei zeigt die Uhr, und ihre Zeiger scheinen abgestorben. Corinna und Steve trinken Kaffee und essen Himbeerkuchen. In den nächsten vierundzwanzig Stunden werden sie das kleine Appartement nicht verlassen. Sie werden über seine Forschungsergebnisse reden und dass sie die Gemüter erhitzen. Doch er könne sich, wird er sagen, auf die Zusammenarbeit mit mehreren weltweit anerkannten Wissenschaftlern auf dem Gebiet der HIV-Forschung stützen, die seine Arbeit mit großem Interesse verfolgen. Corinna und er werden über seine Heimat reden, einem kleinen Vorort von Pretoria, durch den eine lange Straße führt, die von lila blühenden Jacarandabäumen gesäumt ist. Das Haus seiner Familie liegt etwas abseits am Wendekreis einer Sackgasse, wo er als Kind mit den Jungs aus der Nachbarschaft Basketball gespielt hat. Viele von ihnen gehören noch heute zu seinen Freunden, auch ein paar wenige Weiße, mit denen er später studierte. Von seinen fünf älteren Geschwistern wird er erzählen und dass er sich gut mit ihnen versteht. Familie sei sehr wichtig in seiner Heimat, der Zusammenhalt zähle, und bei diesen Worten wird er wieder einen Moment aus dem Fenster sehen, den Regen beobachten, der inzwischen aufgezogen ist, und leise die Namen seiner Brüder und Schwestern vor sich hersagen.

Steve wird den Himbeerkuchen loben und später zugeben, dass er ihm zu sauer war. Sie werden den von Corinna mitgebrachten Sekt aus Senfgläsern trinken, und danach noch eine Flasche Wein aus seinem Kühlschrank. Corinna wird lachen, wird von ihrem Leben erzählen, von ihrem Traum, Ärztin zu werden, und davon, dass sie Afrika bereisen will, sobald das Geld reicht. Irgendwann wird nur noch Kerzenschein letztes Licht spenden, Corinna wird auf ihrer Unterlippe herumkauen, wie sie es immer tut, wenn sie nervös ist, und er wird wieder und wieder vom Sofa aufstehen, um Getränke zu holen oder Chips oder neue Kerzen. Bis sie dicht nebeneinandersitzen und sich küssen, das erste Mal, der eine in den Armen des anderen. Die Sonne wird längst hinterm Horizont verschwunden sein, und beide werden sich wünschen, die Nacht möge nicht vergehen.

2015

Er wusste es: die Ölpumpe. Ihr Defekt hat den gesamten Motor verschmiert, die Kolben konnten nicht richtig arbeiten, das Benzin-Luft-Gemisch war außer Verhältnis geraten. Elfhundert Euro für drei Stunden Arbeit plus Material. Ein stolzer Preis, aber angemessen. Der Wagen ist alt.

Petersen parkt vorm Eingang, es ist kurz vor vier und bald schon wieder dunkel. Im Gerichtsfoyer grüßen ihn zwei Kollegen.

»Hey, Frank! Heute kassiert Pauli 'ne Klatsche.«

»Hier ist so ein komischer Fischgeruch«, ruft Petersen zurück und zieht die Nase kraus, weil er weiß, dass die beiden Bremen-Fans sind. Lacher auf allen Seiten. Verbales Armdrücken über Fußballmannschaften, eine zur eigenen Sportart stilisierte Attitüde bildungsbürgerlicher Herren. Petersen winkt ab und nimmt die Steintreppe im Zweistufenschritt.

Trockene Heizungsluft, süßes Parfüm und der typische Geruch nach Akten empfangen ihn, als er die Tür zu Katharina Winterfelds Büro öffnet. So ordnungsliebend sie nach außen scheint, so chaotisch geht es in ihrem Zimmer zu. Überall sind Papiere verstreut, auf dem Schreibtisch, auf den Stühlen in der Besprechungsecke, auf dem Boden oder in den Fächern des offenen Schranks. Unterlagen stapeln sich, die Pflanzen sind vertrocknet, und nicht eines der zahllosen Bilder an den Wänden hängt gerade. Kurzum: ein Schlachtfeld. Katharina Winterfeld gilt als herausragende Juristin. Genie und Wahnsinn sind Geschwister.

Petersen könnte so nicht arbeiten. Wenn sein Vater dieses Büro sehen würde … Nachdem er dem Forstamt den Rücken gekehrt hatte, wurde er Leiter der städtischen Reinigungsbetriebe, ein Beamter durch und durch. Er würde – seine Worte – der Dame die Ohren lang ziehen.

»Schön, Sie zu sehen«, sagt sie und gibt Petersen die Hand.

»Bitte setzen Sie sich doch.« Sie dreht sich zur Sitzgruppe am Fenster und scheint jetzt erst wahrzunehmen, dass nicht ein einziger Stuhl frei ist. Wortlos nehmen beide die Aktenstapel von zwei Stühlen und setzen sich. Katharina Winterfeld schenkt Petersen Tee ein, ohne zu fragen, ob er welchen möchte, und reicht ihm den Becher herüber.

Sie kramt in den Unterlagen vor sich auf dem Tisch. Dann gibt sie Petersen einen Zettel.

»Und?«, fragt er. »Ich kenne die Richtlinie zum Sonderurlaub.«

»Na also«, sagt sie. »Dann stellen Sie einen Antrag! Genügen sechs Monate? Oder lieber ein Jahr?«

»Genügen? Wofür?«

Sie stellt ihren Teebecher ab. »Sie müssen mal raus, Frank. Den Kopf wieder freikriegen. Durchatmen. Sie arbeiten zu viel. Täglich dieser Sumpf. Die ganzen Verbrecher, ihre Anwälte dazu.«

»Gibt's da Unterschiede?«, fragt Petersen dazwischen, und beide lachen.

»Sie wälzen Akten über Akten, hören sich stundenlang Gutachter, Zeugen und jede Menge Märchen und Lügen an. Wundert es Sie da, dass Sie irgendwann mal etwas übersehen oder eine Entscheidung treffen, die in Karlsruhe anders bewertet wird? Frank, das ist nur menschlich. Kein Grund, gleich alles hinzuschmeißen.«

Er steht auf und geht zum Fenster. In langen Schnüren fällt der Regen vom Himmel. Wie gern würde er jetzt von Angesicht zu Angesicht mit Britta sprechen, sich mit ihr austauschen, ihren Rat einholen. Doch seit der Korkmaz-Sache hat Britta dichtgemacht. Alles ist zuletzt aus ihr herausgebrochen, sie hat das ganz große Fass aufgemacht. Ihr Schwall an Vorwürfen hat eine Wand zwischen ihnen hochgezogen, und das Korkmaz-Urteil hat allem die Krone aufgesetzt. Seitdem ist Petersens Welt aus den Angeln. Das Ruder ist getrimmt, nur der Kurs ist nicht bestimmt. Er ist aus dem Hafen auf das offene Meer gekommen und weiß nicht mehr, wohin. Brittas Blick, als sie sich ein letztes Mal umdreht, bevor sie in ihren Wagen steigt: Er ist voller Fragen, voller Ängste, da ist so viel Verzweiflung in ihren Augen. Seit jenem Tag, der jetzt gut eine Woche zurückliegt, versucht Petersen zu verstehen, was passiert ist, und er versucht es auf seine Art: Er muss es in rationale Gedanken fassen und einordnen können. Nur leider gelingt ihm das diesmal nicht. Diesmal ist alles anders. Und was tut er? Er beginnt, das ganze Haus auf den Kopf zu stellen und zu renovieren, denn jeder Gedanke hinterfragt zu viel, jeder Gedanke rüttelt an den Grundpfeilern. Könnte Britta am Ende sogar recht haben?

»Halten Sie mich für ausländerfeindlich?« Petersen schaut weiter dem Regen zu, der unten auf die Autodächer der verstopften Straßen einprasselt. Die Stimmung im Land ist gereizt, die Nachrichten sind voll von Meldungen über die Flüchtlingspolitik der Regierung. Seit Wochen kennen Talkshows, Fernsehberichterstattungen, Radiosendungen und Zeitungen kein anderes Thema. An Stammtischen wird ebenso diskutiert wie im Golfklub, und es existieren nur zwei Lager: Man ist dafür oder dagegen. Die Sorge vieler: So viele Ausländer verkraftet unser Staat nicht. Wie armselig das ist. Es geht um Menschen, die unsere Hilfe brauchen. Aber Humanität ist in Zeiten wie diesen vermintes Terrain.

»Bitte?«, fragt Katharina Winterfeld.

»Ich meine es ernst: Halten Sie mich für einen Rechtsaußen?«

Petersen kennt das: Du machst dich verdächtig, egal auf welche Seite du dich schlägst. Da geht es nicht um Sachlichkeit, da regiert allein Polemik. Es sind die Ressentiments, die bislang unter den warmen Decken der Republik geschlummert haben, und die jetzt das Zepter führen. Friedrich ist so einer, ein politischer Stimmenfänger am rechten Rand. Solche Leute verkaufen das gern als Wertekonservativismus, und ihre Laufkundschaft ist groß. Petersen konnte nie etwas damit anfangen. Ihm vorzuwerfen, er sei fremdenfeindlich, ist geradezu grotesk.

Katharina Winterfeld stellt sich neben ihn und starrt ebenfalls nach draußen. »Sie spielen auf den Korkmaz-Prozess an.«

Petersen nickt.

»Ihr Strafmaß ist ohne Weiteres vertretbar.«

»Die Kollegen in Köln haben freigesprochen – der Fall dort war vergleichbar.«

Im Zimmer hängt trockene Heizungsluft. Petersens Augen sind gereizt und schmerzen. Es wundert ihn nicht, dass vor allem die rechtskonservativen Flügel sein Urteil in den Himmel heben. Immerhin hat Petersen einen Türken verurteilt, und das ist nach deren Ansicht ja nie verkehrt. Da macht sich mit Sicherheit keiner solche Gedanken, wie Petersen sie sich mit seinen Kollegen in der Strafkammer gemacht hat. Das Korkmaz-Urteil ist sehr gewissenhaft abgewogen und dezidiert begründet. Es steht auf der breiten Basis des Strafgesetzbuches. Dass es für politische Zwecke missbraucht wird, ist nicht Petersens Schuld. Und außerdem hat die Strafe nicht das Geringste mit der Nationalität des verurteilten Korkmaz zu tun. Das Strafmaß wäre dasselbe gewesen, wenn er Deutscher gewesen wäre. Aber das begreifen die meisten nicht, Britta leider eingeschlossen.

»Gönnen Sie sich eine Pause, Frank. Sechs Monate, fürs Erste. Danach sehen wir weiter. Wir machen was auf Gesundheit, dann behalten Sie Ihre Bezüge. Nur tun Sie mir einen Gefallen.«

Er sieht sie fragend an.

»Treffen Sie keine voreiligen Entscheidungen. Das passt nicht zu Ihnen.«

Petersen nickt.

Als er an der Tür steht, die Klinke in der Hand, dreht er sich noch einmal um. »Es stimmt: Mein Urteil ist vertretbar. Und ich bin noch immer überzeugt davon, dass die Kölner Entscheidung falsch ist.«

»Aber?«, fragt sie.

»Ich hätte mich als befangen ablehnen können.«

»Warum?«

Sein Magen krampft. Er sollte etwas essen, doch bei dem Gedanken daran steigen ihm die Krämpfe bis zum Hals. Er braucht Sauerstoff. Bevor er die Tür hinter sich schließt, sagt er: »Weil die Tochter von Korkmaz die Freundin meines Sohnes ist.«

Nach einem Abstecher in sein Büro geht er runter zu seinem Rover, es ist kurz vor sechs. Es ist dunkel, nur die Straßenlaternen und die vorbeirauschenden Autos spenden Licht. Noch immer Regen.

Von einer Stromleitung starrt ihn ein Kolkrabe an. Gut drei Meter mögen ihn und das Tier voneinander trennen. Dem Raben scheint der Lärm der Autos nichts auszumachen, wie ein Patriarch hockt er da und beobachtet Petersens Bewegungen. Sein nasses Gefieder schimmert im Licht der Straßenlaterne. Bei jeder Kopfbewegung zuckt der ganze Körper, und einige Tropfen stieben durch die Luft. Petersen sucht die benachbarten Baumkronen ab, sein Blick wandert über die kahlen Äste, doch einen zweiten Vogel kann er nicht finden, obwohl sie immer zu zweit sind. Ein Leben lang. Doch hier ist nur einer, und der starrt Petersen an, als hätte er etwas ausgefressen.

Petersen steigt ins Auto. Ihm ist kalt. Sein Handy ist stumm. Jannis will nicht mit ihm reden, das hat er vorhin am Telefon gesagt, und dass er – der Vater – ihn in Ruhe lassen soll. Petersen wollte ihm sein Handeln erklären. Danke, bekam er zur Antwort, kein Interesse, er könne ja immer alles erklären. Dann hatte Jannis aufgelegt.

Die Lichter der Stadt huschen wie kichernde Geister durch den Wagen. An einer roten Ampel stoppt Petersen, dreht das Radio an, dann wieder aus. Eine Gruppe junger Männer tanzt und torkelt über die Straße. Sie schubsen sich gegenseitig und grölen irgendwelche Lieder, durch die Scheiben kann Petersen aber keinen Text verstehen. Seine Scheibenwischer geben den Typen den letzten Stoß, dann sind sie auf der anderen Seite. Dort nimmt jeder einen tiefen Schluck aus seiner Bierdose, als müssten sie sich für eine Heldentat belohnen, nur weil sie über eine Straße gegangen sind.

Eigentlich wollte er längst in Husum im Hotel sein, dieser ganze Reparaturquatsch hat alles durcheinandergebracht. Aber wenn er ohnehin schon später dran ist, kann er aus der Not auch eine Tugend machen. Er wollte doch sowieso neue Bilder fürs Wohnzimmer besorgen, und Rebekkas Galerie ist nur ein paar Straßen entfernt. Rebekka kennt Brittas Geschmack, sie wird ihm helfen können.

In Altona biegt er in die Gorch-Fock-Straße. Direkt vor der Galerie ist ein Parkplatz frei.

Rebekka und er begrüßen sich mit Umarmung wie immer. Neu ist der Boxer, der seine nasse Schnauze gegen Petersens Hosenbein drückt. Er gibt erst Ruhe, nachdem Rebekka ihn mit scharfem Ton am Halsband zur Seite zieht.

»Siehst gut aus«, sagt Petersen.

Sie zieht die Augenbrauen hoch. »Wie geht's dir?«, fragt sie. »Was machst du hier?«

Er zuckt mit den Schultern. »War in der Nähe, dachte, ich schau mal rein.«

»Schön«, sagt sie und gibt ihm einen Kuss auf die Wange. »Hast Glück, dass du mich erwischst. Ich bin selbst gerade erst gekommen. War den ganzen Tag in der Stadt unterwegs. Kaffee?«

Den ganzen Tag in der Stadt unterwegs … Vielleicht hatte die Reparatur des Land Rovers ja doch etwas Gutes. »Ein kaltes Bier wäre mir lieber.«

Er war lange nicht hier. Noch immer geht Rebekka bei den Bildern, die sie verkauft, ihrer einzigen Liebe nach: dem Meer. Schiffe, Küstenlandschaften, Sonnenuntergänge. Motive von Modersohn oder solchen, die es werden wollen. Dazwischen, wie verirrt, ein paar Berg- und Waldlandschaften. Vermutlich dem Diktat des Geldverdienens geschuldet; auch Hamburg lebt nicht vom Wasser allein.

Was tut er hier? Bestimmt kann Rebekka nichts mit seinem Besuch anfangen. Wie auch? Er versteht ja selbst nicht, warum er hier ist. Nur zum Bilderkauf? Eher nicht. Er sieht sich auf einem der Schiffe, die auf den Ölgemälden abgebildet sind. Petersen steht an der Pinne, die aber gehorcht seinen Befehlen nicht. Und jetzt, da Britta weg ist, herrscht nur noch Nebel.

Rebekka grinst und verschwindet hinter einem Vorhang. Der Hund glotzt, mit zur Seite heraushängender Zunge hechelt er wie nach einem Marathon.

»Wie ist sein Name?«

»Pablo«, ruft sie nach vorne. »Und er heißt dich herzlich willkommen. Er ist mein Beschützer, musst du wissen. Aber dich scheint er zu mögen, er hat noch nicht einmal gebellt.«

Petersen wird also von einem Boxer mit Sabberschnauze gemocht. Ist das etwas, worüber man sich freuen sollte? Die Wangen hängen dem Tier herab wie leere Tabaksbeutel, die Mundwinkel glänzen weiß, und seine Augen beteuern, er könne nichts dazu – wozu auch immer.

Der Raum, in dem Rebekka verschwunden ist, liegt hinten raus zu einem kleinen Backsteinhof. Wie oft sie dort zusammen gesessen hatten, damals, als Michael noch lebte. Manchmal blieben sie bis zum Morgengrauen und tranken und rauchten und lachten. Michael war ein netter Kerl, er und Rebekka liebten sich bis zum letzten Tag. Wenn sie nachts zu viert um den kleinen Küchentisch hockten, auf dem sich unzählige Ausgaben der *art* und des *Stern* türmten, darauf Aschenbecher, Müsliriegel und Romane von Grass, die Rebekka ›wichtig‹ nannte, stand die Zeit still. Ein blauer Nikotinschleier umhüllte die vier Verschworenen wie ein Tuch, unter dem Kinder etwas aushecken. Noch heute sieht er die Blicke, die Rebekka und Michael sich zuwarfen, diese wortlose Einheit, ein körperloses Umarmen. Britta saß neben ihm, eine Hand auf seinem Oberschenkel, er spürte ihren fester werdenden Griff, bis sie ihre Zigaretten von einem der Zeitschriftenstapel fischte und sich eine ansteckte. Damals rauchten sie beide noch. Irgendwann wurde aus einem Neujahrsvorsatz Wirklichkeit; im Gegensatz zu ihm hat sie nie wieder angefangen.

Rebekka kommt mit zwei Flaschen Bier zurück. Die beiden stoßen an. Sie geht zur Eingangstür und dreht den Schlüssel um. »Sitz«, wirft sie Pablo zu. Der jedoch macht keine Anstalten, sich auf seiner Decke niederzulassen. Rebekka schüttelt den Kopf und seufzt.

Die roten Ledersessel in der Ecke gibt es immer noch. Brittas Eltern konnten sie irgendwann nicht mehr sehen, und Rebekka war ganz aus dem Häuschen, als sie davon erfuhr. Michael holte sie ab, jetzt sitzt Petersen mit seiner Witwe darin. Manchmal ist das Leben nicht fair.

»Habt ihr telefoniert?«, fragt Rebekka.

Er nickt.

»Und?«

»Nichts ›und‹. Ich habe gesagt, dass sie nach Hause kommen soll.«

»Was hat sie geantwortet?«

Er holt Luft. Mit der Hand fährt er sich übers Kinn, die Bartstoppeln kratzen. Er hat vergessen, sich zu rasieren. Britta mag ihn unrasiert, sie findet das männlich. Er kann aber nicht ständig mit Stoppeln im Gesicht rumlaufen. Was sollen seine Kollegen denken?

»Sie braucht Zeit, hat sie gesagt.«

Rebekka rückt mit ihrem Sessel näher zu ihm und nimmt seine Hand. »Gönn ihr eine Pause. Das wird schon.«

Petersen friert und nippt an seiner Flasche. Gegenüber an der Wand glimmt ein Gelkamin, weiß gerahmt und mit unechten Holzscheiten in der Mitte. Das Ding wirft kaum Wärme ab. Als Petersen sich umschaut, kann er keinen einzigen Heizkörper entdecken. Rebekka gibt seine Hand nicht frei.

»Du hast ja Eisfinger«, sagt sie und lächelt.

»Wie heizt du hier?«

»Fußbodenheizung. Funktioniert im Grunde gut. Nur mein Vermieter … Abends um sechs schaltet sich die Nachtabsenkung ein. Er will mich damit ärgern. Bei der letzten Abrechnung musste ich ein paar Hundert Euro nachzahlen, da hab ich mich beschwert. Jetzt lässt er mich frieren. Die Rache des kleinen Mannes. Und wenn ich mich noch mal beschwere, wird er sagen, ich wüsste wohl selber nicht, was ich will.« Sie lacht und zieht die Schultern hoch, als müsste sie sich bei Petersen entschuldigen.

Pablo hält jetzt scheinbar den Augenblick für gekommen. Er dreht sich noch zwei Mal um sich selbst, dann legt er sich ab. Das Halsband klappert, während er sich in die Decke drückt. Der Hund stinkt, Hunde stinken immer, aber das kann er Rebekka natürlich nicht sagen.

»Und du?«, fragt er. »Wie geht es dir denn überhaupt?«

Sie sieht ihn an, für einen Moment entsteht ein Schweigen, das er nicht als unangenehm empfindet. Braune Augen, deren Liebenswürdigkeit mit Lidschatten und dunkelgrünem Kajal unterstrichen ist. Die langen, roten Locken werden von einem Tuch mit Blumenmuster gebändigt, das im Nacken zusammengeknotet ist. Schon immer hatte Rebekka einen Hang zur Exaltiertheit, er kann sich nicht erinnern, sie jemals ohne grüne, blaue oder schwarze Nägel gesehen zu haben oder ohne ihre unzähligen Ringe, die auf allen Fingern stecken. Das Verrückte ist: Sosehr sie mit ihrem Äußeren abseits der Norm liegt, sosehr ist sie sich treu geblieben, hat sich nie von Moden mitreißen lassen. Eine Ehrlichkeit, die bewundernswert ist. Eine Klarheit, die Petersen fasziniert.

Rebekka lässt seine Hand los und lehnt sich zurück. Ihr Lächeln ist fort, es ist einem Gesichtsausdruck gewichen, der über erlittenen Schmerz hinwegzuschmunzeln versucht. Ein Kokon, der soeben aufgebrochen wurde.

»Seit Michael nicht mehr da ist, hat sich viel verändert. Das Leben geht mir nicht mehr so leicht von der Hand. Damals war alles klar, selbstverständlich. Wir wollten keine Kinder. Und heute? Heute stelle ich mir vor, wie es wäre, wenn. Ich vermisse etwas, das ich nie hatte. Die Lücke kann leider auch ein treudoof guckender Hund nicht ausfüllen.«

Pablo scheint begriffen zu haben, dass der letzte Satz ihm galt. Kurz hebt er den Kopf, lässt ihn aber gleich wieder zu Boden sinken.

»Und du?«, fragt Rebekka.

»Was, ich?«

»Wie geht es weiter bei euch?«

Petersen hätte klug genug sein müssen, um zu wissen, dass manche Fragen wie ein Bumerang zurückkommen. Was erwartest du noch von deinem Leben? Ach, weiß nicht, und du? Das ist ein Reflex, eine fast natürliche Abwehr. Nur nicht zu nah herankommen lassen, das eigene Ich schützen, sonst muss man sich zu sehr mit sich selbst beschäftigen. Die rote Linie der Seele. Als plötzlich ein kleiner, bunter Plastikvogel aus der Schwarzwalduhr an der Wand gegenüber herausfährt und sieben Kuckucksrufe von sich gibt, schrickt er zusammen.

Rebekka lacht. »Tut mir leid. Ich hab das olle Ding immer noch.«

Die Uhr war ein Geschenk von Michaels Mutter; das Teil war der Renner auf Rebekkas dreißigstem Geburtstag. Nachts standen Michael und Petersen mit ein paar Jungs davor. Sie hatten den Vogel gegen ein Schnapsglas getauscht. Immer, wenn es zum Vorschein kam – jede halbe Stunde –, gab es eine neue Runde. Sie haben Tränen gelacht.

Dass Rebekka dieses eigenartige Stück Handwerkskunst tatsächlich in ihrer ansonsten so stilvoll eingerichteten Kunstgalerie aufgehängt hat, dürfte ebenfalls ihrem Hang zum Speziellen geschuldet sein. Oder ihrer Trauer.

»Also, sag schon. Was bewegt dich?« Sie sieht ihn an.

»Kannst du dich an den Fall *Corinna Maier* erinnern?«

»Machst du Witze? Ihretwegen hätte ich dir damals fast die Freundschaft gekündigt.«

»Stimmt, wir hatten uns mächtig in der Wolle.«

»Was ist mit ihr?«

»Sie wird entlassen.«

»Und?« Rebekka zieht die Augenbrauen hoch.

Der rote Sessel ist eng und nimmt Petersen Bewegungsfreiheit. Sofort sind die Bilder wieder da. Gerichtssaal 110, schreiende Zuschauer, die aufgerissenen Augen des Getroffenen, bevor sieben weitere Kugeln sich in seinen Körper bohren. Bilder, die sich allein durch das Aussprechen eines Namens in den Vordergrund drängen. Bilder, die so klar und deutlich sind, als wären sie von gestern. Brandmalbilder. Als könnte Petersen seine damalige Platzwunde am Kopf noch immer spüren.

Petersen steht auf, atmet durch, geht zur Uhr und schaut hinauf. Rebekka war sauer damals, Michael musste am anderen Tag den Vogel wieder ankleben. Die Männer haben noch Jahre später über ihre Schnapsidee gelacht.

Rebekka legt Petersen eine Hand auf die Schulter. »Frank? Was ist los?«

Das Uhrenticken fällt von der Wand.

»Wenn ich was anders gemacht hätte, wer weiß, vielleicht würde der Junge noch leben. Er war fast noch ein Kind. Vielleicht war es meine Schuld. Das Ganze lässt mir seitdem keine Ruhe.«

Sie streichelt seine Wange, schmunzelt und schüttelt den Kopf. »Hey, komm mal her.« Sie umarmt ihn, er lässt es zu. Bewegungslos stehen sie da. Wie gut ihre Schulter tut. Jetzt merkt er seine Müdigkeit, dieses Bedürfnis nach Ruhe, das ihn rastlos macht.

»Mensch, Frank. Die Geschichte setzt dir noch immer ganz schön zu, was?«

Petersen löst die Verbindung, bleibt direkt vor ihr stehen. »Egal, wen ich frage, alle glauben, es sei nicht meine Schuld gewesen.«

»Dann hör auf das, was man dir sagt.«

»Ich war dabei, Rebekka. Du nicht und Britta nicht und sonst niemand. Vielleicht hätte ich es verhindern können.«

»Sie hätte doch in jedem Fall geschossen. Sie wollte seinen Tod und keine gerechte Strafe.«

»Wie könnt ihr euch nur alle so sicher sein? Ihr kanntet die Frau doch gar nicht.«

»Kanntest du sie denn?«

»Ich kannte ihr ganzes Leben. Ihre Niederlagen, ihre Triumphe. Ihre beschissene Kindheit. Ich wusste sogar, welche Medikamente sie schluckt und wann.«

»Das meine ich nicht.«

»Sondern?«

»Das ist ihre Akte. Kanntest du auch die Frau?«

Er sieht über Rebekkas Schulter durch die Fensterscheibe. Der Verkehr ist etwas ruhiger geworden, Regen schlägt gegen das Glas.

»Ich konnte mir ein Bild von ihr machen.«

Der Hund zuckt, er scheint zu träumen.

»Und doch gibt sie dir bis heute Rätsel auf.«

Das ist Rebekka. Dieser Feinsinn, ihre Liebe zum Detail. Sie belässt es nicht bei ein paar Farben, sie mischt so lange, bis der Sonnenuntergangshimmel ein Sonnenuntergangshimmel ist. Sie kann stundenlang über das Leben ihrer ausgestellten Maler referieren, bis hin zu deren Ängsten und Träumen. Das tut sie natürlich nicht, dazu ist sie zu loyal und diskret. Aber sie weiß um all die kleinen Sorgen und Nöte und Macken, die ihre Künstler haben. Ohne diese Kenntnis könnte sie nicht mit ihnen zusammenarbeiten.

»Es ist …«, sagt er, »so vielschichtig. Als ob man in einen Raum kommt, von dem Türen in weitere Räume führen. Welche von ihnen nimmst du? Die linke? Die rechte? Die in der Mitte? Ganz egal, hinter allen verbergen sich Räume mit weiteren Türen. Die Wege werden verzweigter, und du hast das Gefühl, du kommst nicht hinterher. Dennoch weißt du, die Räume sind alle miteinander verbunden, alles bedingt sich, ohne dass es erkennbar ist. Die Dinge verselbstständigen sich, sie gleiten dir aus der Hand. Und wenn du es erkannt hast, ist es zu spät.«

Er geht zum Tisch, nimmt seine Flasche und trinkt. Das Bier könnte kälter sein. Es tut dennoch gut. »Ich war zu hemdsärmelig. Ich habe die Situation verkannt, sie ist mir entglitten. Ich hätte etwas merken müssen. Irgendetwas. Aber ich habe meinen Stiefel durchgezogen. Rebekka, ich war nicht achtsam genug. Wenn ich genauer hingesehen hätte, sensibler gewesen wäre, wie ich es mal war, dann hätte ich die Schüsse verhindern können.« Wieder trinkt er, bis die Flasche leer ist.

»Frank, sie hat den Jungen umgebracht und ihre gerechte Strafe dafür erhalten. Du hast dir nichts vorzuwerfen.«

»Mag sein. Aber es hätte nicht so weit kommen dürfen. Was soll's ... Ich bin neben der Spur. Brittas Auszug sitzt tiefer, als ich zugeben will. Und Jannis fehlt mir. Unsere Joggingrunden, die Saunaabende. Klar, in zwei, drei Jahren wäre er sowieso ausgezogen, hätte sich irgendwo eine Studentenbude gemietet. Aber so? So ist es unnatürlich. Ich war darauf nicht vorbereitet, damit kann ich nicht umgehen.«

»Womit – dass du nicht darauf vorbereitet warst oder mit den Umständen an sich?« Rebekka sieht ihn mit ernster Miene an. Dieser Scharfsinn in ihrem Blick. Ohne Angriff fordert er Petersen heraus. Er verspürt keinen Drang nach Rechtfertigung wie so oft bei Britta. Hier, in diesem Augenblick, gegenüber einer Frau, die er sein halbes Leben lang kennt als die beste Freundin seiner Frau, weht ihm ein Flackern in den Magen; plötzlich könnte er die ganze Nacht mit ihr hier sitzen und reden. Einfach nur, um sich ohne Not, ohne Druck zu erklären.

»Gefühlt sage ich: Am meisten hat mich das Unvorbereitetsein getroffen, dieser freie Fall ins Nichts. Aber es ist, wie es ist. Ich hätte es kommen sehen müssen. Und können.«

Wortlos geht Rebekka nach hinten. Er hört die Kühlschranktür, zwei Kronkorken werden aufgezogen. Sie kommt zurück und reicht ihm ein neues Bier. Sie prosten sich zu und stoßen die Flaschen aneinander.

Pablo hat sich seinem Schicksal ergeben. Die Ohren nach unten geklappt, die Augen geschlossen, döst er vor sich hin, dann und wann durchläuft ein Zucken seinen Körper, wahrscheinlich von einem Traum.

»Komm, ich zeig dir mal was.« Rebekka greift Petersens Hand und zieht ihn die offene Stahltreppe hinauf zur Galerie. Vor einem Bild an der Wand, ausgeleuchtet mit zwei Halogenstrahlern, stoppt sie. »Wie findest du das?«

Petersen tut sich schwer mit solchen Fragen. Was hält er von einem Bild oder einer Skulptur oder einem Roman? Was sieht er darin? Was empfindet er? Das alles geht ihm zu weit. Er kann nur sagen, ob er es mag oder nicht. Er weiß aber zugleich, dass diese Art von Antwort jemandem wie Rebekka oder auch Britta nicht genügt. Es geht ihnen um das Warum. Und das weiß Petersen nicht. Im Grunde ist auf dem Gemälde nicht viel zu sehen. Eine ruhige See, darüber ein blauer, diesiger Himmel. Am Horizont sind die Konturen einer Insel zu erkennen. Das war's.

»Schön«, sagt er und sieht schon, wie Rebekka die Augen verdreht.

»Nur schön? Mehr nicht? Frank, komm schon. Streng dich an, ich weiß, dass du das kannst.«

Er nimmt einen Schluck Bier. »Da hinten ist eine Insel«, sagt er.

»Das Bild heißt *Nach vielen Jahren*. Was siehst du noch?«

»Das Meer und einen diffusen Himmel.« Jetzt tritt er einen Schritt zurück. *Nach vielen Jahren*. Warum hat der Künstler seinem Werk diesen Namen gegeben?

»Es ist eine Rückkehr«, sagt er und ist von seinen Worten selbst überrascht. Doch jetzt kommen auf einmal Ideen, Details. Wie von selbst fallen sie aus ihm heraus: »Eine Rückkehr nach vielen Jahren. Da ist etwas passiert damals, auf der Insel. Sie ist kaum erkennbar, sie liegt hinter einem Schleier. Sie ist die Erinnerung, die man ungern hervorholt. Sie ist die Vergangenheit. Jetzt, nach vielen Jahren, kehrt einer dorthin zurück. Es ist aber nicht der Blick zurück, sondern der Blick nach vorn. Er ist über dem Wasser, er fliegt auf die Insel zu. Das Wasser ist ruhig. Diese Ruhe ist allerdings trügerisch. Das weiß jeder, der schon mal auf dem Meer war. Deshalb kommt der Reisende hier auch aus der Luft, das Meer macht ihm Angst. Auch die Insel macht ihm Angst, die Vergangenheit. Aber er muss sich ihr stellen, um seiner selbst willen, denn wenn er es nicht tut, bleibt sein Leben für immer belastet. Diese Reise ist schmerzlich, sie ruft Bilder hervor, die er nicht sehen will, Gefühle, die er nicht fühlen will. Es ist die Auseinandersetzung mit dem eigenen Leben, mit dem eigenen Ich. Das macht man nicht gern, das ist zu anstrengend. Bis heute lebt er mit einem schlechten Gewissen. Er spürt, er trägt eine Mitverantwortung an dem, was damals geschah, aber er hat sich nie getraut, es zuzugeben. Er hat einen weiten Bogen um die Vergangenheit gemacht, er hat versucht, die Insel aus seinem Gedächtnis zu löschen, ist Ausweichmanöver gefahren, hat gegen sich selbst gekreuzt. Das ist ihm aber nicht gelungen, nicht endgültig. Denn sein Herz hat da nicht mitgemacht. Das konnte er nicht betrügen. Und jetzt sind viele Jahre vergangen, Jahre, in denen er sein Leben vergeudet hat, er muss etwas ändern. Und er ist mutig, dieser Reisende, er stellt sich. Um endlich wieder besser schlafen zu können.«

Petersen rinnt ein Schweißtropfen über die Stirn und läuft ihm ins Auge, er wischt ihn weg. Sein Puls rast, er ist außer Atem, als hätte er den Michel erklommen. Rebekka starrt ihn aus großen Augen an.

»Was ist?«, fragt er.

»Nichts. Nur, dass ich von den Socken bin.«

Petersen lacht, etwas lauter, als er wollte, und findet im Bauch keine ausreichende Quelle. Aber es tut gut, es wirkt auf eine ihm unbekannte Art befreiend. »Ich könnte als Verkäufer bei dir anheuern, was meinst du?«

»Super Idee. Ein promovierter Richter a. D. – das macht sich bestimmt gut. Aber du müsstest Rollkragen tragen, schwarz.«

»Vergiss es«, sagt er, und beide lachen.

Er sieht wieder zum Gemälde und deutet mit der Flasche darauf. »Im Ernst, es gefällt mir. Und ehrlich gesagt, bin ich vor allem gekommen, um mich nach ein paar neuen Bildern umzusehen.«

»Sollte womöglich doch noch ein Mann der Kunst aus dir werden?«

»Ich habe unser Wohnzimmer renoviert.«

»Du hast was?«

»Möbel raus, Tapeten ab, Holz von der Decke. Ich habe alles gespachtelt und gestrichen.«

»Hast du nicht.«

»Hab ich doch.«

»Und Britta?«

»Wie, Britta?«

»Weiß sie davon?«

Petersen grinst.

Später stehen Rebekka und er in der offenen Tür. Ein Lastwagen rollt durch eine Pfütze und spritzt Wasser auf den Gehsteig. Ein Mann und eine Frau schlendern eng umschlungen an der Galerie vorüber, mit ihren Pfennigabsätzen muss die Frau sich beim Gehen sichtlich konzentrieren.

»Also dann«, sagt Petersen und nimmt Rebekka in den Arm. Sie küssen sich auf die Wange.

»Mach's gut, Frank. Und wenn du mit ihr telefonierst, grüß sie von mir.«

»Ich fürchte, du telefonierst früher mit ihr als ich.« Er gibt Rebekka einen letzten Kuss, dann dreht er sich um und ist schon die zwei Stufen runter auf den Gehsteig, als Rebekka ihm noch einmal hinterherruft.

»Hey, Frank.«

»Ja?«

»Der Maler heißt übrigens Herb Greenbaum, ein Amerikaner. Er hat sich vor zwanzig Jahren mit seinem Bruder auf einer französischen Atlantikinsel während eines Urlaubs entzweit.«

»Na, dann war ich ja wohl dicht dran.«

»Und er macht sich bis heute Vorwürfe.«

»Warum?«

»Das erzähle ich dir beim nächsten Mal. Mach's gut.«

Winkend schließt sie die Tür.

Als er aus Hamburg raus ist, zeigt die Uhr kurz vor acht, es ist stockfinster. Er fährt auf einer verlassenen Bundesstraße Richtung Norden, das Gebläse drückt Wärme in den Wagen. Er atmet durch, bis Husum sind es eineinhalb Stunden. Das Frauengefängnis liegt zwanzig Kilometer weiter nordöstlich, zwischen Norstedt und Kolkerheide.

Bei einem Parkplatz fährt er ran, er braucht Sauerstoff. Er zieht die kalte Luft tief in die Lunge. Die zwei Bier waren vielleicht etwas viel, ihm dröhnt ein wenig der Kopf. Er steigt zurück in den Wagen und sieht hinaus in die schwarze Nacht. In der Windschutzscheibe spiegelt sich sein Ebenbild. Hätte er Corinna Maiers Schüsse verhindern können? Und warum hat sie bis zum letzten Verhandlungstag gewartet?

Kopfschüttelnd startet er den Motor. Sein Vorhaben ist Unsinn. Corinna Maier wird ihm wahrscheinlich einen gepflegten Vogel zeigen.

Eine Insel. Nach vielen Jahren. Rebekkas Geschmack ist gut.

Vielleicht sollte er sich wirklich einen längeren Sonderurlaub gönnen. Eigentlich hängt er an seinem Beruf.

1990

Als Corinna die Straßenbahn verlässt, schlägt ihr kalter Wind entgegen. Möwen kreischen über ihr, und die Sonne hat es im Kampf mit den grauen Wolken schwer. Das Semester beginnt Mitte April, in knapp drei Wochen. Die Vorstellung daran versetzt ihr einen Stich; Steve ist dann erst einmal weg.

Sie öffnet die Haustür und geht hoch zu seiner Wohnung. Er steht bereits im Flur und breitet die Arme aus. Seinen Kuss erwidert sie mit geschlossenen Augen und gibt seine Lippen noch immer nicht frei, als er sie sanft durch die Tür ins Innere schiebt. Eng umschlungen, den Körper des anderen ertastend, stehen sie in der kleinen Studentenbude und nehmen für einen Moment nichts um sich herum wahr.

Steve hat Tee gekocht. *Schwarzen* Tee, wie er mit einem Grinsen betont. Als er einschenken will, küsst Corinna ihn erneut, inniger jetzt, fordernder. Auch Steves Griffe werden fester, sie wissen, was sie wollen und machen keinen Hehl daraus. Im Hintergrund läuft Musik, Steve hat eine Kassette eingelegt, ein Klavierkonzert mit Violine. Corinna legt ihren Kopf in den Nacken und presst Steves Gesicht an ihren Hals. Sie spürt seinen warmen Atem, nimmt den süßen Duft seiner Haut in sich auf, ihr läuft ein Schauer über den Rücken, und sie kann es nicht erwarten, diese Haut mit ihren Lippen zu ergründen. Die Violinen sprühen Salven in die Luft, ein Allegro, das einem Feuerwerk gleicht, gepaart mit Klavierstößen wie Donnerschläge. Ein Windhauch tanzt durchs Fenster und überzieht Corinnas Körper mit Gänsehaut. Immer stärker wird ihr Verlangen, nach ihm, nach diesem Mann, diesem Fleisch und seiner Lust. Schneller werden ihre Küsse, fordernder der Blick, als er ihr erst den Pullover über den Kopf zieht, dann den BH öffnet. Sein Kopf taucht zwischen ihre Brüste, sein Mund liebkost sich zu ihrem Bauch hinab, sie spürt ein Zittern am ganzen Leib, und in diesem Moment befiehlt er sie zu Boden. Er streift seine Kleidung ab und steht im Lichtspiel von Sonne und Wolken, hält inne, atmet schnell. Bis sie ihn zu sich herunterzieht.

Als sie später auf dem Boden sitzend Rotwein trinken, ist es draußen lange dunkel. Eingehüllt in eine einzige Decke und mit dem Rücken an den warmen Heizkörper unterm Fenster gelehnt, streichelt sie seine Beine. Er hat Kerzen angezündet, die Flammen stehen gerade im Zimmer und bewegen sich kaum. Steve und sie sprechen kein Wort, zu kostbar ist ihre Verbundenheit im Schweigen. Doch irgendwann müssen sie darüber reden; rund drei Wochen noch bis zum Beginn seines praktischen Jahrs. Die letzten Monate waren die wertvollsten und schönsten, die Corinna je erlebt hat. Die Vertrautheit zwischen ihnen, die Intensität ihrer Nähe ist etwas, das sie bisher nicht kannte. Bei ihm kann sie weinen und lachen, ernst sein und albern, sie kann sie selbst sein; immer schenkt er ihr Respekt und Geborgenheit und Verständnis, und wenn Corinna sich nicht allzu sehr in ihrer Menschenkenntnis täuscht, dann empfindet er ebenso für sie. Er wolle nie mehr ohne sie sein, das hat er in den vergangenen Wochen oft gesagt, mal ins Ohr geflüstert, mal im Stadtpark auf der Wiese in den Himmel gebrüllt. Er ist ein verrückter Kerl; intelligent, einfühlsam, verletzlich.

Und von einem Selbstbewusstsein beseelt, das seinesgleichen sucht.

Steve schenkt Wein nach und küsst Corinna auf die Wange. Der Zwang zur Sachlichkeit hängt wie eine dunkle Wolke über ihnen und drückt Corinna aufs Gemüt. Eben fasst sie sich ein Herz, da räuspert sich Steve und richtet seinen Oberkörper auf. »Es ist immerhin die Charité«, sagt er. »Zwar nicht Berlin, aber eines der Lehrkrankenhäuser. Es ist eine Riesenchance, die Owen mir verschafft hat, ich kann keinen Rückzieher machen. Und Eberswalde ist bestimmt ganz in Ordnung.

Außerdem ist es nicht mehr wie früher, die Grenze ist offen, wie können hin und her, wie wir wollen. Wir werden uns ganz oft sehen. Ein paar Leute aus meinem Semester haben ein Auto, da werde ich mehr bei dir sein können, als dir lieb ist.« Er versucht ein Lächeln.

Corinna spürt den Druck hinter ihren Augen, ihr Hals ist eng. »Ich habe Angst, Steve. Um dich.« Sie denkt an den Abend im Bus, an die drei Typen mit den Bierdosen und den Fahrer, der im Grunde der schlimmste von allen war. Sie legt ihren Kopf auf Steves Schulter. Er küsst ihr Haar.

»In meiner Heimat gibt es ein Sprichwort: *Die kleinen Sterne leuchten immer, auch wenn die große Sonne untergeht.*« Er dreht sich zu ihr, sie hebt ihren Kopf, ihre Gesichter ganz nah. Sie küssen sich, eng umschlungen, halten einander im Hier und Jetzt.

»Wir werden uns sehen«, sagt er. »Am Himmel. Jede Nacht. Und an den Wochenenden werde ich zu dir kommen, und wenn es auf meinen bloßen Füßen ist. Nichts wird uns mehr trennen, nichts und niemand.« Steve streichelt ihre Hand.

Corinna schließt die Augen und schmiegt sich enger an ihn. In der Nacht träumt sie von Afrika, sie träumt von der Savanne und ihrer Weite. Der unendlichen Weite.

Und sie träumt vom Leuchten der Sterne.

2015

Mit dem Finger drückt Petersen auf die kleine Klingel, die auf dem Tresen der Pension steht. Er erschrickt, als unvermittelt ein Mann dahinter hochschnellt. »'n Abend«, murmelt er durch einen schwarzen Vollbart und wischt sich die Hände mit einem Tuch ab. Auf dem Namensschild an seiner Brust steht *Deniz*.

»Guten Abend, Herr …«, Petersen zeigt etwas zögerlich auf das Namensschild. »Ist Deniz Ihr Nachname?«

»Deniz ist mein Familienname.«

»Sehr gut! Also, Herr Deniz, mein Name ist Petersen. Pe-ter-sen. Ich habe heute Vormittag ein Zimmer bei Ihnen gebucht, vier Nächte.«

Der Mann blättert in einer Kartei, zieht einen Zettel hervor und legt ihn auf den Tresen. »Sie müssen das ausfüllen, bitte. Name und Adresse und so weiter. Hier ist ein Stift.«

Petersen schreibt und reicht anschließend den Zettel rüber. Der andere prüft die Angaben mit zusammengekniffenen Augen.

»Pe-ter-sen«, sagt er darauf, und die Männer sehen sich an.

»Tut mir leid«, erwidert Petersen. »Entschuldigung!«

Der andere winkt ab. »Ich kenne das. Ist nicht schlimm. Wollen Sie noch was essen?«

»Ja, das wäre prima. Ich bringe eben meine Sachen hoch.«

Eine beige Stofftapete mit Blattmuster ziert die kleine Lobby, überall hängen Gemälde, die Kämpfe mittelalterlicher Galeeren zeigen. Auf einem der Bilder werfen Fischer Speere nach einem weißen Wal, auch bei näherem Hinsehen kann Petersen nicht ausmachen, welcher von ihnen auf dem Achterdeck Captain Ahab sein soll.

Auf dem Weg zum Fahrstuhl wirft Petersen durch die offene Flügeltür einen kurzen Blick in die Gaststube, dort sitzt ein junges Paar an einem Tisch, in der Mitte flackert ein Teelicht. Die Frau und der Mann haben die Hände ineinander verschlungen und lächeln wie im Film. Es riecht nach Bratkartoffeln und gebratenem Fisch. Sein Magen knurrt.

Das Zimmer im skandinavischen Stil – weiß lasierte Dielen, Holzmöbel und Bilder mit Meeresmotiven wie unten im Eingang – ist groß und geräumig. Petersen atmet durch, er braucht Bewegungsfreiheit, es lässt sich besser denken bei ein paar Schritten. Aus der Minibar nimmt er ein Mineralwasser und setzt sich auf die Bettkante. Regen prasselt ans Fenster.

Vorübergehend, hat Britta gesagt, als sie vor gut einer Woche im Schlafzimmer neben ihren gepackten Koffern stand, dem Scheiterhaufen ihrer Ehe. Was ist nur passiert über die Jahre? Warum musste es so weit kommen? Ihr liefen die Tränen beim Abschied, und Petersen fragt sich, wann *vorübergehend* vorüber ist. Auch Britta ist nicht frei von Schuld. Warum akzeptiert sie seine Position nicht? Warum erkennt sie nicht, dass er seine Pflicht zu erfüllen hat und es für diese Pflicht Spielregeln gibt, Spielregeln in Form von Gesetzen? Er kann und darf sich darüber nicht hinwegsetzen, nur weil mit seiner Entscheidung ein heißes Eisen angefasst wird. Das Verfahren gegen Fatmes Vater war so gesehen nichts Besonderes. Religiöser Glaube ist das eine, Gesetze sind das andere. Beides ist nicht immer deckungsgleich, das liegt in der Natur der Sache. Er ist Richter, seine Aufgabe besteht im Abwägen, im Bewerten. Dazu muss er die Tatsachen kennen, er muss einen Lebensausschnitt filetieren. Das hat Petersen getan, auch bei Fatmes Vater. Warum verurteilt sie das? Ständig wirft sie ihm vor, er sei voreingenommen, lasse sich von Vorurteilen leiten. Aber das stimmt nicht, das muss sie doch erkennen. Er lässt sich von nichts leiten als von Fakten, so hat er es immer gehalten, und daran hat sich bis heute nichts geändert. Oder doch?

Er geht zum Fenster. Die Heizung knackt. Draußen ist alles schwarz, bis auf den spärlichen Lichtschein, den die einzelnen Laternen rund um den Husumer Hafen werfen, liegt alles in völliger Dunkelheit. Der BGH hat Petersens Urteile nicht deshalb aufgehoben, weil die Kollegen ihm die falsche Auslegung eines unbestimmten Rechtsbegriffs oder die fehlerhafte Anwendung einzelner Vorschriften angekreidet hätten. Sie haben seine Tatsachenfeststellungen als unzureichend moniert – und das inzwischen vier Mal. Acht Berufsrichter, die jeden Fall noch einmal ganz neu auf links drehen. Sollten sie sich alle irren, während Petersen recht hat? Er muss zugeben: Das ist unwahrscheinlich. Es wird etwas dran sein an ihrer Kritik. Es wäre töricht zu glauben, er allein habe die Weisheit mit Löffeln gefressen. Er würde es gern glauben, er würde es gern für sich in Anspruch nehmen. Aber wenn er realistisch ist, wenn er die Sache nüchtern analysiert, wie er es sonst auch immer tut, dann spricht eine gewisse Wahrscheinlichkeit dafür, dass er bei den vier zurückverwiesenen Urteilen Mist gebaut hat. Dass er tatsächlich seinen Job nicht richtig gemacht hat. Dann hat er sich zwar von nichts als Fakten leiten lassen, aber eben nicht von allen Fakten, die für eine fundierte Entscheidung nötig waren. Was für eine beschissene Erkenntnis.

Noch immer knurrt sein Magen, er muss runter, sonst macht Herr Deniz die Küche dicht.

Wäre Britta doch hier. Dann könnten sie reden. In Ruhe. Sie würden sich austauschen und daran wachsen, wie immer in den mehr als zwanzig Ehejahren. Zumindest war das so. Petersen wird mulmig. Vielleicht hat Britta doch recht. Vielleicht hätte er bei Fatmes Vater wegen Befangenheit aussteigen sollen. Die Möglichkeit war da, die Prozessordnung sieht das vor. Auf seinen Antrag hätten die Kollegen den Beschluss gefasst, das wäre nicht das Problem gewesen. Petersen nimmt einen Schluck Wasser. Ein Schmerz sticht hinter den Schläfen, der Magen rumort. Seine Gedanken drehen sich wie ein Karussell. Am liebsten würde er weglaufen, weit weg. Das passt gar nicht zu ihm. Er nimmt sein Handy, setzt sich auf die Bettkante und tippt:

Hi, Britta,
wie geht es Euch? Was macht Ihr?
Ich vermisse Jannis und Dich.
Finden wir einen Weg?
Was kann ich tun?
Liebe Grüße

Er muss noch mal zum Wagen, die Ordner aus dem Kofferraum holen. Die Rezeption ist verwaist. Aus dem Restaurant klappern Geschirr und Gläser.

Regen prasselt auf Petersen nieder, als er aus der Eingangstür tritt. Dicke, zusammenhängende Wassertaue. Auf dem spärlich beleuchteten Parkplatz biegen sich die Pappeln im Sturm. Sein Wagen ist voll von Laub, spitze, gewölbte Blätter, die trotz des Regens ihren herben Duft verbreiten. Ein Lieferwagen krabbelt die Kiesauffahrt hinauf, die Scheinwerfer blenden. Mit ausladender Kurve fährt er an ihm vorbei und parkt direkt vorm Haus.

Petersen öffnet den Kofferraum und beugt seinen Oberkörper so weit es geht ins Innere. Er hievt den Karton heraus, verschließt den Wagen und schleppt die Unterlagen in die Pension. Er sieht, wie zwei Männer und eine Frau aus dem Lieferwagen steigen und zwei große Fernsehkameras, Mikrofone und ein paar Taschen in Richtung Aufzug tragen.

Im Zimmer stellt Petersen den Karton neben dem kleinen Holzschreibtisch ab, kippt den Rest des Mineralwassers hinunter und freut sich auf ein kühles Bier. Bevor er geht, dreht er noch die Heizung runter; zum Schlafen muss es kühl sein.

In der Gaststube brennt noch Licht, es ist kurz vor zehn, das junge Paar ist verschwunden. Als Petersen den Raum betritt, kommt Herr Deniz auf ihn zu. Er hat ein Tablett mit einem gezapften Bier in der Hand. »Möchten Sie?«

»Sie können Gedanken lesen«, sagt Petersen und greift zu.

Er wählt einen Platz am Fenster, draußen herrscht Finsternis. Herr Deniz zündet die Kerze auf dem Tisch an und notiert Petersens Wünsche. Wenig später serviert er ihm gebratene Schollenfilets mit Kartoffelsalat und ein zweites Pils. Links hinten in der Ecke glimmen heruntergebrannte Holzscheite im offenen Kamin. Rauch steigt empor und zieht unter der Esse ab. Es riecht wie Weihnachten zu Hause.

Ein wenig später kommen die Frau und die zwei Männer vom Parkplatz in den Raum und setzen sich vorn an die Holztheke. Sie ordern eine Flasche Wein und drei Gläser. Herr Deniz ist mit der Bewirtung beschäftigt, und plötzlich steht eine Frau neben Petersen, die mit einem Lächeln seinen Teller abräumt. Sie muss aus der Küche gekommen sein, vielleicht ist es Frau Deniz, sie trägt enge Jeans, eine weiße Schürze und ein schlichtes Kopftuch. Ihre Augenbrauen sind stark geschminkt, ein erdig-roter Ton bedeckt die Lippen.

»Guten Abend«, sagt Petersen, und sie erwidert den Gruß. Kurz, aber freundlich.

»Ist alles recht gewesen?«

»Ja«, sagt er. »Vielen Dank.«

Die drei an der Theke quatschen, lachen und trinken. Die Lampen über dem Tresen werfen gedimmte Lichtkegel aufs Holz.

Herr Deniz kommt an Petersens Tisch. Wie alt mag der Mann sein? Die Haare und der dicke Bart pechschwarz, seine Gesichtshaut braun und durchsetzt von Falten und Unebenheiten. Mitte fünfzig? Schwer zu sagen, vielleicht etwas jünger.

»Haben Sie noch einen Wunsch?«

Petersen bestellt Espresso und einen Aquavit. Sein Handy summt.

Ach, Mensch, Frank?!
Wie oft haben wir darüber
geredet? Hast du mir jemals
zugehört? Du weißt wirklich
nicht, was du tun kannst?

Das glaube ich dir nicht.
Du traust dich nur nicht.
Du glaubst, es wäre Schwäche.
Dabei wäre es Stärke!
Gib einmal in deinem Leben
zu, dass du einen Fehler
gemacht hast! Ein einziges
Mal. Das wäre ein Zeichen.
Es gibt niemals nur eine
Sicht. Du versteckst dich
hinter deinen Gesetzen. Das
Haus zu renovieren genügt
nicht. Deine Unfehlbarkeit.
Ich ertrage sie schon so
lange nicht mehr …

Petersen sieht durchs Fenster auf den Parkplatz, kann jedoch nichts anderes erkennen als seinen eigenen Widerschein. Windböen klatschen noch immer den Regen an die Scheiben. Im Kamin knackt frisches Holz, das irgendjemand aufgelegt haben muss. Herr Deniz bringt Espresso und Aquavit.

»Trinken Sie einen mit?«, fragt er den Wirt unvermittelt.

Der zögert. Er sieht zur Theke, dann wieder zu Petersen. »Moment«, sagt er, kommt kurz darauf mit einem zweiten Espresso zurück und setzt sich.

»Sie trinken keinen Alkohol, was?«

»Nur, wenn Allah nicht zusieht.« Die Männer schmunzeln.

»Die drei da vorn, kennen Sie die?«

»Nein. Aber ich weiß, der eine ist Reporter. Macht Berichte für Fernsehsender.«

»Reporter … Was gibt es denn hier zu berichten?«, fragt Petersen und kippt den Schnaps.

Der andere zieht die Schultern hoch. »Vielleicht kommt ein Politiker nach Husum. Oder es ist mal wieder was beim Knast los.«

Natürlich. Die drei sind ihretwegen hier, sie interessieren sich für Corinna Maier.

»Stimmt etwas nicht?«, fragt Herr Deniz.

»Nein, nein, alles gut. Es ist nur … Kommt das öfter vor, dass am Gefängnis Presse aufläuft?«

Herr Deniz wiegt den Kopf hin und her. »Nicht sehr oft. Aber manchmal, wenn wer Berühmtes reinkommt. Oder raus.«

Die Frau am Tresen ist keine dreißig, die beiden Männer sind nicht viel älter. Sie verstehen doch gar nichts von der Sache. Petersen kann sich noch gut an die Berichterstattung in den Tagen nach den Schüssen erinnern. Corinna Maier war alles in den Schlagzeilen: Racheengel, Mörderin, liebende Mutter. Die drei da vorn können nichts dazu, aber Petersen würde am liebsten aufstehen und sie ohrfeigen, einen nach dem anderen, und wenn sie fragen würden, wofür die Ohrfeigen waren, würde es gleich eine zweite Runde setzen! Sie leben von Quote, von Sensation. Es ist ihnen scheißegal, was einer wirklich ausgefressen hat und wie es juristisch zu bewerten ist. Hauptsache, es knallt. Der Fettdruck auf den Titelseiten kann nicht prall genug sein, Druckbuchstaben, groß wie die Titten in der Bildzeitung. Petersen hat man damals »Richter Mutlos« genannt. Ihn, der Tage und Nächte mit Sortieren zugebracht hatte, der Zusammenhänge und Motive erkennen und begreifen wollte. Ihn, der unzählige Zeugen vernommen und Sachverständige angehört hatte, nur, um sich ein vollständiges Bild von der Tat zu verschaffen. Nur so ist eine gerechte Strafe überhaupt möglich. »Richter Mutlos« – wie einfach sich mancher das Leben macht.

»Schauen Sie, Herr Deniz, draußen ist stockfinstere Nacht.« Petersen deutet aus dem Fenster. »Meinen Sie, Allah kann bei der Dunkelheit etwas sehen? Kommen Sie, trinken Sie einen mit mir.«

Lachend steht der andere auf und holt zwei Aquavit von der Bar. Die Männer stoßen an. Müdigkeit und ein leichter Schwindel machen es sich gemütlich in Petersens Kopf. Die Uhr an der Wand zeigt kurz nach halb elf.

»Darf ich fragen, was Sie zu uns führt? Sie sehen nicht nach Urlaub aus.«

»Hm«, macht Petersen.

Herr Deniz zieht die Stirn kraus.

»Ist nicht wichtig«, sagt Petersen und merkt, dass seine Zunge allmählich schwer wird. »Woher kommen Sie?«, fragt er.

»Anatolien. Meine Eltern kamen in den Sechzigern nach Deutschland. Nach Hamburg, aber meinem Vater war die Stadt zu groß. Meine Familie stammt aus einem kleinen Dorf. Mein Vater hat dann die Pension hier in Husum aufgemacht, eine Sensation für damals: ein Türke als Hotelier. In Köln oder Berlin wäre das vermutlich nicht der Rede wert gewesen. Aber hier? In der Provinz? Er hat durchgehalten, mein Alter, und ich kann mich nicht beklagen. Die Leute sind nett zu mir, also die meisten.«

»Haben Sie Kinder?«

»Ja, eine Tochter. Sie studiert in Kiel. Und Sie?«

Petersen massiert sich mit Daumen und Zeigefinger die Nasenwurzel. »Einen Sohn, Jannis. Er ist neunzehn. Toller Bengel.«

Einer aus dem Trio bestellt eine weitere Flasche Wein. Herr Deniz geht rüber und serviert, dann kommt er zurück, zwei frische Aquavit in der Hand. »Die Gedanken an Ihren Sohn machen Sie traurig.« Der Mann sieht Petersen an.

Der nickt kaum sichtbar. »Meine Frau ist vor Kurzem mit ihm ausgezogen.«

Die Dame aus der Küche kommt an den Tisch. Sie wirft Herrn Deniz einen scharfen Blick zu und flüstert etwas auf Türkisch. Er flüstert zurück und gestikuliert sacht. Bei ihr sieht es nach Einwand aus, bei ihm nach Ausrede. Als sie geht, sagt er: »Ich liebe sie. Aber sie sieht es nicht gern, wenn ich trinke. Allah wacht eben überall.«

Deine Unfehlbarkeit. Wie eine Sprechblase ploppen Brittas Worte immer wieder auf. Wie oft hat sie ihm das an den Kopf geworfen, meist, wenn ihr die Argumente ausgegangen waren. Sollte er als Richter etwas anderes anstreben? Es ist seine Pflicht, unfehlbar zu sein.

»Wollen Sie darüber reden?« Herr Deniz ist augenblicklich wieder ernst.

»Tja …«, seufzt Petersen. Soll er? Soll er mit einem Wildfremden über seine Familie reden? Er gehört nicht zu denen, die ihr Herz auf der Zunge tragen, er ist nicht der Redetyp, wenn es um ihn selbst geht. Britta beklagt das immer, aber er kann schlecht aus seiner Haut.

Was Jannis jetzt wohl gerade macht? Ob er mit Fatme und ihren Eltern beisammensitzt? Worüber mögen sie reden? Über die gemeinsame Zukunft? Eine Mitgift? Oder womöglich über ihn, Petersen, den furchtbaren Vater?

»Ist eine verfahrene Sache«, sagt er. »Ich komme nicht an meinen Sohn ran. Er will mich nicht verstehen.« Petersen zuckt mit den Schultern.

»Da, wo ich herkomme, haben wir ein Sprichwort: *Frag nicht, was der Hund für dich tun kann. Frag, was du für den Hund tun kannst.* Es wird auf eine alte Sage zurückgeführt. Wollen Sie sie hören?«

»Schießen Sie los!«

»Also gut.« Herr Deniz schmunzelt. »Ein Bauer lebte mit seinen Ziegen hoch oben auf einem Berg. Als er eines Tages ins Dorf ging, um Besorgungen zu machen, sah er einen Hund mehr tot als lebendig an einem Bachlauf liegen. Die Leute lachten über den Ziegenbauern, weil er dem Hund half. Niemand gab mehr einen Kuruş auf das Tier. Der Bauer aber trug ihn auf seinen Schultern den beschwerlichen Weg bergauf, gab ihm zu fressen, bürstete sein Fell und ließ ihn am Kaminfeuer schlafen. Eines Abends brach ein Unwetter über den Berg herein. Aus dem Hund war inzwischen ein stattlicher Rüde geworden. Der Blitz schlug in einen Baum, er brach, sein mächtiger Stamm schmiss den Bauern zu Boden und zerquetschte sein Bein.

Der Hund zögerte nicht, er lief ins Tal und schlug so lange an, bis ein paar Männer ihm folgten. Der Bauer wurde gerettet. Wenn er nun ins Dorf kam, grüßte ihn jedermann.«

»Schön«, sagt Petersen.

»Ihnen gefällt die Geschichte nicht.«

»Doch, schon. Ich mache mir nur nicht viel aus Märchen.«

»Es ist kein Märchen.«

»Sondern?«

»Es ist eine Sage.«

»Ist das nicht das Gleiche?«

Darauf zieht der Mann die Augenbrauen hoch und sieht ihn mitleidig an.

Petersen hat Kopfschmerzen. Das Stechen hinter den Schläfen hat zugenommen. Inzwischen ist es nach Mitternacht. Märchen, Sage, für Petersen macht das keinen Unterschied. Die Geschichte ist schön, aber wie alle Märchen frei erfunden. Eine Theorie, mehr nicht. Er weiß selbst, dass er in der Sache mit Jannis am Zug ist. Er erwartet gar nichts von seinem Sohn, ein wenig Verständnis höchstens. Ist das zu viel verlangt? Jannis fordert das schließlich auch für sich ein.

»Warum war der Bauer im Freien?«

»Was, bitte?«, fragt Herr Deniz.

»Warum war er nicht im Haus? Warum war er draußen?«

»Ich weiß nicht. Kommt es darauf an?«

»Und ob. In Ihrer Geschichte – Ihrer Sage – ist der Hund ein Held und der Bauer ein Glückspilz. Hätte der Mann dem Tier nicht das Leben gerettet, wäre er selbst unterm Baum verendet. Doch was wäre, wenn der Hund es war, der den Bauern ins Freie geführt hat, sagen wir: zum Gassigehen? Dann wäre der Hund der Schuldige und die Moral dahin. Richtig?« Petersen lehnt sich zurück.

Herr Deniz steht auf und legt ein Holzscheit nach, Funken spritzen empor. Vor dem Tisch stehend nickt er und lächelt Petersen an. »Die Sage ist so, wie ich sie erzählt habe. Wollen wir es dabei belassen.« Er geht zum Tresen und kassiert die drei Gäste ab. Lachend und noch immer quatschend verlassen sie den Raum.

Petersen geht nach vorn. Herr Deniz wischt mit einem Lappen über Tresen und Spülbecken.

»Entschuldigen Sie«, sagt Petersen. »Ich wollte Ihnen nicht zu nahe treten.«

Der Mann hält in seinen Putzbewegungen inne, legt den Lappen beiseite und trocknet sich die Hände an einem Tuch ab. »Sie müssen sich nicht entschuldigen. Sie haben recht mit dem, was Sie sagen. So habe ich es noch nicht gesehen.«

Die Männer geben sich die Hand.

»Gute Nacht«, sagt Petersen und geht.

Als er im dunklen Zimmer steht, klatscht Schneeregen gegen die Scheiben. Er zieht die Vorhänge zu, dünne Stoffe mit skandinavischem Blockstreifenmuster, die dem Vollmond und den hellen Wolken nichts entgegensetzen, das Zimmer liegt da wie in einem Schwarzweißfilm. Von nebenan dringen Stimmen durch die Wand, und über ihm scheinen hohe Hacken auf den Dielen Breite und Länge des Zimmers auszumessen; es klackert in einem fort. Gedämpfte Unterhaltung weht durch die Nacht, und der Wind kichert vorm Haus, als lache er Petersen aus.

Er legt sich ins Bett und starrt zur Decke. Er liegt an Bord einer alten Galeere, die Lampe wackelt, das Holz knarzt. Britta betritt den Raum, sie trägt ein weißes Kleid mit Rüschärmeln, die langen Haare zum Zopf geflochten. In der Hand hält sie eine bauchige Flasche mit Bastmantel, als Britta sie ansetzt, schüttet sie die Hälfte daneben, der Rotwein rinnt ihr den Hals hinab, über das Dekolleté, bis er im Stoff versickert und einen Fleck hinterlässt. Seine Frau schwankt, ein schmutziges Lachen auf den Lippen, die dunkel geschminkten Augen zusammengekniffen. Petersen mag nicht, wenn sie so ist, er mag diese aus mangelndem Selbstbewusstsein geborene Überheblichkeit nicht, ein hingelogener Stolz, der ihm peinlich ist. In solchen Momenten können die beiden furchtbar aneinandergeraten. Dann ruft er sie zur Räson, sie solle leiser sprechen. Sie brüllt, sie sei gar nicht laut, nicht lauter als er, und der Streit ist in vollem Gange. Zugegeben, das kommt nicht oft vor. Doch wenn, dann wirkt es nach. Wie im Job. Von zehn Akten hast du neun gut gemacht, eine ist darunter, da lief was schief. Es steht also neun zu eins, und man sollte meinen, dieses Verhältnis lasse einen gut schlafen. Doch weit gefehlt, das eine bittere Bonbon versaut einem für Tage den Geschmack. Wenn er das Britta so sagt, geht sie an die Decke. Einmal, entgegnet sie dann, einmal trinkt man einen über den Durst und sagt die Wahrheit, da wird einem das als Grundzug ausgelegt. Das wiederum reizt Petersen, denn es *ist* ein Grundzug an ihr, nicht der Alkohol an sich, aber dass er ihre Zunge mutiger macht und das Innere nach außen kehrt. Dann offenbart sie sich, laut und wie in Notwehr, offenbart ihre Rechthaberei, die sie auf der Stelle wieder leugnet. Ein Teufelskreis, in dem Petersen gegen den Vorwurf der ignoranten Arroganz wie gegen Windmühlen kämpft. Britta meint, sie komme nicht gegen ihn an, gegen seine naturgegebene Autorität, ihre Worte gegen seine alles im Keim erstickende Schlagkraft, die keine erhobene Stimme benötigt, um bis auf den Grund des Magens zu fahren.

Jetzt ist er wieder wach. Solche Gedanken laufen wie ein Räderwerk, greifen ineinander und bewegen erst den Geist, dann die Muskeln. Das Herz schlägt im selben Takt wie die Einparkhilfe kurz vorm Dauerton. Die Atmung ist schnell, ihm ist heiß unter der Decke, die Hände sind Eisklumpen. Warum kann Britta nicht mehr mit ihm streiten? Das ging doch früher. Dann haben sie sich versöhnt, und alles war wieder gut.

Er braucht Zeit für sich, abends, an den Wochenenden, Zeit, in der er seine Akten aus dem Schädel bekommt, all das Blut, die Gewalt, all die Unfassbarkeiten, zu denen Menschen fähig sind. Hat sie das wirklich nie verstanden? Sie hat keine Vorstellung davon, was er täglich durchmacht, vor allem an den Sitzungstagen. Die Abendstunden in seinem Arbeitszimmer – schon immer war das für ihn die Luft zum Atmen, mit Tee und Tageszeitung; er braucht den Wahnsinn der weiten Welt, um dem täglichen zu entgehen, er kann dann nicht Geschirr spülen oder das Haus putzen. Britta entgegnet, das verlange sie gar nicht, aber mehr Aufmerksamkeit, Aufmerksamkeit für das Leben außerhalb seiner Fälle; für sie, für Jannis. Sie kommt dann gern – nach zweiundzwanzig Uhr, wenn er die Augen kaum mehr offenhalten kann – mit Schulthemen, etwa mit den Schwierigkeiten seines Sohnes mit der Deutschlehrerin, als ob Petersen das nicht längst mit Jannis besprochen hätte. Oder mit Geschichten aus ihrem Lehrerzimmer, mit Kolleginnenschicksalen, wie man sie in Groschenromanen liest, hier eine Trennung, da ein Problem, mit dem Rauchen aufzuhören. Allesamt Verhängnisse, keine Frage. Aber nicht seine. Nicht nach zehn Uhr abends. Bis Britta so weit ist und den finalen Schuss abfeuert: Du interessierst dich überhaupt nicht mehr für mein Leben. Bum! Das sitzt immer, und Petersen ist immer zu müde, um angemessen darauf zu reagieren. Er hat vormittags einen Mörder zu lebenslang verurteilt und danach Haftprüfung bei einem Kinderschänder gehabt. Glaubt Britta ernsthaft, ihn interessierten jetzt die Tête-à-Têtes ihrer Lehrerinnen? In solchen Momenten tanzen beide auf der Rasierklinge. Er der Unfehlbare, sie die Missverstandene, die Ungeliebte. Dabei liebt er sie wie am ersten Tag. Sein Konter: Versteh mich nicht falsch, aber ich muss schlafen. Er löscht das Licht und dreht sich um. Britta sitzt aufrecht im Bett und will reden, der Ton ihrer Stimme verrät Wut. Dann reden sie, Britta mehr als er. Bis er sagt, sie hätten das doch schon tausend Mal gehabt und dass sie sich im Kreis drehten; außerdem sei es spät. Britta beginnt zu weinen, er nimmt sie in den Arm, Britta beruhigt sich nicht, er ist ratlos, Britta steht auf, und er schläft ein. Am anderen Morgen ist ein neuer Tag, belegt wie Zähne vorm Putzen. Beide reden, was einen die Erziehung gelehrt hat: Guten Morgen, gut geschlafen, möchtest du Kaffee? Sie haben den Alltagsschweigemantel übergeworfen. Der untaugliche Versuch, aus schlecht gut zu machen.

Der Schlaf, der sonst kommt wie ein guter Freund – heute bleibt er fern. Wieder einmal. Britta ist zum Greifen nah. Und so weit weg.

1990

»Damit schließe ich das heutige Seminar und wünsche allerseits ein schönes Restwochenende.« Prof. Wirtz grinst selbstgefällig und schaltet den Overheadprojektor aus. Sofort kommt eine angeregte Geschäftigkeit im Hörsaal auf; alles packt und schnattert und verabredet sich für den Abend. Corinna stopft hastig ihre Sachen in den Rucksack, sie muss sich beeilen, bis zum Telefonat um sechzehn Uhr bleibt ihr eine halbe Stunde, und mit dem Rad braucht sie mindestens zwanzig Minuten bis nach Hause. Es ist Samstag, sie und Steve sehen oder hören sich immer am Samstag, doch heute stand Medizinethik an, eine Sonderveranstaltung, und Prof. Owen sagte, das sei wichtig.

Dieser Nachmittag des 24. November ist kalt und verregnet. Sie hätte den Bus oder die Straßenbahn nehmen sollen. Zumal das Radfahren mit dem größer werdenden Bauch immer beschwerlicher wird.

Sie ist völlig außer Atem, als sie in ihrer Studentenbude vor dem Apparat sitzt und wartet. Die Uhr zeigt drei Minuten nach, und Corinna ist fast amüsiert, weil Steve Unpünktlichkeit nicht ausstehen kann. Weitere zehn Minuten später fragt sie sich, ob ihm etwas dazwischengekommen ist. Und nach abermaligen zehn Minuten will sie sich erst gut zureden, dann greift sie zum Hörer und wählt.

Immer wieder dröhnt das Signal wie ein dumpfer Glockenschlag, jedes neue Tuten reißt weiter am Geduldsfaden. Corinna legt auf. Sie geht im Zimmer auf und ab, sieht zum Boden, zur Decke, ins Leere. Sie überlegt und sucht nach dem nächsten Schritt. Aus der Kommode im Flur kramt sie das kleine Notizbuch hervor. Hastig blättert sie zwischen den Seiten. Wo zum Teufel ist die Nummer? Also zurück zum Schreibtisch. Von der Auskunft lässt sie sich mit dem Werner-

Forßmann-Krankenhaus in Eberswalde verbinden. Der Mann vom Empfang spricht leise und gelangweilt, Corinna verlangt Station vier (Innere). Wieder muss sie warten, wieder versetzt ihr jedes einzelne Tuten einen gemeinen Stich in den Bauch. Bis endlich abgenommen wird. Eine Schwester Regina ist am Apparat, eine aufgeweckte Stimme, die ein kurzes, freundliches »Hallo« von sich gibt und Corinna direkt wissen lässt, dass Steve schon seit über einer Stunde weg sei. Corinna sieht zur Uhr, viertel vor fünf. »Hat er eine Nachricht hinterlassen?«, fragt sie.

»Er hat sich fröhlich verabschiedet«, antwortet Schwester Regina. »Weiter hat er nichts gesagt.«

Corinna legt auf. Sie weiß nicht, warum, aber sie hat ein ungutes Gefühl. Da stimmt etwas nicht. Steve ist so gewissenhaft. Vielleicht ist ihm etwas zugestoßen? Sie weiß nicht, was sie tun soll. Sie könnte ihren Vater anrufen. Aber was soll das bringen? Sie haben nie einen guten Draht zueinander gehabt. Vielleicht hasst er sie sogar. Er hat es nie ausgesprochen, aber Corinna hat über die Jahre viel begriffen, Zusammenhänge verstanden und Ängste nachvollzogen. Ihre Mutter ist achtundvierzig Stunden nach Corinnas Geburt gestorben, eine Blutvergiftung, obwohl sie angeblich kerngesund war. Ihr Vater hat Corinna das nie verziehen. Er weiß nicht einmal, dass sie einen Freund hat; er hätte vermutlich einen Tobsuchtsanfall bekommen: ein Neger in der Familie! Seine Worte, jede Wette.

Sie atmet durch. In der Küche nimmt sie einen großen Schluck aus der Wasserflasche. Sie muss einen klaren Kopf bewahren. Am Bahnhof könnte sie nach der nächsten Zugverbindung schauen, bis Berlin fährt der IC knapp zweieinhalb Stunden. Aber wie kommt sie – am Abend – von dort weiter nach Eberswalde? Vielleicht kann sie sich von irgendjemandem ein Auto leihen. Die meisten ihrer Kommilitonen haben keins, bis auf Sarah, aber die wird ihr was husten. Corinnas Gedanken drehen sich im Kreis, ein Gefühl von Ohnmacht nimmt sie in den Schwitzkasten. Was zum Teufel soll sie bloß tun?

Sie greift erneut zum Telefon. Im Institut nimmt niemand mehr ab, auch Prof. Owen hat irgendwann Wochenende. Also hangelt sie sich ein weiteres Mal durch die Warteschleife der Auskunft, bis sie seine Privatnummer in Eberswalde erfährt.

Es ist Samstag. Doch Owen wird Verständnis für sie haben. Er hat selbst gesagt, sie könne ihn immer und überall und so weiter, und jetzt ist es immer und überall und so weiter. Er nimmt sofort ab. Knapp schildert sie die Situation, und um sich noch einmal zu rechtfertigen, fügt sie an, sie habe Sorge, dass Steve etwas …

»Nehmen Sie den nächsten Zug nach Berlin, ich hole Sie dort ab. Wenn mich nicht alles täuscht, fährt gegen achtzehn Uhr noch einer. Beeilen Sie sich.« Ohne Gruß legt er auf, und Corinna weiß nicht, ob ihre Besorgnis soeben größer geworden ist. Sie sucht ein paar Sachen zusammen, wirft Hose, Pulli, Badartikel in ihre Reisetasche. Aus dem Küchenschrank nimmt sie die letzten zweihundert Mark, die sie als Notgroschen in der Zuckerdose verwahrt, und steckt sie in ihr Portemonnaie. Dann schnappt sie ihre Tasche, löscht überall das Licht und zieht die Tür hinter sich zu. Im Treppenhaus hallen ihre Schritte. Warum ist Owen ohne weitere Nachfrage und ohne Beruhigungsfloskeln sofort bereit, sie aus Berlin abzuholen und nach Eberswalde zu fahren? Ihr künftiger Doktorvater. An einem Samstagabend. Draußen auf der Straße geht ein kalter Wind um die Häuser, sie friert. Sie sieht zu ihrem Bauch hinab, über dem sie die Jacke nicht mehr zubekommt.

»Alles ist gut«, sagt sie, als sie ihn streichelt. Dann geht sie zur nächsten U-Bahn-Station Richtung Hauptbahnhof.

2015

Der Regen ist in Schnee übergegangen. Als Petersen die Vorhänge zurückzieht und das Zimmerfenster öffnet, empfängt ihn ein kalter, weiß-grauer Morgenhorizont. Die Pappeln sind gepudert, die ersten Vögel trällern. Seine Augen sind geschwollen und tränen, fünf Stunden Schlaf sind zu wenig.

Neben ihm, auf dem breiten Doppelbett, dessen eine Seite unberührt daliegt, sind die beiden Handakten aufgeschlagen. Gestern Abend hat er nur ein paar Seiten geschafft.

Rechts unterm Fenster steht auf einer Kiefernanrichte ein Wasserkocher, daneben stecken Papierröhrchen in unterschiedlichen Farben in einem Glas, Instantkaffee und Milchpulver. Warum eigentlich nicht, er füllt die Kanne im Bad mit Wasser und stellt den Kocher an. Die braune Flüssigkeit schäumt beim Aufgießen.

Er wirft sich seinen Bademantel über, nimmt die Akten vom Bett und setzt sich an den kleinen Schreibtisch neben dem Fenster, das er einen Spalt öffnet. Draußen wird es allmählich heller, die kalte Luft schleicht zu ihm ins Zimmer. Der Kaffee schmeckt besser als erwartet. Petersen schließt das Fenster wieder und dreht die Heizung hoch.

Strafsache 22 Ks 34 Js 1213/10, der Prozess gegen Dirk Malchow. Er hatte sein Opfer mit einem benzingetränkten Lappen betäubt, um ihm dann eine Überdosis Heroin zu injizieren. Zur Verurteilung kam es nicht. Corinna Maier, die Nebenklägerin, erschoss Dirk Malchow vor seinem letzten Wort.

Alles ging rasend schnell damals. Acht Schüsse, kurz nacheinander abgefeuert. Zwei Projektile durchschlugen die Schädeldecke und rissen die hintere Kopfhälfte auf. Blut und Hirnmasse traten aus, nach dem

Befund der Gerichtsmedizin war der Tod sofort eingetreten, das Opfer hat die sechs weiteren Einschüsse in Bauch und Unterleib nicht mehr gespürt. Ruhig und mit einem Ausdruck abfallender Anspannung ließ Corinna Maier die Waffe sinken, bevor sie von den Wachtmeistern überwältigt wurde. Sie leistete keinen Widerstand, sah stattdessen unablässig Petersen ins Gesicht. Und wiederholte: »Hoffentlich ist er tot.«

In den ersten Minuten nach der Tat lag Malchow da, die Augen aufgerissen und starr, während die Blutlache um ihn herum immer größer wurde. Die Zuschauer kreischten und liefen wild durcheinander dem Ausgang zu. Aus dem Raum war alle Luft gesaugt, ein Vakuum unter einer Glocke. Mit leeren Augen sahen sich Staatsanwalt und Verteidiger an, der Nebenklagevertreter, Corinna Maiers Anwalt, hockte regungslos an seinem Platz und ließ mit seinem Blick nicht von dem Toten ab, der ihm gegenüber auf dem Boden in seinem Blut lag. Es dauerte, bis einer von Petersens Beisitzern erste Worte sprach: »Ich muss hier weg!«

Petersen weiß noch, dass er selbst schnell seine Fassung zurückerlangte. Es war geschehen, was niemals geschehen durfte, eine Situation, die auf Anhieb tausend Fragen aufwarf. Doch so unvorstellbar und belastend diese Minuten auch waren, an ihn, den Vorsitzenden der großen Schwurgerichtskammer, stellte man Erwartungen, auch in einem solchen Moment. Er war der Chef, er musste Entscheidungen treffen. Also ließ er einen Arzt rufen und von Beamten der Kripo den Tatort absperren. Er ließ den Saal räumen und kümmerte sich auf dem Gerichtsflur um eine völlig verstörte Mitarbeiterin des Jugendamtes, die dem zwanzigjährigen Angeklagten von Gesetzes wegen zur Seite gestellt worden war, gewissermaßen zu dessen Schutz; Petersen schickte nach einem Seelsorger und ging, als dieser die Frau übernommen hatte, in eine der öffentlichen Toiletten und übergab sich.

Er klappt die Akte zu und nippt am Kaffee. Es ist kurz nach halb neun, um vierzehn Uhr muss er am Gefängnis sein, spätestens. Die drei von gestern Abend werden sich rechtzeitig in Position bringen, er muss zusehen, von ihnen unbemerkt ins Gefängnis zu kommen.

Im Grunde war es Unsinn, alle elf Ordner mit aufs Zimmer zu schleppen, es war Unsinn, dass er sie überhaupt mitgenommen hat. Jetzt, wieder so dicht dran, braucht Petersen kein Papier. Er hat alles im Kopf, was wichtig ist. Corinna Maier wird es genauso gehen.

Als er geduscht und sich frische Kleidung angezogen hat, Jeans, Pulli und seinen hellen Stoffmantel, nimmt er die Handakte Malchow an sich und geht runter. An Frühstück ist nicht zu denken, aber er lässt sich von Frau Deniz überreden, wenigstens einen Kaffee zu trinken. Er möchte nicht unhöflich sein, und er ertappt sich dabei, dass er vor allem dieser Frau gegenüber, einer Türkin, nicht unhöflich sein möchte. Außerdem hat er jede Menge Zeit bis vierzehn Uhr. Er kann also durchaus noch hier in der Wirtsstube sitzen, den wehenden Fahnen draußen im Wind zusehen und sich einen Kaffee gönnen.

Frau Deniz trägt heute ein schlichtes beiges Kopftuch, es sieht sehr schön aus, es passt zu ihrem feinen Gesicht und den dunklen, breiten Augenbrauen. Sie sagt, er müsse ihre Pfannkuchen probieren, ohne Pfannkuchen dürfe er nicht aus dem Haus. Wieder spürt er, dass er der Frau nichts abschlagen kann. Sie könnte ihm alles Mögliche anbieten, und er würde es vermutlich widerstandslos über sich ergehen lassen. Dabei ist das gar nicht gekünstelt, er muss sich nicht einmal verstellen. Er hat zwar noch immer keinen Appetit, aber vielleicht kommt der ja mit dem Essen. Soll Britta ihn für fremdenfeindlich halten, er kann eben nur so sein, wie er ist. Sie müsste ihn hier jetzt erleben. Dann könnte sie sehen, wie aufgeschlossen er der Welt gegenüber ist. Pfannkuchen – der Inbegriff norddeutscher Gemütlichkeit, serviert von einer Türkin. Britta, wenn das kein Statement ist!

Frau Deniz bringt einen Teller Pfannkuchen. Sie glaubt offenbar, Petersen sei nicht allein am Tisch. Es sind nicht zwei oder drei, es ist ein ganzer Turm. So abgemagert sieht er nun wirklich nicht aus, was denkt die Frau? Petersen schüttet Kaffee in seinen Becher nach, streut Zimt und Zucker auf den noch warmen Teig und isst. Er schließt die Augen, als er kaut, Vanille und Zimt vereinen sich in seinem Mund.

Der Teig ist warm und weich und fluffig, wie er ihn noch nicht erlebt hat. Seine Großmutter hat immer die besten gemacht, aber dieses Denkmal gerät gerade ins Wanken. Was Petersen da im Mund hat, ist Kindheit und Heimat, ist Geborgenheit und Genuss in einem. Was Frau Deniz hier gezaubert hat, ist norddeutscher, als er es jemals erlebt hat, und als er sich dessen gewahr wird, muss er lachen. Er lacht in sich hinein, und er ist so sehr erfüllt davon, dass ihm Tränen in die Augen schießen. Keine Ahnung, ob er sich gerade furchtbar kitschig benimmt, doch wenn, dann wäre es ihm egal. Er sitzt hier und ist erfüllt von Freude. Wie schön, dass Frau Deniz ihn überredet hat, etwas zu essen. Den Pfannkuchenturm schafft er zwar nicht, aber für vier Stück hat sein nicht vorhandener Hunger gereicht. Was für ein Glück.

Bis zur Vollzugsanstalt sind es zwanzig Kilometer. Schneebedeckte Felder werden von kleinen Tannenschonungen unterbrochen. Die Rotorblätter unzähliger Windkrafträder zerschneiden den Himmel. Hie und da liegen Höfe mit langen Einfahrten in der flachen Landschaft, große Herrenhäuser aus Backstein, die mit Reet gedeckt sind, bis die Festung, die das Verbrechen verwahrt, geradewegs vor ihm liegt.

Petersen ist angemeldet, er hat gestern noch kurz mit einem Beamten aus der Geschäftsstelle der Haftanstalt telefoniert. Rosemarie, die Direktorin, wird sich sicher freuen, ihn zu sehen. Und Corinna Maier? Ob sie seinen spontanen Überfall akzeptiert? Er muss es darauf ankommen lassen, jetzt ist er hier und zieht die Sache durch. Corinna Maier kann widersprechen, aber wenn er erst einmal Aug in Aug vor ihr steht, wird sie einwilligen; ein bisschen kennt er die Menschen, und anders als üblich setzt er heute auf Intuition.

Der Lieferwagen parkt rechts neben dem großen Eisentor. Waren die drei also doch schneller als er. Sei's drum, er weiß, was er zu tun hat. Er fährt zum Hinterausgang, der für Lieferanten bestimmt ist, und stellt seinen Wagen ab. Als er zurück zum Haupteingang geht, schaut er nur einmal kurz zur Seite, tut ansonsten aber uninteressiert. Die Frau und die beiden Männer lehnen gelangweilt an der Gefängnismauer und rauchen, das Equipment lagert neben ihnen auf dem Boden. Die Betonwand ragt meterhoch in den kaltweißen Himmel und erinnert an ein Stauwerk, das oben von Stacheldrahtschlangen bewacht wird. Überall hängen riesige Scheinwerfer und Kameras, die unerbittlich jeden Quadratzentimeter vor dem Portal ins Visier nehmen.

Der dicke Brinkmann mit Bluthochdruckgesicht hat Schicht. Kaum hat er Petersen an der Panzerglasscheibe wahrgenommen, surrt der Türöffner.

»Moin, Herr Petersen, das is ja ’ne Überraschung. Lange nicht gesehen.«

»Moin, Brinkmann!«

Die Männer geben sich die Hand.

»Und, wie geht es Ihnen? Viel zu tun?«

»Das Böse schläft nie«, sagt Petersen, und die Männer lachen. Ihm ist aber nicht nach Floskelfechten zumute. Damals, als er noch Haftrichter am Amtsgericht war, kam er oft her. Wenn Brinkmann Schicht hatte, saßen sie beisammen, tranken Tee mit Schuss und brannten sich ihre Pfeifen an, bevor Petersen die Lügenmärchen der Untersuchungshäftlinge zu Protokoll nahm. Heute ist Petersen nervös und kurz angebunden, er ist nicht Herr der Lage. Heute bestimmt nicht das Segel den Kurs, sondern der Wind, und der kommt von allen Seiten.

»Chefin im Haus? Müsste mit ihr sprechen. Wegen der Maier, wird heute entlassen.«

Der Dicke richtet seine Brille, Gläser wie Lupen, und geht ein paar Papiere in dem Stapel vor sich durch. »Maier, Maier«, murmelt er, bis sein Finger stoppt. »Jo, hier is’ sie. Maier, Corinna. Nachher um drei.« Brinkmann sieht zur Uhr. »Noch’n büschn hin«, sagt er.

»Sagen Sie bitte oben Bescheid, dass ich da bin. Ich gehe hoch.« Ohne eine Antwort abzuwarten verlässt Petersen den Raum und nimmt die Treppen bis in den fünften Stock des Verwaltungsturms.

Der Flur im Charme eines gelb gekachelten Pathologiekellers aus den Achtzigern hat sich seit Petersens letztem Besuch kaum verändert. Zwei Bundespräsidenten mehr hängen an der Wand, und irgendjemand ist auf die Idee gekommen, ein schwarzes Brett anzubringen, an das Postkarten mit Urlaubsgrüßen gepinnt sind. Einige der Türen zu den Amtsstuben stehen offen, im Vorbeigehen wird Petersen von den Justizbeamtinnen mit kritischen Blicken bedacht. Hier und da säumen gelangweilte Benjamine und Farne den Weg bis zu Rosemarie Bäumers Büro. Die Tür öffnet sich, als Petersen gerade klopfen will.

»Frank. Wie schön.« Seit mehr als zwanzig Jahren ist Rosemarie Bäumer Direktorin des Frauengefängnisses. Bei ihr hatte – im Gegensatz zu Petersens Chefin – niemand Sorge, sie könne eine Fehlbesetzung sein. Klein und dick, wie sie schon immer war, steht sie im Türrahmen und breitet ihre Arme aus. Petersen beugt sich hinab.

»Hallo, Rose. Gott, ist das lange her.«

Im Zimmer gießt Rosemarie Bäumer ungefragt Kaffee in eine Tasse und reicht sie Petersen. Er setzt sich auf die Chaiselongue in der Ecke am Fenster, die Frau setzt sich neben ihn.

»Erzähl, wie geht es dir? Was führt dich zu mir?«

Petersens Finger sind eiskalt, er umfasst den Kaffeebecher mit beiden Händen. »Nun ja … etwas pathetisch gesagt: die Vergangenheit.«

»Die Vergangenheit?«

Petersen stellt den Kaffeebecher auf dem Schreibtisch ab und geht zum Fenster. Gitter teilen die Welt in Landschaftsstreifen. »Ich muss mit Corinna Maier sprechen. Ich dachte mir, ich sammle sie hier bei dir ein und nehme sie mit. Vorm Tor rüsten sie bereits auf, ein Kamerateam war vergangene Nacht im selben Hotel wie ich.«

Rosemarie Bäumer sieht ihn an und nickt. »Bring sie als erstes zu …« Sie unterbricht sich, steht auf, nimmt eine Akte vom Schreibtisch und blättert. »Zu ihm hier: Robert Musiol. Er ist ihr Bewährungshelfer, sitzt auch in Husum. Ich notiere dir die Adresse. Er weiß Bescheid, die beiden haben schon miteinander gesprochen.«

»Musiol«, sagt Petersen. »Ich kenne ihn noch. War damals 'n guter Mann.«

»Bis heute der beste«, sagt sie, legt die Akte beiseite und schreibt. Den Zettel drückt sie Petersen in die Hand. Dann setzt sie sich zurück auf ihren Platz. »Magst du darüber reden?«

Petersen kommt vom Fenster zurück und setzt sich neben sie. Auf dem kleinen Tisch vor ihm lassen ein paar Blumen den Kopf hängen, das Wasser stinkt muffig aus der Vase. »Britta ist ausgezogen, zu ihren Eltern. Sie hält meine Macken nicht mehr aus.« Er nimmt die Vase und stellt sie weiter von sich.

»Welche der vielen Macken meint sie?«

»Das kann ich dir nicht genau sagen, da ist so einiges zusammengekommen. Sie glaubt jedenfalls, ich halte mich für unfehlbar. Das hat sie mir zumindest gestern Abend geschrieben.«

»Und, bist du es?«

»Was?«

»Na, unfehlbar?«

»Rose, wie lange kennen wir uns? Zwanzig Jahre, länger. Du weißt, wie ich ticke. Sag du es mir.«

Rosemarie Bäumer steht auf, im Stehen überragt sie den sitzenden Petersen höchstens um einen halben Kopf. Vom Schreibtisch fischt sie nach einer Zigarette und zündet sie an. Sie pustet den Rauch zum geschlossenen Fenster. »Was hat das Ganze mit Corinna Maier zu tun?«

»Tja«, macht Petersen. »Gibst du mir auch eine?« Wortlos hält die Frau ihm die Schachtel rüber.

Petersen steckt sich eine Zigarette an. Erneut geht er ans Fenster. »Ich weiß es nicht genau. Als mir Friedrich vor ein paar Tagen erzählt hat, dass sie rauskommt, wurde mir klar, dass ich herfahren muss. Ob das eine etwas mit dem anderen zu tun hat? Auf eine Art ja, natürlich, auch wenn ich noch keine genaue Erklärung dafür habe. Dass ich hier bin, war … hauptsächlich Intuition. Seit Britta weg ist, fühlt es sich an, als ob ich jegliche Orientierung verloren habe. Ich fürchte, ich stecke in einer handfesten Krise, nichts hat mehr Gültigkeit. Mit Corinna Maier kam damals der Zweifel, der hat sich seither zu etwas Ungreifbarem ausgewachsen, und nichts ist mehr, wie es war. Meine Urteile sind Mist, mein Sohn spricht nicht mehr mit mir, und jetzt ist mir auch noch die Frau davongelaufen. Ich weiß nicht genau, was ich mir von einem Gespräch mit ihr verspreche. Vielleicht vergeude ich nur meine Zeit. Aber mir war danach. Ich muss mit Corinna Maier reden.« Die Zigarette schmeckt bitter. Halb aufgeraucht drückt er sie in den Aschenbecher.

»Corinna Maier hat dir damals deinen Glauben an den Rechtsstaat zerschossen. Jemand wie du steckt das nicht einfach weg. Frag sie, warum sie gewartet hat bis zum letzten Tag. Vielleicht hilft dir ihre Antwort.«

Petersen nickt. Er greift zum Kaffeebecher und trinkt. »Wie war sie, ich meine … wie … wie hat sie sich verhalten?«

Rosemarie Bäumer geht hinter ihren Schreibtisch und nimmt ein Aquarell von der Wand. Es ist nicht größer als ein DIN-A4-Blatt. Sie reicht es Petersen. Eine gemalte Steppe, die am Horizont von Bergen gesäumt wird. Am Himmel türmen sich weiße Wolken, ein paar Vögel ziehen ihre Bahnen. Im Vordergrund ist ein Jeep zu erkennen, an dessen Seite spannt ein kleines Segel, darunter dösen zwei verwaiste Campingstühle und ein Tisch, auf dem Gläser und eine Flasche stehen.

Die Gefängnisdirektorin geht zur Tür und nimmt ein weiteres Bild von der Wand. Auch dieses reicht sie ihm wortlos. Eine Insel ist darauf zu sehen, schwach nur, schemenhaft, und ein Strand im Vordergrund, dort steht ein Mann und schaut aufs Meer. Das Wasser liegt ruhig da und glitzert im Sonnenlicht. Das Gesicht des Mannes ist nicht zu erkennen, nur sein schwarz-glänzender Nacken.

Petersen sieht Rosemarie Bäumer an.

»Anfangs hat sie viel gemalt. Schöne Bilder und in einer beträchtlichen Anzahl. Sie hat Talent, wenn du mich fragst. Wir hatten ihr erlaubt, sie aufzuhängen, im Speisesaal, in den Zellen, im Fernsehzimmer, einige sogar im Andachtsraum. Eines Tages ging sie los und nahm alle ab. Sie hat sie zerrissen oder zerschnitten, die Reste warf sie in den Müll. Bis auf diese beiden. Sie bat mich, sie aufzubewahren. Für bessere Tage, hat sie gesagt. Nimm sie mit, wenn du gleich runter gehst.« Rosemarie Bäumer schenkt sich Kaffee nach und trinkt. »Du fragst mich, wie sie war während ihrer Zeit hier? Traurig. Sie hat viel gelesen, vor allem Tages- und Wochenzeitungen; politisch ist sie sehr interessiert. Und sie hat gemalt. Sie ist niemals negativ aufgefallen, und sie hat nie Besuch bekommen. Bis auf ein einziges Mal: von einem emeritierten Professor, glaube ich. Danach hat sie stundenlang geweint.«

Erneut sieht Petersen auf die Bilder. »Hat sie jemals über ihren Sohn gesprochen oder seinen Vater?«

»Keine Ahnung. Mit mir jedenfalls nicht.«

»Vielleicht mit einer Mitinsassin«, sagt Petersen.

»Mag sein. Aber wie schon gesagt, sie war traurig, in sich gekehrt und dadurch Außenseiterin. Eine Freundin hatte sie hier nicht, die ganzen Jahre über. Die anderen mochten sie, aber sie mied enge Kontakte. Das Persönlichste, was wir von ihr haben, sind diese beiden Bilder.«

Petersen räuspert sich und atmet durch. »In Ordnung«, sagt er. »Ich möchte jetzt zu ihr.«

Rosemarie Bäumer nickt. »Geh nur. Ich komme nach. Nehmt euch etwas Zeit.«

Petersen hält die beiden Bilder fest in seiner Hand. Er hat die Tür bereits geöffnet, als sie noch einmal seinen Arm umfasst. »Frank?«

»Ja?«

»Ich sage dir jetzt auch etwas Pathetisches: Es war nicht die Vergangenheit, die dich hergebracht hat.«

»Sondern?«

Die Frau steigt auf die Zehenspitzen und küsst ihn auf die Wange.

Im Sozialraum bollert die Heizung auf vollen Touren, Petersen ist keine fünf Minuten hier drin, da steht ihm schon der Schweiß auf der Stirn.

Auf der Ledercouch sitzend, blättert er in alten Magazinen, Corinnas Aquarelle neben sich im Sessel, auf dem Tisch davor zahlreiche Gesellschafts- und Kartenspiele und ein Mensch-Ärgere-Dich-Nicht-Brett ohne Figuren. Gegenüber der Sitzgruppe haben Insassinnen oder Wachpersonal einen vielleicht drei Meter langen Tisch unter das Fenster gestellt. Weiß gestrichen, Marke Eigenbau, beheimatet er jede Menge Blumen, Grünpflanzen und Kräutertöpfe. Eine alte, gelbe Plastikgießkanne steht daneben und wartet auf den nächsten Einsatz.

Petersen steht auf und geht im Zimmer hin und her. Seine Lippen sind spröde, die Handflächen feucht. Gerade ist er im Begriff, die Trockenheit der Blumenerde zu prüfen, als sich die Tür öffnet und Corinna Maier vor ihm steht.

1990

Berlin, Bahnhof Zoo. Corinna steigt aus dem IC, es ist viertel vor neun am Abend. Durch die Bahnhofshalle zischt kalter Wind. Die Luft ist erfüllt von Zigarettenqualm und dem Gestank der Zugbremsen. Sie tritt aus dem Haupteingang, bleibt auf dem Gehsteig stehen und wartet. Trotz der nassen Kälte ist ihr heiß, sie spürt ihre Wangen glühen.

Wasser spritzt seitlich weg, als Owens Wagen bremst, Corinna tritt einen Schritt zurück. Owen steigt aus, öffnet ihr die Beifahrertür und stellt Corinnas Tasche auf die Rückbank. Er setzt sich hinters Steuer und gibt Gas, ein paar Schweißperlen haben sich auf seiner schwarzen Stirn gebildet, Corinna erkennt sie im Schein der entgegenkommenden Fahrzeuge.

Irgendetwas stimmt nicht mit ihm. Sein Blick ist ernst, und er ist zu wortkarg für seine Verhältnisse.

»Was haben Sie?«, fragt sie.

Es vergeht ein Moment, bis er sagt: »Es hat Übergriffe gegeben.«

»Übergriffe? Ich verstehe nicht.«

»Drei Schwarze wurden auf der Straße angegriffen, es sollen Studenten gewesen sein. Ein Freund und Kollege am dortigen Krankenhaus rief mich vorhin an.«

Corinna spürt ihren Bauch, ein Ziehen, einen Druck. Für einen Augenblick ist ihr, als müsse sie sich übergeben.

Owen nimmt ihre Hand und hält sie einen Moment fest. »Machen Sie sich keine Sorgen, Corinna, es wird schon alles gut sein.«

Sein Lächeln nimmt sie ihm nicht ab. Er macht sich Sorgen, Corinna sieht das. Er ist sonst immer cool, hat für jede Situation einen Spruch auf den Lippen. Das ist heute anders, sie hat ihn nie so ernst erlebt. Seine Worte sollen sie beruhigen, aber sie tun genau das Gegenteil. Corinna sieht Steve vor sich, sie sieht sein Lachen.

Owen schaltet einen Gang runter und beschleunigt. Im Scheinwerferlicht fliegen die Schneeflocken wie dicke Bindfäden über die Windschutzscheibe. Corinna zieht die Kragenecken ihrer Daunenjacke vor dem Kinn zusammen, die Lüftung bläst ihr warme Luft entgegen wie ein Föhn, sie friert dennoch und kaut auf ihrer Unterlippe.

Die A 11 Richtung Eberswalde ist leer. Nur gelegentlich überholt Owen andere Fahrzeuge, die sich den Schneespeeren langsamer als er entgegenstellen. Seit einer Stunde sind sie unterwegs, Corinna kommt es wie eine Ewigkeit vor. Immer wieder legt sie eine Hand auf ihren Bauch, streichelt ihn und spricht ihm in Gedanken zu. Ein bisschen auch sich selbst.

Owen ist konzentriert, er fährt schneller, als es die Witterungsverhältnisse zulassen, doch das ist Corinna nur recht. Wenn sie bloß endlich da wären! Sie könnte schreien vor Sorge.

»Wie weit ist es noch?«, fragt sie und kennt die Antwort.

»Eine gute Stunde, schneller geht es nicht.«

Sie schaut aus dem Fenster, ein Rastplatz zieht vorbei. Gelbes Licht der Laternen fällt auf die unzähligen Lastwagen, keine Menschenseele ist zu sehen.

»Wir wollen heiraten. Am besten noch vor der Geburt. Können Sie sich vorstellen, wie sehr Steve sich auf seinen ersten Sohn freut?«

»Pah!«, macht Owen und lächelt. »Was glauben Sie denn? Ich konnte es auch nicht abwarten. Bin rumgelaufen im Krankenhaus, Gang rauf, Gang runter. Raus in den Garten und wieder rein in den Kreißsaal. Ich habe meine Frau wahnsinnig gemacht. Und sie mich! Plötzlich hatte sie wieder Wehen, die Hebamme kam angerannt, es wurde gepresst und geschrien und sonst was veranstaltet, aber mein Kleiner fand es im Bauch seiner Mutter gemütlicher. Es hat ewig gedauert, über fünfzehn Stunden, ich war völlig fertig, und meine Frau erst. Aber dann, kurz nach drei in der Nacht, da war es soweit. Da kam er dann. Himmel, was für ein Gefühl!«

Owen, dieser imposante Mann mit den großen Händen und der dunklen Stimme – in diesem Augenblick ist er weich, verletzlich wirkt er und klein. Er schaut geradewegs auf die Straße, doch Corinna erkennt im schwachen Licht des Wagens, wie sehr er strahlt, wie sehr seine Augen leuchten. Unweigerlich muss sie schlucken, ihr Kinn beginnt zu zittern, und Tränen laufen ihr übers Gesicht. Mit den flachen Händen reibt sie sich über die Wangenknochen. Er nimmt Fahrt raus und dreht sich zu ihr. »Sie werden wunderbare Kinder haben, Sie und Steve. Und wenn Sie mich nicht zu Ihrer Hochzeit einladen, wird das nichts mit Ihrer Doktorarbeit.«

Corinna zwingt sich zu einem Lächeln, aber sie kann nicht verhindern, dass ihre Augen noch nasser werden.

»Versuchen Sie etwas zu schlafen«, sagt er und gibt wieder Gas.

Sie schließt die Augen und legt den Kopf zur Seite. Das Brummen des Dieselmotors kribbelt in den Beinen. Ihre Atmung wird ruhiger, die Augenlider sind schwer. Irgendwann schreckt sie hoch. Ihr Kopf glüht, die Hände sind eiskalt. Sie hat tatsächlich geschlafen.

»Na, junge Dame …« Owen lächelt sie an.

Sie fahren wie auf Schienen. Es schneit nicht mehr. Um sie herum herrscht schwarze Nacht. Keine Lichter sind zu sehen, keine Fahrzeuge kommen ihnen entgegen.

»Wo sind wir?«

»Zwanzig Minute noch. Haben Sie geträumt?«

Corinna reibt sich die Augen. »Warum, habe ich im Schlaf gesprochen?«

»Nein, Sie haben gezuckt. Zwei Mal.«

Corinna überlegt. Da war ein Strand, es war kalt, ein grauer Herbsttag, und die See war kabbelig. Steve und sie hatten dicke Jacken an und sie haben sich geküsst. »Ja, ich habe geträumt«, sagt sie leise. »Steve spricht oft davon. In seiner Heimat ist es immer heiß, er kann sich das Meer und den Strand nicht im Winter vorstellen, mit Schnee auf dem Sand und Eiszapfen an den Schiffen im Hafen. Manchmal, als Kind, da ist meine Tante Anne an Weihnachten mit mir weggefahren. Sie war einsam, so wie ich, und sie verbrachte viel Zeit mit mir. Weihnachten fuhren wir dann manchmal nach Bensersiel. Kennen Sie Bensersiel? An klaren Tagen kann man da vom Strand aus die Insel Langeoog sehen. Tante Anne hatte nie viel Geld, sie mietete immer dasselbe Zimmer in der Pension hinterm Deich. Wir hatten einen kleinen Kunststofftannenbaum mit elektrischen, bunten Lichtern. Jeden Tag waren wir am Meer, wir waren so lange draußen, bis uns Finger und Füße abgefroren sind. Es gab damals ein kleines Café direkt am Strand. Da saßen wir dann und wärmten uns mit Tee und Waffeln, den besten Waffeln der Welt.«

»Das klingt wirklich wunderbar«, schwärmt Owen und lässt kurz das Lenkrad los, um die Hände hochzuheben, als empfange er etwas vom Himmel. »Aber darf ich fragen … Wo waren Ihre Eltern?«

Corinna schaut in die schwarze Nacht hinaus. Der große Mann mit dem leeren Blick, er steht im Wohnzimmer und raucht, steht da, diese Statue, und starrt aus dem Fenster zum Wäscheplatz. Cordhose, enger Rollkragen, Schnauzbart. Corinna weiß nicht, ob das Bild, das sie von ihrem Vater im Kopf trägt, Erinnerung aus eigenem Erleben ist oder aufgewärmte Konserve alter Fotos. Wie sehr sie sich als Kind eine Umarmung von ihm gewünscht hat. Ein Lächeln. Inzwischen tun die Gedanken an ihn nicht mehr so weh.

»Meine Mutter ist bei meiner Geburt gestorben. Und mein Vater … Ich glaube, er war sogar bemüht, mich zu lieben, zumindest für einige Zeit.«

Owen bremst abrupt, er scheint den vorausfahrenden Lkw zu spät wahrgenommen zu haben. Der Wagen kommt ein wenig ins Schlingern, Owen lenkt gegen und hat im nächsten Augenblick das Fahrzeug schon wieder unter Kontrolle. »Entschuldigung«, sagt er. »Wir sind gleich da.«

Corinna betrachtet ihre Hände. Als Kind hat sie an den Nägeln gekaut. Tante Anne hat geschimpft und gesagt, feine Mädchen machen so etwas nicht. Corinna hat sich nie wie ein feines Mädchen gefühlt. Mit dem Nägelkauen hat sie dennoch irgendwann aufgehört.

»Ich möchte Steve das Wintermeer zeigen«, sagt sie.

»Die nächste Abfahrt ist es schon«, sagt Owen.

2015

»Was wollen Sie?« Corinna Maier trägt ihr Haar kurz. Ihre Augen liegen tief in den Höhlen, die Wangenknochen treten hervor. Ein Blick, der keine Freude mehr zu kennen scheint. Die Haut in ihrem Gesicht ist grau und trocken und ungeschminkt.

»Ich … ich würde mich gern mit Ihnen unterhalten.«

Sie zündet sich eine Zigarette an. »Worüber?« Auf ihrem Handrücken klebt ein Pflaster. Der pinke Lack auf den kurzen Nägeln ist abgeplatzt. Sie sieht auf ihre Aquarelle im Sessel.

»Über Sie«, sagt Petersen.

Corinna Maier wirkt müde, die Augen klein und feucht, die Bewegungen ihres Kopfes abgehackt wie die eines Leguans.

»Haben Sie die da hingelegt?« Sie deutet auf die Bilder.

»Frau Bäumer hat sie mir mitgegeben.«

»Über mich gibt es nichts zu reden.« Sie geht an ihm vorbei und setzt sich aufs Sofa.

»Warum sind Sie dann mit meinem Besuch einverstanden gewesen? Sie hätten mich nicht sehen müssen.« Er nimmt ihr gegenüber Platz. Zigarettenqualm hängt im Raum, die Heizungsluft ist trocken und kratzt im Hals.

Corinna Maier räuspert sich und drückt die Kippe im Aschenbecher aus. »Vielleicht wollte ich sehen, was aus Ihnen geworden ist. Ob Sie noch immer dieses selbstverliebte Arschloch sind.«

Es war klar, dass sie ihn nicht mit offenen Armen empfangen würde. Doch die Verbitterung, die ihm jetzt mit der Wucht eines Projektils entgegenschlägt, kommt unerwartet. Es ist das erste Mal, dass er ein persönliches Wort mit der Frau wechselt, eine völlig andere

Situation als damals im Gerichtssaal, als sie stumm dem Prozessverlauf folgte, ohne erkennbare Regung, bis auf den letzten Tag.

Er atmet durch. »O. k., hören Sie zu. Wenn Sie mögen, bringe ich Sie in die Stadt oder wohin auch immer. Wir sollten den Seitenausgang nehmen, vorne wartet die Presse. Ich fahre Sie als Erstes nach Husum zu Ihrem Bewährungshelfer, und wenn Sie einverstanden sind, gehen wir anschließend was essen. Ich lade Sie ein.«

Langsam, als könnte sie etwas beschädigen, erhebt sich Corinna Maier vom Sofa und geht Richtung Tür. Bei Petersen stoppt sie und beugt sich zu ihm runter. »Ich brauche Ihre beschissenen Almosen nicht. Hauen Sie ab!«

Petersen greift nach ihrem Arm und stellt sich vor sie. »Bitte, Corinna. Darf ich Sie Corinna nennen? Erzählen Sie es mir. Erzählen Sie mir, was ich falsch gemacht habe. Danach werde ich Sie in Ruhe lassen, ich verspreche es.«

Lange sehen sie einander an, er kann ihren bitteren Atem riechen. Irgendwann schüttelt sie sacht den Kopf, ein spöttisches Grinsen klemmt sich an ihre Mundwinkel. »Ausgerechnet Sie wollen meine Hilfe«, sagt sie kaum hörbar. Dann geht sie zur Tür, und Petersen folgt ihr.

Als er kurz darauf in ihrer Zelle die höchstens zur Hälfte gefüllte Reisetasche von der Pritsche nimmt, verkneift er sich die Frage, ob das ihr ganzes Gepäck sei. Mit dem Rücken zu ihm steht sie in dem kleinen Raum, der nur mit Kleiderschrank, Tisch, Stuhl und Bett eingerichtet ist und der jetzt, nachdem sie ihre persönlichen Fotos von der Wand genommen und in ihre Tasche gesteckt hat, noch kahler und abweisender wirkt als zuvor. Corinna Maier sieht aus dem vergitterten Fenster in den Innenhof. Der Basketballplatz ist verwaist, im Wind züngelt eine Deutschlandflagge. Für einen Moment bildet Petersen sich ein, das Pfeifen der eisigen Böen zu hören.

Mit dem Griff zur Tasche hat Petersen gehofft, ein Zeichen zum Aufbruch gegeben zu haben: Wir können. Doch sie bleibt stehen und starrt weiter nach draußen. Er wagt nicht, ihr eine Hand auf die Schulter zu legen, zu sagen, sie sollten jetzt los. Auf unerklärliche Weise fühlt er sich der Frau verbunden, es ist wie bei einem alten Schulfreund, den man nach dreißig Jahren zum ersten Mal wiedersieht. Älter ist der andere geworden, seine Stimme rauer, und ein Bauchansatz spannt das Hemd. Sie haben eine gemeinsame Vergangenheit, diese alten Schulfreunde, stellen aber nach den ersten Sätzen fest, dass das Leben weitergegangen ist und der eine vom anderen nichts mehr weiß. Eine trügerische Nähe, die Umkleidekabine vor dem Spiel der Missverständnisse.

Corinna führt eine Hand zum Gesicht und wischt sich über die Wange. Dann dreht sie sich zu Petersen, kleine, rote Augen, um sie herum schimmern Tränen auf der Haut. »Also«, sagt sie, und geht an ihm vorbei, hinaus auf den Flur, als einziges ihre beiden Aquarelle in der Hand.

Sie geht voraus, eine Vollzugsbeamtin mit kurzem Haar und blauer Uniform rechts neben ihr; an ihrem Gürtel klingelt ein Metallbündel mit tausend Schlüsseln. Einer Prozession gleich schreiten die beiden Frauen voraus. Immer wieder sehen sie einander an, bis die Beamtin Corinna einen Arm um die Schulter legt und Corinna ihren Kopf gegen den der anderen neigt.

Vor dem Tresen der Ausgabe bleiben sie stehen. Neonröhren an der Decke gießen weißes Licht über sie aus. Jede Bewegung, jedes Wort findet ein Echo.

»Hier, unterschreiben«, sagt der Beamte hinter der Scheibe durch eine Gegensprechanlage und schiebt einen Zettel durch den Schlitz. Corinna nimmt den Kugelschreiber und unterschreibt. Der Beamte hinter der Scheibe zählt Geldscheine ab. »Tausendsechshunderteinundfünfzig Euro und vierzig Cent«, sirrt er durch den Lautsprecher. Dann schiebt er das Geld durch den Schlitz.

Corinna nimmt es an sich und starrt darauf, als wüsste sie nicht, was man damit anfängt.

»Übergangsgeld«, sagt die Beamtin neben ihr und lächelt. »Es steht dir zu, der Lohn für deine Arbeit.«

Corinna dreht sich zu Petersen um, zögert einen Moment und drückt ihm das Geld in die Hand. »Sie wollen mir doch helfen. Dann achten Sie drauf, dass ich nicht gleich alles durchbringe.«

Petersen nimmt das Geld, und für einen Moment hat er den Eindruck, ein winziges Lächeln in Corinnas Gesicht zu erkennen.

»Hier lang«, sagt die Beamtin und deutet nach links. »Wir gehen zum Hinterausgang raus.«

Die Entschlossenheit der Frau ist beeindruckend. Es braucht Menschen wie sie, mit einem gerüttelt Maß an Empathie. Sonst ist alles nichts wert.

Vor dem Ausgang halten Petersen, Corinna und die Frau inne. Rosemarie Bäumer kommt auf sie zu. Ohne ein Wort, ohne nach links oder rechts zu sehen, geht sie auf Corinna zu und nimmt sie in den Arm. Eine Weile stehen die beiden Frauen regungslos da, eng umschlungen, und unweigerlich hat Petersen das Bild einer Mutter vor Augen, die der Tochter Lebewohl sagt. Als sie sich voneinander lösen, streichelt Rosemarie Bäumer, diese sachliche und korrekte Frau, Corinna Maier übers Haar. »Passen Sie auf sich auf«, sagt sie, und Corinna nickt.

Die Beamtin öffnet die Tür. Es riecht nach Schnee. Corinna tritt hinaus. Sie schließt die Augen, legt den Kopf in den Nacken und atmet tief ein.

Als Petersen den Motor startet und aufs Gas drückt, drehen die Räder auf dem schneebedeckten Asphalt kurz durch, dann bewegt sich der Wagen langsam nach vorn.

Schon nach ein paar Minuten ist die Vollzugsanstalt aus dem Rückspiegel verschwunden. Die Pressemeute hat nichts mitbekommen. Wortlos schaut Corinna aus dem Fenster, jede Unebenheit der Fahrbahn lässt ihren Kopf, ihren Oberkörper kippeln, als fiele er gleich auseinander. Petersen biegt nach links auf die B5, der Asphalt ist schlierig vom Schneeregen, der Nebel zieht allmählich ab und weicht einem ängstlichen Sonnenlicht.

Aller Anfang ist schwer. Die Worte seines Vaters sind in diesem Moment, in diesem Mikrokosmos seines Wagens, wahrer als je zuvor. Der Motor brummt, die Lüftung surrt, und die Gedanken kreisen wie Materie um ein schwarzes Loch. Petersen ist auf der Suche nach tauglichen Worten für den Spagat zwischen Belanglosigkeit und Überfrachtung, zwischen gut gemeint und gut gemacht. Neben ihm sitzt eine Frau, die seit vier Jahren nichts hatte, außer Gitter vor den Fenstern. Eine Frau, die auf sich allein gestellt war und von ihren Gedanken lebte, von ihren Hoffnungen und Ängsten. Jetzt, nach Jahren des Weggesperrtseins, ist sie frei. Die Last dieser Freiheit dürfte schwer wiegen.

Petersen ist froh, als sie Bredstedt erreichen. Die B5 schlängelt sich durch das kleine Friesenstädtchen, das er von früher kennt, als er vor Jahren mit Britta hier war. Sie besichtigten die St.-Nikolai-Kirche, Britta wollte es. Petersen macht sich nichts aus Gotteshäusern, himmelstrebendes Huldigen ist ihm suspekt. St. Nikolai ist anders, für Petersen strahlt sie Freundlichkeit und skandinavische Weltoffenheit aus, mit hellen Farben, großen, klaren Fenstern und beigen Leinenstoffen. Britta war sauer damals, weil er es vorgezogen hatte, Religion im Allgemeinen für alles Unheil auf Erden verantwortlich zu machen. Zugegeben, eine in dieser Reduziertheit wohl kaum zu haltende und überzogene These. Doch bis heute ist er davon überzeugt, der Menschheit wäre viel erspart geblieben, wenn aus den Büchern Gottes oder Allahs oder sonst wem nicht so häufig Alleinstellungsdiktate herausgelesen worden wären – und immer noch würden. Das Radikale ist Petersen fremd. Bei einer Shell fährt er ran.

»Ich muss tanken. Und brauche Kaffee. Wollen Sie auch einen?«

Corinna zögert kurz, dann nickt sie.

Als er mit zwei Bechern in der Hand zurück zum Auto kommt, hat Corinna Papiere auf dem Schoß und starrt gedankenverloren durch die Windschutzscheibe nach draußen. Petersen steht an der Beifahrertür und sieht durchs Fenster, er erkennt, dass sie eine Todesanzeige aus einer alten Zeitung in der Hand hält. Er erschrickt, der Kaffee fällt zu Boden, Corinna zuckt auf ihrem Sitz zusammen. Hastig ist sie bemüht, das Papier in eine Kladde zu stecken, während Petersen sich bückt und die leeren Pappbecher aufhebt. Sie steigt aus, die Mappe in der Hand, und sieht ihn an.

»Spionieren Sie mich aus, oder was?«, schreit sie ihm ins Gesicht.

»Nein. Sicher nicht.« Petersen spürt sein Zittern. Er hat die Zeilen gesehen, die Großbuchstaben, das Foto.

»Was soll dann die Scheiße? Schleichen sich hier an wie ein gottverdammter Stalker und beobachten mich!« Noch immer ist ihre Stimme laut und erregt. Sie drängelt sich an ihm vorbei, öffnet den Kofferraum und verstaut die Mappe in ihrer Tasche. Petersen geht zu einem Mülleimer, schmeißt die Pappbecher weg und kommt zurück.

»Es tut mir leid. Es ist nur …« Petersen schluckt die Worte runter. »Steigen Sie ein«, sagt er dann. »Wir müssen weiter.«

Der Nebel ist abgezogen, weiße Wolken sind ans Himmelblau getupft. Das Thermometer zeigt fünf Grad Außentemperatur an, als sie die B5 Richtung Husum weiterfahren. Ein Freitagnachmittag für einen Strandspaziergang. Stattdessen fährt Petersen mit einer Frau an seiner Seite durch Landschaft und Erinnerung und weiß nicht, wohin das führen soll. Corinna ist unnahbar und schroff. Er nimmt ihr das nicht übel, im Gegenteil. Nach den Erlebnissen im Gefängnis und in den Jahren davor dürfte sie kaum bereit sein, sich jemals wieder einem Menschen anzuvertrauen. Und doch: Bestätigt zu bekommen, auf dem Holzweg zu sein, nagt an ihm. Und als ob die Situation nicht schon absurd genug wäre, lässt er sich von einer spontanen Eingebung leiten und fährt rechts ran. Er hält am Straßenrand und wartet einen Augenblick, sie sieht ihn fragend an.

»Wollen Sie mir verraten, wo er begraben liegt?«, fragt er leise.

Corinna sieht auf ihre Finger, die auf ihrem Schoß liegen, und knibbelt am abgeplatzten Lack der Nägel. Eine Träne fällt auf ihren Handrücken, die Kiefermuskeln treten hervor. Die Kräfte der Trauer und Verzweiflung reißen an ihrer Beherrschung, und Petersen denkt eben noch, sie kann ihnen standhalten, als ihr Körper unkontrollierbar zu zittern beginnt, sie sich die Hände vors Gesicht schlägt und in einem Krampfanfall zu weinen beginnt. Er öffnet das Fach der Mittelkonsole und reicht Corinna ein Taschentuch.

Draußen streiten Sonne und Wolken um die Vorherrschaft, vereinzelt rauschen Autos vorbei, deren Windsog den Wagen schwanken lässt.

»Er war noch ein Kind«, sagt sie tonlos, als sie Petersen aus roten Augen ansieht.

»Ja«, sagt er. »Mit neunzehn ist man noch ein Kind.«

Er denkt an Jannis, als sie beide – nicht weit von hier – ein Wochenende auf Nordstrand verbrachten. Sie fuhren Rad und gingen angeln, Jannis war vierzehn oder fünfzehn, dennoch ließ er es sich nicht nehmen, die Nächte im großen Bett neben seinem Vater zu schlafen, obwohl für ihn ein eigenes Zimmer zur Verfügung stand. Am letzten Abend, die Sonne steckte schon zur Hälfte im Meer und ließ es wie Feuer flackern, tranken Vater und Sohn ihr erstes Bier zusammen, und noch heute hallen in Petersen Jannis' Worte nach: »Vadder, bist echt 'n Kumpel!«

»Was ist mit Ihnen?«, fragt Corinna.

Petersen erschrickt. »Nichts … Mit mir ist nichts. Ich musste nur an meinen Sohn denken. Er ist vor ein paar Wochen neunzehn geworden.«

Sie sehen sich in die Augen. Ein Moment, in dem jedes Wort zu viel ist. Hier sitzen zwei, umhüllt nur von etwas Blech, irgendwo im Nirgendwo, und plötzlich denkt Petersen, allein dieser Augenblick war die Reise wert.

Corinna schaut zur Straße und sagt leise: »Jenfeld. Er liegt in Jenfeld begraben. Auf dem Friedhof in der Schiffbeker Straße.«

Petersen nickt. Dann kramt er in der Innentasche seines Mantels und holt sein Telefon hervor. Er sucht die Nummer und drückt.

»Was tun Sie?«, fragt Corinna.

»Bescheid sagen.«

»Was?«

Petersen spricht in das Gerät und erzählt etwas von Panne und Verspätung. Es dauert keine zwei Minuten, und alles ist gesagt. »Vor acht Uhr heute Abend brauchen wir nicht da zu sein«, sagt er zu Corinna. »Ihr Bewährungshelfer meint, sie seien bei mir in guten Händen; Frau Bäumer hat ihn informiert. Wenn Sie also mögen … Ich fahre Sie hin.«

»Wohin?«

»Zu Ihrem Sohn.«

Wie schon vor wenigen Stunden glaubt Petersen auch jetzt in Corinnas Gesicht den Versuch eines Lächelns zu erkennen, das sie sich nicht traut.

»Darf man hier drin rauchen?«, fragt sie.

Petersen drückt auf den Zigarettenanzünder.

Bei Heide fahren sie auf die A 23, vorbei an Wacken, vorbei auch an Itzehoe, immer Richtung A 7, dann Hamburg Centrum. Inzwischen ist der Himmel grau, es hat wieder zu schneien begonnen. In der Stadt presst sich Feierabendverkehr durch die Straßen. Überall hupt es und steht oder bewegt sich nur zentimeterweise fort. Petersen hasst das. Diese gebundene Lebenszeit. Vergeudete, dahintropfende Sekunden, Minuten, Stunden.

Corinna sieht hinaus. Teilnahmslos, ohne Regung sitzt sie da und lässt Alster, Lombardsbrücke und Glockengießerwall an sich vorüberstreifen. Dann ist Schluss, nichts geht mehr voran, eine Demo vor dem Hauptbahnhof. Überall Polizei, Blaulichter und verzerrte Megafonstimmen. Teile der Massen schreien umherstehende Passanten an, eine Frau mit einem Mikrofon in der Hand wird von ein paar Männern zur Seite geschoben. Dem Mann hinter ihr reißen sie eine große Kamera von der Schulter.

»Was ist das denn für eine Scheiße?« Corinna beugt sich nach vorn. Sie öffnet die Fensterscheibe der Beifahrertür einen Spaltbreit.

Aus dem Megafon quäkt eine Männerstimme: » … müssen wir politisch endlich wieder in den Angriff übergehen! Am besten, wir prügeln das Pack nach Afrika zurück!«

Jubel bricht los, die Leute applaudieren.

»Das ist Deutschlands Willkommenskultur«, sagt Petersen und kann nur mit dem Kopf schütteln.

Draußen ziehen zwei Frauen ein blau-weiß-rotes Banner vorbei, es trägt die Aufschrift: *Wenn wir kommen, dann wird aufgeräumt, dann wird ausgemistet!*

»Drehen Sie um«, sagt Corinna und kurbelt die Scheibe wieder hoch.

»Geht nicht.«

»Machen Sie schon«, schreit sie.

»Wir stecken fest. Ich kann nicht drehen.«

Sie zündet sich eine Zigarette an und raucht hastig. Ihr Körper zittert. Ihre Wangen sind feucht. Petersen sieht durch die Heckscheibe. Keine Chance. Dicht an dicht stehen die Autos hinter- und nebeneinander. Überall rennen Menschen umher. Die Lage scheint außer Kontrolle.

»Warten Sie hier«, sagt er.

»Wo wollen Sie hin?«

»Hauen Sie mir nicht ab.«

»Lassen Sie mich nicht allein.«

Er steigt aus. Er drängelt sich durch die Leute vor seinem Wagen und geht nach rechts. Es dürften höchstens ein paar Meter sein, und tatsächlich: Die Rilkegasse ist nicht weit entfernt, und sie ist kaum von Menschen befallen. Er bittet die Passanten, den Weg freizumachen, schiebt sie zum Teil selbst beiseite und wiederholt immer und immer wieder, er müsse durch. Er wird angepöbelt, er solle sich verpissen. Ein Mann mit Hut und Mantel schubst ihn zur Seite, so dass Petersen fast zu Boden stürzt.

Zurück im Wagen hupt er ein paarmal, schlägt nach rechts ein und fährt schrittweise an. Wie zäher Kaugummi teilt sich der Pulk und lässt sie durch, bis Petersen rechts einbiegen kann. Der Weg ist frei, er kann wieder normal fahren. Beide atmen durch.

»Danke«, sagt sie.

Petersen umfährt den vorderen Bahnhofsteil weiträumig, um auf die hintere Seite zu gelangen.

Corinna sieht zurück. »Stopp!«, sagt sie. »Drehen Sie um!«

»Was?«

»Sie sollen umdrehen! Bitte!«

Petersen bremst und hält an einer Bushaltestelle. Als der Verkehr es zulässt, macht er kehrt. »Wo wollen Sie hin?«, fragt er.

»Da oben. Links die Straße rein.«

»Und dann?«

»Fahren Sie einfach!«

Er biegt links ab, und kurz darauf stoppt er vor einem riesigen Wohnkomplex.

»Alles in Ordnung?«, fragt er.

Corinna nickt. »Ist schon gut. Der Deutsche und seine Toleranz. Das wird sich nie ändern.«

Unzählige Fahrräder stehen aufgereiht vor dem Eingang, ein paar kahle Birken säumen den geraden Pflasterweg, der über das Grundstück führt. Zwei junge Männer, eingepackt in Daunenjacken, sitzen auf einer Bank und rauchen, den Oberkörper gegen die Kälte gekrümmt.

»Es sind Minderheiten, Corinna, sie sind in der Unterzahl. Der weit überwiegende Teil der Bevölkerung hält Merkels Flüchtlingspolitik für richtig.«

Corinna lacht spöttisch. »Der weit überwiegende Teil«, wiederholt sie. »Als ob es darauf ankäme.«

»Was glauben Sie?«, fragt Petersen.

Corinna sieht auf die zahllosen Fahrräder. »Wir haben schon lange den Blick für das Menschliche verloren. Dass da Männer, Frauen und Kinder elendig im Mittelmeer ersaufen, ist doch den meisten scheißegal. Hauptsache, ich kann am Samstag mein Auto waschen und meinen Rasen mähen.«

Es wundert Petersen nicht, dass sie vor Bitterkeit versteinert ist. Wenn jemand Leid erfahren hat, dann sie.

Er schaut hinaus zu dem riesigen Gebäudekomplex, Hammerbrookstraße 42. Er kennt die Adresse aus den Ermittlungsakten, Steve Otremba hat hier gewohnt.

»Wollen Sie ein paar Schritte gehen?«, fragt er. Sie sieht aus dem Fenster, den Kopf zwischen die Schultern gezogen, um die oberen Stockwerke in Augenschein zu nehmen.

»Nein«, sagt sie, setzt sich wieder aufrecht hin, den Blick nach vorn gerichtet. »Wir können weiter!«

Petersen nickt und legt einen Gang ein.

Auf Höhe der Jepsenallee kommen sie an Brittas Schule vorbei, dem Immanuel-Kant-Gymnasium. Es ist kurz vor vier und schon fast dunkel, der zweistöckige Betonbau glotzt mit seinem Glaseingang und den schwarzen Fenstern links und rechts wie ein dösender Bär in die Welt. Der letzte Elternabend, bei dem Petersen seine Frau begleitet hat, wuchs sich zur schlichten Katastrophe aus. Ein Potpourri der Eitelkeiten, engagierte Lehrer stießen auf noch engagiertere Eltern, und bedauerlicherweise waren die Gutmeiner unter ihnen in der Überzahl – auf beiden Seiten. Mit welcher Aggression sich da manch einer ins Zeug legen konnte. Es ging um nichts Unbedeutenderes als die Grundsätze des Werkunterrichts. Stein des Anstoßes, der die Konferenz überhaupt hatte erforderlich werden lassen, war der zerquetschte Daumen eines Achtklässlers gewesen. Zugegeben: Der kleine Kerl konnte einem leidtun, Petersen hätte nicht mit ihm tauschen wollen. Der Unfall war aber schon Wochen her und die Verletzung vollständig ausgeheilt, was auf einen geringeren Schweregrad schließen ließ. Das aber, so erboste sich die Mutter, könne doch wohl kaum ein anderes Licht auf die Sache werfen. Man müsse nicht weniger als das

Gesamtkonzept der Werkstunden überdenken, um solcherlei Schwachstellen von Anbeginn auszuschließen. Petersen blieb ruhig und folgte dem Schlagabtausch. Lehrer mahnten zur Sachlichkeit, Eltern auch. Lehrer rechtfertigten ihr Handeln mit pädagogisch erprobten Methoden, Eltern appellierten an den gesunden Menschenverstand. Dann war der Werklehrer an der Reihe. Er erlaube sich, wie er sagte, auf gewisse Unzulänglichkeiten bei den Schülern hinzuweisen. Im Fall des verunfallten David spielten Fehlnisse der elterlichen Erziehung eine nicht untergeordnete Rolle, der Junge setze sich über Anweisungen hinweg, sei oft unkonzentriert und stachele Mitschüler an. Klar, dass Davids Mutter solcherlei Blitzangriff nicht auf sich beruhen ließ. Sie fragte den Werklehrer, wie er es wagen könne, die Angelegenheit derart unsachlich und geradezu boshaft zu behandeln. Sie verbitte sich das, das stehe ihm nicht zu. Er solle seine Arbeit machen und die Kinder ordnungsgemäß beaufsichtigen, dann könne derlei Unfall nicht geschehen. In diesem Moment fuhr Britta mit ihrem Ellenbogen in Petersens Seite und forderte das sofortige Unterlassen seines Grinsens. Er spurte, denn jetzt gab es aus der zweiten Reihe eine Wortmeldung, die er sich nicht entgehen lassen wollte. Ein Vater mit langen Haaren, Zopf und Vollbart ergriff unerwartet Partei für den Werklehrer. Er selbst sei Fußballtrainer einer Jugendmannschaft, da gehe es zum Teil ruppig zu, und ein Grund dafür liege sicher in der Erziehung. Viele Kinder seien zu gewaltloser Konfliktlösung nicht imstande. Wenn er als Trainer bei einer blutenden Nase oder einem blauen Auge immer gleich der mangelnden Aufsicht bezichtigt würde, könne und würde er sein Amt an den Nagel hängen. Das war nun – objektiv gesehen – durchaus ein Beitrag zur Versachlichung. Da hatte man aber nicht mit der zweiten Mutter gerechnet, die sich gar nicht erst meldete, sondern sofort lospolterte. Es sei immer das Gleiche, sagte sie abwinkend. Lehrer schöben die Verantwortung immer auf die Eltern, aber man frage sich doch, wofür sie bezahlt würden, und das nicht schlecht. Lehrer hätten nicht nur die Aufgabe, Kindern Mathematik oder Deutsch oder eben Werken beizubringen, sondern auch einen Erziehungsauftrag. Der werde aber gern vergessen, und dann seien die Eltern schuld. So gehe das nicht, schon gar nicht an einem Gymnasium.

Britta hatte als Klassenlehrerin bislang geschwiegen. Jetzt erhob sie sich und ging zur Tafel. Petersen tat der Rücken weh, die viel zu kleinen Holzstühle waren eine Zumutung, und es hätte ihn nicht gewundert, wenn genau dies auch noch als Argument der wortführenden Mütter herangezogen worden wäre, warum Lehrer und Eltern nicht zusammenfänden. Britta zog einen Kreidestrich über die Breite der Tafel und einen zweiten darunter. Beide teilte sie in Skalen von eins bis zehn ein. Der obere Strang bekam rechts, der untere links eine Pfeilspitze, und dazwischen schrieb sie links »Lehrer« und rechts »Eltern«. Niemand sagte ein Wort, alle Augen waren nach vorn gerichtet wie einst im Unterricht. Britta drehte sich zur Klasse.

»Ich glaube, meine Damen und Herren, Sie alle haben recht. Es ist nicht immer leicht, das richtige Maß zu finden. Aber vielleicht schaffen wir es gemeinsam.«

Britta sprach ruhig und freundlich, die Zuhörer schwiegen weiter. Was für eine aufmerksame Frau sie war. Sie ließ die aufgeheizten Emotionen im Raum verpuffen. Ihre Waffen waren Freundlichkeit und Ruhe.

»Der obere Pfeil soll die Bewertungslinie für Sie, liebe Eltern, sein. Bitte bilden Sie aus Ihren Reihen den Durchschnitt des Wertes, in dessen Höhe Sie einen Erziehungsauftrag bei den Lehrern sehen. Wir Lehrer werden in Bezug auf Sie genauso verfahren und unseren Wert in der unteren Reihe eintragen.«

Nun gingen die Diskussionen los. Petersen hielt sich raus. Es war richtig, was Britta tat, aber es war nicht seins. Hätte er sich beteiligt, hätte er sich verstellt. Er musste nicht darüber diskutieren, dass die zentrale Aufgabe der Erziehung bei den Eltern lag. Und schon gar nicht verspürte er den Drang nach hitzigen Wortgefechten mit anderen

Eltern über das Warum und Wieso. Am Ende jedenfalls kam es zu einem Ergebnis, das alle, Lehrer wie Eltern, mit einem nachdenklichen, fast beschämten Lächeln hinstellte: Beide Seiten hatten sich auf den Wert »sechs« geeinigt, und lagen damit keineswegs so weit auseinander, wie es die anfängliche Diskussion hatte vermuten lassen. Petersen verabschiedete sich. Britta berichtete ihm später am Abend von einem bedachten und respektvollen Fortgang der Gespräche über die Zukunft des Werkunterrichts. Allerdings machte sie zugleich keinen Hehl daraus, dass diese Waffenruhe nach ihren Erfahrungen nur vorübergehender Natur sein würde.

Petersen parkt den Wagen direkt neben dem Eingangstor des Friedhofs. Corinna öffnet den Kofferraum und nimmt etwas aus ihrer Mappe. Dann nickt sie ihm stumm zu.

Der Hauptweg, der geradlinig vom Eingang bis zur Kapelle führt, ist spärlich mit gelbem Licht von Spalier stehenden Laternen ausgeleuchtet. Petersen zieht den Mantelkragen hoch und schließt den obersten Knopf. Corinna geht neben ihm, Schneeflocken fallen ihr ins Gesicht und schmelzen. Obwohl der Weg mit Kies ausgelegt ist, sind die Schritte der Frau, das Knirschen der Steinchen unter ihren Schuhen kaum hörbar. Langsam setzt Corinna einen Fuß vor den anderen, schaut immer wieder nach allen Seiten. Bei der Kapelle biegt sie nach links, dann in einen Stichweg nach rechts, und bald kommen sie zu einer weiten Fläche, eine Wiese, deren Grün von einer dünnen Schneeschicht bedeckt ist. Hier gibt es keine Gräber, wie man sie klassischerweise kennt. Die Verstorbenen werden ohne Grabstein und ohne gekennzeichnete Grabstelle unter dem Rasen beerdigt. Es soll wie eine freundliche Einladung wirken, sich frei darauf zu bewegen, nach dem Motto: Die Verstorbenen sind unter uns, sie sind in der Mitte der Lebenden. Für Petersen ein schöner Gedanke. Wenn er mal nicht mehr ist, will er auch unter einen solchen Rasen.

In der Mitte befindet sich eine quadratische Säule aus Granit, deren vier Seiten von Bodenstrahlern beleuchtet werden. Zu Füßen der

Säule liegen Kränze, Blumen, Fotos und gemalte Bilder. Petersen merkt, wie Corinna neben ihm am ganzen Körper zu zittern beginnt. Er will einen Arm um ihre Schultern legen, doch sie setzt ihren Gang fort und steuert auf die Säule zu. Er folgt ihr und tritt dabei in ihre Fußstapfen, die sie im Schnee hinterlässt. Auf eigenartige Weise fühlt er sich beschämt über die winzigen Abstände ihrer Schritte.

Erstarrt steht sie da, die Augen auf einen einzigen Namen gerichtet, der zwischen vielen anderen in den Stein gemeißelt ist, dahinter Geburts- und Todestag, die Unterstreichung der Daseinsberechtigung. Corinna führt den Zeigefinger ihrer rechten Hand an ihren Mund und küsst ihn. Dann legt sie den Finger auf die Steinbuchstaben und harrt aus. Tränen tropfen in den Schnee, ein leises Schluchzen schneidet durch die Stille. Petersen dreht sich etwas aus dem Licht, damit er die Namen besser lesen kann. Als Corinna ihren Finger vom Granit nimmt, wird sein Blick frei auf ihren Sohn:

Johannes (Jo) Maier,
geb. 09. Januar 1991,
gest. 04. März 2010

Er muss es ein zweites Mal lesen, um sich eines Umstandes bewusst zu werden, der ihm bisher verborgen geblieben ist. Vermutlich war er damals so sehr auf die Sache konzentriert, dass er alles Persönliche ausgeblendet hatte. Das dürfte seiner Professionalität geschuldet sein, seiner Sachlichkeit, für die ihn die Kollegen bewundern. Vielleicht aber war es auch die schlichte Gefühlskälte, die Britta ihm oft vorwirft, dass er das Menschliche neben und hinter den Fakten einfach ausblendet. Aber ist es nicht genau das, was von ihm erwartet wird? Damals im Prozess hat der Name des Opfers weder Regung noch Prägung in Petersen hervorgebracht, und überhaupt, es hätte doch nichts geändert. Aber jetzt?

»Was ist mit Ihnen?« Mit einer Hand wischt sich Corinna über die Wangen.

»Hm«, macht Petersen. »Sie haben fast denselben Namen.« Er tritt einen Schritt zurück und sieht sich die Buchstaben noch einmal mit etwas mehr Distanz an.

»Wer?«, fragt sie.

Er zeigt auf die Säule. »Unsere Söhne. Johannes und Jannis. Verrückt, nicht?«

Corinna sieht ihm eine Weile in die Augen. Dann greift sie in ihre Jackentasche und zieht ein Bild hervor. Sie küsst es, hält es sich mit geschlossenen Augen an ihre zitternden Lippen und stellt es danach wie zerbrechliches Glas neben einen der Kränze auf den Boden.

Als sie sich wieder aufgerichtet hat, stellt sie sich direkt vor Petersen. »Kehrt die Freiheit irgendwann zurück? Dieses Gefühl, nicht mehr ersticken zu müssen?«

Petersen atmet durch. Noch einmal schaut er zum Namen im Granit, dann zum Bild auf dem Boden. »Ich weiß es nicht«, sagt er. »Ich ersticke gerade erst.«

9. JANUAR 1991

Sie kann nicht dort sein. Sie muss hier sein. Es ist gut, dass sie hier ist, ein Neugeborenes braucht seine Mutter.

Durch gelbe Vorhänge sticht mit der Wintersonne Hoffnung in den Kreißsaal. Auf Corinnas Bauch ruht das kleine Bündel Mensch, seine Atmung ist kurz und schnell, während es schläft und sich von seiner Reise ans Tageslicht erholt. Der Kopf, nur mit einem dunklen Flaum überzogen, liegt auf ihrem Brustkorb, und sie kann nicht davon ablassen, immer wieder daran zu riechen, den warmen, süßen Duft in sich aufzunehmen, der ihrer ist und der von Steve. Die Haut ist zart und weich und verletzlich.

Corinna streichelt den kleinen Körper, als wäre er schon immer da. Ihre Tränen hat sie aufgeweint in den vergangenen Tagen. Was ihr geblieben ist, sind Fotos, Aufzeichnungen zu seinem Vortrag und der Wunsch, nicht mehr zu sein. Leer ist das Leben ohne Steve. Jetzt hat sie einen Sohn, Johannes wird sie ihn nennen, so wie Steve es auch wollte. Doch dieses kleine Geschöpf lässt die Sehnsucht nach dem Mann, den sie liebt, unermesslich werden. So will sie nicht fühlen, so will sie nicht denken. Aber ihre Kräfte sind aufgezehrt, sie ist leichte Beute für verbotene Gedanken.

Die Tür öffnet sich, und durch den Spalt lächelt die dicke Schwester mit den rotblonden Locken ins Zimmer. »Sie haben Besuch. Darf ich ihn zu Ihnen lassen?«

»Besuch?«

Die Tür öffnet sich weiter, und Prof. Owen kommt herein. Er hat einen Strauß bunte Blumen in der Hand und ein in Geschenkpapier eingeschlagenes kleines Päckchen.

»Guten Tag, junge Frau.« Er legt Blumen und Geschenk beiseite, setzt sich auf die Bettkante und beugt sich zu dem Kind herab. »Und guten Tag, kleiner Mann. Willkommen auf der Welt.« Er streichelt Johannes sacht den Kopf. Dann richtet er sich wieder auf. »Sie sehen erschöpft aus, Corinna. Und dennoch sehr schön. Wie geht es Ihnen?«

Die Schwester kommt ins Zimmer, sie hat eine Vase in der Hand und lächelt. Die Blumen schlägt sie aus dem Papier, füllt Wasser in das Gefäß und stellt den Strauß auf Corinnas Nachtschrank. Ohne Gruß verlässt sie den Raum.

»Waren Sie heute früh am Flughafen?«, fragt Corinna.

Owen nickt. Corinna sieht den Sarg vor sich, wie er im dunklen, kalten Frachtraum neben Koffern, Fahrrädern und Kartons steht. Owen nimmt ihre Hand. »Er kommt nach Hause«, sagt er. »Sie haben dort alles vorbereitet, ich habe mit seiner Mutter in Pretoria telefoniert. Sie werden ihn noch heute beisetzen.«

Die Erde in Pretoria wird warm sein, viel wärmer als hier. Seine Angehörigen werden trauern, aber sie werden singen und tanzen und ihren Sohn mit der Gewissheit verabschieden, dass er es dort besser hat, wo er hingegangen ist. Corinna wünschte, sie könnte es auch so sehen. Sie betrachtet ihren Sohn, küsst seinen Kopf, streichelt seinen Rücken und presst ihre andere Hand fest in Owens.

»Warum, Professor? Warum, verdammt? Er hat denen nichts getan.«

Owen streicht ihr durchs Haar. »Ich weiß. Ich weiß das. Sie brauchten keinen Anlass. Ihr Hass und ihre Dummheit haben sie blind gemacht. Aber sie werden ihre gerechte Strafe bekommen. Ganz bestimmt.«

Darauf sieht Corinna erneut zu ihrem Kind. Und wischt ihm die Tränen vom Hinterkopf.

Owen nimmt das Geschenk vom Tisch und reicht es ihr. »Nur zu, machen Sie es auf!«

Vorsichtig löst sie die Klebestreifen und zieht das Papier auf. Sie öffnet die Schachtel, und zum Vorschein kommt ein Füllfederhalter.

An ihm baumelt ein kleines Kärtchen, darauf steht von Hand geschrieben:

Gute Arbeit braucht gutes Werkzeug. Lassen Sie uns beginnen, wann immer Sie mögen.
Ihr O.

Corinna streicht mit dem Daumen über die Zeilen, als wolle sie deren Echtheit prüfen. »Danke«, sagt sie und legt Zettel und Stift neben sich.

»Corinna?«

»Ja?«

»Wir schaffen das! *Sie* schaffen das! Und wenn ich irgendetwas tun kann, sagen Sie es mir.«

Mit beiden Armen umschließt sie ihr Kind. Ihre Augenlider sind schwer, ihren Kopf lässt sie ins Kissen sinken. Sie will nicht schlafen. Sie will bei Steve bleiben, in Gedanken will sie ihn im Flugzeug nach Pretoria begleiten. Wenn sie einschläft, verrät sie ihn. Wenn sie einschläft, lässt sie ihn im Stich. Sie muss wach bleiben, Wache halten. Niemand darf ihm etwas tun, nie mehr. Dafür muss sie doch sorgen, und wie soll sie das, wenn sie schläft. Sie sieht ihn vor sich. Sein Lachen, die weißen Zähne. Sein Appartement, Liedtexte, die er sich mit seinem Bruder ausgedacht hat, saurer Himbeerkuchen und die Nächte in seinen Armen. Steve.

Steve?

Als sie aufwacht, ist es dunkel. Eine Leselampe über dem Bett spendet etwas Licht. Corinna ist in ein anderes Zimmer gebracht worden. In einem kleinen Rollbett mit Plexiglasrahmen, das aussieht wie eine Box, in der man Erinnerungen aufbewahrt, liegt Johannes und schläft. Ihn beim Atmen zu beobachten und zu sehen, wie die Augenlider zucken oder seine Mundwinkel, beruhigt Corinna. Sie richtet sich auf und streichelt die winzige Hand, die an seinem Hals liegt.

Prof. Owen hat eine Nachricht dagelassen:

Ruhen Sie sich aus.
Bis morgen!
O.

Die Aussicht, dass er schon bald wieder bei ihr sein wird, tut gut. Corinna wird mit ihm reden müssen, auch wenn es schwerfällt. Aber Owen hat es verdient, dass man ehrlich mit ihm ist. Inständig hofft sie auf sein Verständnis, ihre Entscheidung ist gefallen. Sie kennt Owens Frage schon heute: Was hätte Steve gewollt? Und sie weiß auch schon, was sie ihm antworten wird. Steve hätte gewollt, dass sie tut, was sie für richtig hält. Ein Beruf, der sie bis ans Ende ihrer Tage an den Abend des 24. November 1990 erinnern wird – ein solcher Beruf ist nicht gut für sie.

Corinna nimmt den Füllfederhalter aus der Schachtel. Ein hochwertiges Stück, es liegt schwer in der Hand und führt eine Feder aus echtem Gold. Prof. Owen darf nicht enttäuscht sein, er muss sie verstehen. Morgen wird sie ihm den Füller zurückgeben.

Behutsam legt sie ihn wieder in die Schublade des Nachtschränkchens an ihrem Bett. Alles ist still, nur das leise Atmen ihres Sohnes ist zu hören. Sie starrt auf die kahle Wand gegenüber, und schon kehren die Bilder zurück. Nach dem Übergriff war Steve in die Notaufnahme gebracht worden. Als Corinna und Owen eintrafen, lag er auf der Intensivstation. Man hatte ihn an eine Herz-Lungen-Maschine angeschlossen, sein Puls war schwach, aber stabil. Kopf, Hals und Oberkörper lagen in einem Stabilisationskorsett; wenn er aufwachte, sollte er keine unkontrollierten Bewegungen machen können, um den Sauerstofffluss zum Gehirn nicht zu stören. Corinna konnte sein Gesicht nicht sehen. Bis auf Augen und Nase hatte man ihn vollständig bandagiert. Überall drückte Blut durch.

Von diesem Augenblick an blieb sie im Krankenhaus, immer an Steves Seite. Sie las ihm vor, schlief am Nachmittag auf dem Stuhl ein und aß nur noch selten. Sie erzählte ihm vom Meer, von den Inseln der Nordsee und den Halligen. Auf einer Hallig sei sie zwar noch nie gewesen, aber sie habe viel darüber gelesen und Fotos gesehen, und schon bald, wenn er wieder gesund sei, würden sie gemeinsam hinfahren, das versprach sie ihm. Überkam sie ein Weinkrampf, ging sie vor die Tür. Mit den Tagen lernte sie, wann es Zeit wurde, das Zimmer für ein paar Minuten zu verlassen. Er wachte nicht auf, das Koma hatte ihn gefangen genommen. Corinna las ihm weiter vor, erzählte ihm weiter Geschichten. Immer wieder nahm sie seine Hand, küsste sie und legte sie auf ihren runden Bauch, um ihn zu streicheln. Sie sprach von der Zeit, als sie noch ein kleines Mädchen war, und von ihren Wünschen an die Zukunft. Sie sprach von dem Sohn, den sie bald haben würden, und von einem großen Haus mit vielen Zimmern. Sie sprach von einem guten Beruf und all den Reisen, die sie unternehmen würden, und je mehr sie sprach, desto mehr wünschte sie sich nur eines: dass er seine Augen öffnet.

Steve starb am Nikolaustag, elf Tage nach dem Überfall, aus dem Koma war er nicht wieder erwacht.

Corinna wischt sich das Gesicht trocken. Sie geht ins Bad, übergibt sich und putzt sich die Zähne. Dann nimmt sie ihren schlafenden Sohn und legt sich mit ihm ins Bett.

»Gute Nacht, Steve«, flüstert sie zur Decke.

Und löscht das Licht.

2015

Seit einer halben Stunde sind sie wieder unterwegs, und seit einer halben Stunde schweigen sie. Unter Vertrauten kein Problem. Aber hier? Petersen taugt nicht als Momentretter, dafür fehlt ihm die Spontaneität. Das war schon immer so, und gegenüber Corinna kommt er sich deswegen jetzt fast dumm vor. Was soll sie von ihm halten, wenn er kein Wort spricht? Das wirkt unhöflich. Doch wer weiß, vielleicht ist sie ja froh über die Ruhe.

Der Schneefall hat zugenommen, die Scheibenwischer haben allerhand zu tun. Im Radio diskutiert eine Runde aus mehr oder weniger sachverständigen Experten über Montagsdemonstrationen, deren Sinn fraglich sei. Vergleiche werden gezogen, *Wir sind das Volk*, so lautete damals die Parole, und so lautet sie auch heute wieder, nur dass sich dahinter nun Kräfte der Abschottung und der Ausgrenzung sammeln.

»Was für eine Perversion der Geschichte«, sagt Petersen.

Corinna zündet sich eine Zigarette an. »Wundert Sie das? Mich nicht. Rattenfänger damals wie heute. Ich sag Ihnen was: Jeder ist für diese Scheiße anfällig. Jeder!«

Damit könnte sie recht haben. Wie fragil das Koordinatenkreuz unterschiedlicher Meinungen sein kann, erlebt Petersen schließlich selbst gerade am eigenen Leib. Wenn er Britta gegenüber in den letzten Wochen auch nur kleinste Bedenken im Zusammenhang mit der Aufnahme einer solch massiven Anzahl von Flüchtlingen formuliert hat, ist sie an die Decke gegangen. Dabei geht es ihm überhaupt nicht darum, humanitäre Hilfe in Frage zu stellen, natürlich muss Hilfsbedürftigen geholfen werden. Nur muss es erlaubt sein, einen kritischen Blick darauf zu legen, ob unsere Gesellschaft, ob unser Sozialsystem und unsere Integrationskapazitäten für diesen Umfang von Zuwanderung ausgelegt sind.

»Sorge macht mir nur der Anstieg der Kriminalität«, sagt Petersen. »Wir kommen irgendwann mit der Verfolgung der Straftaten nicht mehr hinterher.«

Corinna dreht sich zu ihm um. »Ach, tatsächlich? Das Lied vom bösen Ausländer, ja? Wird gern gesungen. Hätte Sie für klüger gehalten, Petersen.«

Man kann dazu stehen, wie man will, aber zumindest statistisch ist die steigende Kriminalität durch Zuwanderung eine Tatsache, die Jahr für Jahr vom Bundesinnenministerium dokumentiert und der breiten Öffentlichkeit zugänglich gemacht wird. Es werden Fakten festgehalten, mehr nicht. Was ist verkehrt daran, sich an Objektivität zu halten? ›Ein Flugzeug ist ein Flugzeug und kein ausgestorbener Vogel‹, würde Walter Faber sagen. Corinna reagiert genauso, wie es Britta immer tut, wenn er sich auf fundiertes Datenmaterial beruft und dabei die Emotionen außen vor lässt. Es ist phänomenal: Ihm ist es vollkommen gleich, welcher ethnischen Gruppe ein Mensch angehört. Petersen lenkt seinen Blick auf ihre Straftaten und deren Verhinderung. Anstatt ihm aber dafür Anerkennung zu zollen, wird ihm Fremdenfeindlichkeit ans Revers geheftet.

»Es gibt eine bundesweite Kriminalstatistik, die sehr detailliert und differenziert ist. Steigende Kriminalität durch Zuwanderung ist darin objektiv belegt. Ich beurteile die Menschen nicht danach, woher sie kommen, sondern nach ihren Straftaten.«

»Oh, sehr interessant«, sagt Corinna. »Traue nie einer Statistik, die du nicht selbst gefälscht hast. Heißt es nicht so?«

»Ja, so heißt es wohl.« Die Frau hat recht. Statistiken sind trügerisch, es kommt auf die Auswahl ihrer Parameter an. Die Gleichung, mehr Zuwanderung bedeutet mehr Kriminalität, ist im Grunde Unfug, sie ist wenigstens missverständlich. Denn was bedeutet Kriminalität genau? Durch den Begriff wird alles erfasst, auch der ganze Kleinkram, Einreisevergehen, Ausweisbetrügereien und so etwas. Das ist nichts, woran unser Rechtsstaat kollabiert. Petersen ärgert sich, dass er derart undifferenziert daherredet. Das passt überhaupt nicht zu ihm. Ein Flugzeug ist ein Flugzeug, richtig. Aber ein bisschen sieht es auch wie ein Vogel aus.

»Nach ihren Straftaten beurteilen Sie die Menschen also. Wie beurteilen Sie denn mich?«

Petersen atmet tief durch. »Corinna, ich will nicht mit Ihnen streiten.«

»Tun Sie aber.«

»Will ich aber nicht.«

»Was wollen Sie dann?«

Petersen schaltet einen Gang runter. »Ich möchte Sie verstehen«, sagt er.

Sie drückt die Zigarette im Aschenbecher aus und sieht durch die Windschutzscheibe auf die Landstraße. Der Motor surrt, der Wagen fährt, als würde er dicht über dem Asphalt schweben. »Warum wollen Sie das?«, fragt sie.

Er stoppt am Straßenrand, der Motor läuft weiter. Petersen reibt sich die Augen. Dann sieht er Corinna an: »Weil ich *mich* verstehen will. Weil ich wissen will, warum ich den Boden unter den Füßen verliere.«

»Und Sie glauben allen Ernstes, dass ich Ihnen dabei behilflich sein kann.«

Er räuspert sich, holt Luft: »Ich weiß es nicht, Corinna. Ich weiß es wirklich nicht. Aber einen Versuch ist es vielleicht wert.«

Petersen gibt wieder Gas, und sie fahren weiter, fahren durch eine schwarze Nacht, obwohl es noch nicht einmal sieben Uhr abends ist.

Irgendwann sagt Corinna: »Ich habe gestern mit dem Bewährungshelfer, diesem Musiol, telefoniert. Er hat gesagt, ich muss mich einmal die Woche bei ihm melden.«

»Übliche Bewährungsauflage«, sagt Petersen. »Nach meiner Erfahrung werden Sie ihn in der ersten Zeit sogar täglich sehen. Musiol ist gut.«

»Kennen Sie ihn?«

»Kennen wäre zu viel gesagt. Ich hatte vor Jahren hin und wieder mit ihm zu tun, als ich noch Haftrichter war. Nach allem, was man heute hört, ist er der beste. Engagiert. Taff. Er passt zu Ihnen.« Petersen lächelt.

Die Straßen sind nass und glatt, Petersen muss langsam fahren, muss sich konzentrieren. Er spürt, wie die Müdigkeit an ihm nagt.

»Verurteilen Sie mich?«, fragt Corinna in die Stille.

Petersen nimmt Gas weg, das Lenkrad schlingert für einen kurzen Moment. »Sie haben einen Menschen getötet. Was erwarten Sie?«

Corinna starrt nach vorn. Sie öffnet ihr Fenster und schmeißt eine halbgerauchte Zigarette raus. Petersen will ehrlich bleiben. Es macht keinen Sinn, ihr etwas vorzumachen. Sie soll nicht glauben, dass er – nur, weil er zu ihr gekommen ist und ihre Hilfe braucht – seine Überzeugungen über Bord wirft. Es ist ein Geben und Geben, so sieht er das. »Und warum verurteilen *Sie mich*?«, fragt er.

Im Radio sagt einer der Diskussionsteilnehmer, jeder zweite Asylbewerber begehe Straftaten, das Volk müsse endlich aufwachen. Corinna schaltet aus. »Wenn ich gegen Auflagen verstoße: Was passiert dann?«

Sie sind in Husum angekommen. Petersen biegt nach links in die Friedrichstraße, Richtung Hafen. Vor der Nummer sechzehn hält er an und schaltet den Motor ab. »Sie wollen weg, richtig? Raus aus Deutschland.«

Corinna starrt auf das schwarze Radiodisplay. »Fünfundzwanzig Jahre, und nichts hat sich geändert«, sagt sie und steigt aus. Dann überqueren sie die Straße und klingeln. Sofort steht Musiol in der Tür.

Robert Musiol. Das ist lange her. Sein Lockenkopf ist ergraut, um seine Augen haben sich unzählige Fältchen in die Haut gekerbt. Noch immer ist er blass wie ein Schimmel, und noch immer trägt er einen breiten Ring im rechten Ohr wie Peter Maffay. Schon damals hat er viel geraucht, und auch jetzt – beim Betreten des Büros – läuft man gegen einen Wall aus kalter Asche. Petersens Vater hätte für Musiols Büro nur eine Beschreibung übriggehabt: Granatenwurfstand. Akten überall. Auf dem Schreibtisch, dem Boden, auf dem kleinen Besprechungstisch, der unter der Last des Papierbergs stöhnt, und auf dem Kunstledersofa. Stifte, volle Aschenbecher, Kaffeetassen mit braunen Rändern. Der Mann kann sich mit der Winterfeld die Hand geben. Wer hier arbeitet, beherrscht das Chaos. Oder ist überfordert. Was von beidem es ist, entscheidet Petersen später. Er hat bereits bemerkt, dass Corinna auf Distanz gegangen ist, Musiol oder vielmehr diese Zauberkammer, in der sie gerade stehen, scheinen ihr suspekt zu sein und keineswegs geeignet, ein Startblock für ihren Sprung ins freie Leben zu sein. Sei es drum: Musiol genießt einen guten Ruf in der Szene, seine Klienten haben Respekt. So höflich und zurückhaltend, wie er jetzt auch ist – wenn es drauf ankommt, weiß er sich durchzusetzen. Er kennt die richtigen Leute und wird von Behörden, Richtern und Staatsanwälten geschätzt. Er ist einer, der für seine Arbeit lebt. Nicht für leere Aschenbecher oder saubere Kaffeetassen.

Nachdem Musiol ungelenk ein paar Aktenstapel vom Sofa geräumt hat, nehmen Corinna und Petersen Platz. Den angebotenen Kaffee lehnen beide wie aus einem Mund ab.

Die Formalitäten sind schnell geklärt, Corinna bekommt ein Handy von ihm, mit dem sie ihn – wie er betont – jederzeit erreichen könne, Tag und Nacht. Einmal die Woche solle sie sich bei ihm melden, das genüge. Sozialhilfe und so weiter sei beantragt, wie besprochen, um eine Arbeitsstelle kümmere er sich zurzeit. Es laufe also alles, bis auf eine Sache, und die sei ein Problem. »Das Zimmer«, sagt er. »Im Wohnheim ist alles belegt, und eine bezahlbare Mietwohnung … das ist nicht so einfach.« Musiol macht eine Handbewegung, als wolle er eine Glühbirne in die Fassung schrauben. »Aber wir finden was für Sie, ganz sicher. Wir müssen nur ein paar Tage improvisieren.«

»Heißt was?« Sie zieht die Augenbrauen hoch. »Soll ich etwa hier schlafen? Auf dem Sofa?«

Er zündet sich eine Zigarette an und kneift die Augen zusammen, als der Qualm nach oben zieht. »Wäre nicht das erste Mal. Wenn ich etwas aufräume und lüfte, dann …«

»Vergessen Sie es! Da habe ich ja im Knast besser gelegen!«

Petersen öffnet ein Fenster und lehnt sich an den Schreibtisch. »Sie könnten mit zu mir kommen«, sagt er.

»Was, bitte?«

»Ich wohne im Hotel, nicht weit von hier. Dort ist sicher noch ein Zimmer frei.«

»Hm«, macht Musiol. »Wird aber mit den Kosten schwierig.«

»Über welchen Zeitraum reden wir?«, fragt Petersen.

»Ein paar Tage sicher. Vielleicht auch ein, zwei Wochen.«

»Ein paar Tage? Ein, zwei Wochen?«, wiederholt Corinna. »Das ist doch vollkommen bescheuert!« Sie steht auf und sieht kopfschüttelnd aus dem Fenster. »Wäre ich bloß im Knast geblieben!«

»Corinna, das ist Unsinn«, sagt Musiol. »Das Zimmer im Wohnheim sollte vorgestern frei werden, alles war für Sie vorbereitet. Die Bewohnerin wollte nach Hamburg zurück, ihre Zeit bei uns war um.« Musiol unterbricht. Er räuspert sich und fährt mit der Hand durch seine Locken.

»Und dann?«, fragt Corinna.

»Dann hat sie sich an den Heizkörper gekettet. Sie war ums Verrecken nicht in den Bus zu kriegen.«

Corinna kaut auf ihrer Unterlippe und sieht Musiol an. Der Rauch hängt wie Spinnweben im Zimmer, niemand spricht ein Wort, es ist, als sei ein Film auf Pause gedrückt. Bis Corinna nickt, kaum erkennbar. »Reicht mein Geld?«, fragt sie Petersen.

»Nein. Aber ich wüsste jemanden, der einen Almosen für Sie hätte.«

Corinna kneift die Augenbrauen zusammen. »Wen zum Teufel meinen Sie?«

Petersen holt Luft. »Na, wen schon«, sagt er. »Mich natürlich.«

Sie zögert einen Moment und mustert ihn. Sie soll jetzt bloß nicht von ihm glauben, er verbinde mit seinem Angebot irgendwelche schlüpfrigen Absichten. Das will er nun wahrlich nicht. Er will ihr helfen.

In ihrem Gesicht deutet sich ein winziges, kurzes Lächeln an. Dann nickt sie abermals.

Herr Deniz zieht die Schultern hoch.

»Es tut mir wirklich leid«, sagt er immer wieder. Inzwischen ist es fast zweiundzwanzig Uhr. Petersen hat Kopfschmerzen und Durst. Er ist gereizt, und bei dem Versuch, genau diese Gereiztheit zu unterdrücken, wird er noch missgelaunter. Eine Messe für Windkraftanlagen hat eine Art Belagerungszustand über die Stadt hereinbrechen lassen. Hotels, Pensionen, sogar die Jugendherberge sind zum Bersten voll mit Gästen. Petersens Zimmer sei das letzte freie gewesen.

Petersen reibt sich die Schläfen und ärgert sich, dass sie nicht in Hamburg geblieben sind; Musiol hätte sicher Verständnis gehabt. Corinna gähnt in einer Tour; ihrem Gesichtsausdruck nach zu urteilen ist sie genauso ratlos wie Petersen. Vielleicht hat sie ja den gleichen Gedanken wie er, spricht ihn aber ebenso wenig aus.

Das übernimmt derweil Herr Deniz: »Das einzige, was ich anbieten kann: Wir könnten das Sofa in Ihrem Zimmer umklappen und beziehen. Dann können sie beide dort … Also … ich meine … Es wäre ja nicht für lange …«

Corinna und Petersen sehen sich an.

»Ist das auf Ihrem Mist gewachsen?«, fragt sie.

»Na, was glauben Sie denn?«, sagt er. »Allein die Messe zu organisieren, hat ewig gedauert …« Er nimmt ihr Gepäck. »Kommen Sie, viele Alternativen bleiben nicht. Ich falle um vor Müdigkeit; ich nehme die Couch.« Petersen geht zum Fahrstuhl und drückt den Knopf. Zögernd folgt Corinna.

Im Zimmer geht Petersen zur Minibar und holt die Flasche Weißwein heraus, die er gestern Abend dort verstaut hat. Er nimmt die beiden Wassergläser vom Schreibtisch, schenkt ohne zu fragen ein und reicht eins Corinna. Bevor sie trinkt, sieht sie sich die Flüssigkeit an, als habe sie Sorge, Petersen könnte irgendetwas beigemischt haben.

»Was ist?«, fragt er.

»Mein letzter Schluck Wein liegt Jahre zurück.« Sie hebt ihr Glas und prostet ihm zu.

Es klopft an der Tür, und als Petersen öffnet, steht eine Frau mit Bettwäsche vor ihm und lächelt verlegen. Es dauert nicht lange, und sie hat das Sofa umfunktioniert zu einem Bett. Die ganze Sache braucht keine zehn Minuten, schon ist die Frau wieder verschwunden. Corinna kommt aus dem Bad, sie trägt ein dunkelblaues Nachthemd, das bis knapp zu den Knien reicht. So, wie sie jetzt im Raum steht, im schwachen Licht der Nachttischlampe, wirkt sie verletzlich wie ein Kind, das Angst hat im Dunkeln. Die dünnen Arme, der leere Blick, alles an ihr scheint aufgezehrt; eine Frau, deren Lebensfreude fortgegangen ist.

»Gute Nacht«, sagt sie und kriecht unter die Decke.

»Schlafen Sie gut«, erwidert Petersen. Er zieht sich bis auf Shorts und Hemd aus und legt sich ebenfalls schlafen. Corinna löscht das Licht.

Draußen hört man den Wind, wie er durch die Bäume streift, irgendwo unten im Haus klappert Geschirr. Wenn ein Auto die Straße entlangfährt, huschen Lichtgespenster durchs Zimmer.

»Petersen?«, fragt Corinna in die Dunkelheit.

»Ja?«

»Glauben Sie an Gott?«

»Ich weiß nicht genau. Manchmal ja, manchmal nein. Er macht es einem nicht leicht. Und Sie?«

»Vor Jahren hat mal jemand gesagt, die kleinen Sterne leuchten immer, auch wenn die große Sonne untergeht. Ich habe nie an etwas Allmächtiges geglaubt. Aber ein paar kleine Sterne – die würde ich gern mal wieder sehen.«

Alles ist still. Allmählich haben sich die Augen an die Dunkelheit gewöhnt, Bett, Schrank, Schreibtisch werden freigelegt, diffus erlangt der Raum seine Zuordnung zurück. Dennoch sieht sich Petersen wie in einen Traum versetzt, die Szene ist irreal, der Moment verrückt. Er teilt mit Corinna Maier ein Hotelzimmer und redet über Gott. Hoffentlich muss er das niemals Britta erklären.

»Mögen Sie Pfannkuchen?«, fragt er an die Wand.

»Was, bitte?«

Petersen hört ihr Schmunzeln. »Na, Pfannkuchen eben? Mögen Sie die?«

»Ja, schon.«

»Frau Deniz macht ganz wunderbare Pfannkuchen. Mit Zimt und Zucker und einer kräftigen Tasse Kaffee. Zum Frühstück. Vielleicht nur ein ganz winziger Stern, aber ein Stern, meinen Sie nicht?«

Corinna bewegt sich im Bett. Dann liegt sie ruhig. »Hey, Petersen.«

»Ja?«

»Danke.«

Am anderen Morgen ist das Bett leer, Petersen hat nicht mitbekommen, dass Corinna aufgestanden ist und das Zimmer verlassen hat. Er zieht die Vorhänge auf, die Scheiben sind beschlagen. Draußen ist alles weiß, an einem blauen Himmel steigt die Sonne empor und lässt den Schnee glitzern wie flirrende Kristalle.

Petersen duscht, zieht sich Jeans und Troyer an und geht runter. Im Frühstücksraum sind alle Tische besetzt, überall Krawatten und Anzüge, zu laute Gespräche und obszönes Männerlachen. Er geht nach vorn zur Rezeption, Herr Deniz begrüßt ihn mit Handschlag und einem Lächeln.

»Ich soll Ihnen Grüße ausrichten von der Dame und Ihnen sagen, sie wartet am Hafen auf Sie.«

»Danke«, sagt Petersen. Er holt aus dem Zimmer Mantel, Schal und Handschuhe und geht.

Kreischende Möwen und ein eisiger Wind empfangen ihn, als er auf die Straße tritt. Gegenüber am Hafenbecken herrscht geschäftiges Treiben: Fischerboote und Krabbenkutter sind angelandet und verkaufen ihren Fang. In der Menschentraube vor einem der Schiffe steht Corinna.

Petersen zieht den Kragen hoch und geht rüber.

»Moin«, sagt er.

»Guten Morgen«, erwidert sie. »Die Sonne und die klare Luft haben mich gelockt. Ich musste raus.«

»Das ist gut. Ich mag die Stimmung auch. Aber ich brauche Kaffee. Wie steht's mit Ihnen?«

Corinna nickt. Petersen geht zurück auf die andere Straßenseite. In einer Bäckerei kauft er zwei »Coffee to go« und kehrt zurück.

»Danke«, sagt sie. »Kommen Sie, lassen Sie uns ein paar Schritte machen.«

Die Frau wirkt fröhlich, sie strahlt fast und ist im Vergleich zu gestern kaum wiederzuerkennen. Eingepackt in einen dicken Wollschal und Mütze, hält sie ihren Kaffeebecher mit zwei Händen fest und lächelt.

Sie gehen am Hafenbecken entlang. Beim Sprechen ist der Atem sichtbar, und Petersen ist an seine Studentenzeit erinnert, als er und Britta stundenlange Spaziergänge am Meer unternommen haben. Sie sprachen über seine Doktorarbeit, über Brittas bevorstehendes Staatsexamen und malten sich wieder und wieder aus, wie es sein würde, eines Tages das kleine, schon damals baufällige Häuschen am Steilufer der Lübecker Bucht zu kaufen, an dem sie so oft vorbeikamen. Dann standen sie davor, sahen in den verlassenen Wintergarten, dessen Scheiben eingeschlagen waren, und richteten sich in Gedanken ein, um auf die See hinausschauen zu können.

»Ich habe Ihnen noch gar keine Antwort gegeben«, sagt Corinna plötzlich.

»Worauf denn?«

»Auf Ihre Frage, was ich an Ihnen verurteile. Das ist es doch, was Sie hören wollen. Warum Sie hier sind.«

Der eisige Wind beißt auf der Haut und lässt die Schnüre der Segelschiffe klappern, die noch nicht in den Winterschlaf befohlen wurden und sacht an der Quaimauer dümpeln. Auf den Pontons hocken Möwen und sehen aus, als warteten sie auf etwas, vom dem sie genau wissen, dass sie es nicht dürfen. Petersen stoppt und dreht sich zu Corinna, auch sie bleibt stehen.

»Warum bis zum letzten Tag, Corinna? Warum haben Sie bis zum letzten Tag gewartet?«

Sie dreht sich nach vorn und geht weiter. Zwischendurch nippt sie an ihrem Kaffee. Gegenüber, auf der anderen Seite des Hafens, wird ein alter Tanker zerlegt. Mit riesigen Trennscheiben sezieren die Männer den eisernen Rumpf. Funken sprühen, Metall quietscht, Hammerschläge dröhnen durch die Luft.

»Wissen Sie, wie es ist, eingesperrt zu sein?« Corinna sieht hinüber zu den Arbeitern.

»Nein, das weiß ich nicht.«

Sie bleibt stehen und hält den Blick auf das Tankerskelett gerichtet. »Es ist wie Geburtstag, wenn man sich Gäste wünscht und niemand kommt. Es ist wie unter Wasser, wenn einem die Luft fehlt und man sich von der drückenden Hand am Hinterkopf nicht befreien kann.« Corinna atmet durch. »Im Knast ist man der einsamste Mensch der Welt. Und kaum ist man draußen, stellt man in wenigen Stunden fest, dass alles noch schlimmer ist als früher.«

»Wie meinen Sie das?«

»Gestern, diese Sendung im Radio. Und dann die Demo in Hamburg. Schlagartig war alles wieder da. Die Bilder von einst. Meine Furcht, die Wohnung zu verlassen. Einfach alles. Vielleicht bin ich naiv, aber ich habe gehofft, dass sich was geändert hätte.«

Corinna dreht den Kopf zur Seite und sieht aufs Wasser. Es ist ein wenig aufgewühlt, ein kleiner, einlaufender Frachter, der unter portugiesischer Flagge fährt, schickt Wellen an die Quaimauer. Sie wendet sich zu Petersen. »Es ist wie mit der Flut. Sie kommt unbemerkt, und ehe man sichs versieht, ist alles überschwemmt.«

Die Ernsthaftigkeit dieser Frau gefällt ihm. Sie ist kritisch und interessiert und stellt die richtigen Fragen. Sie legt ihren Finger in die Wunden der Zeit, und als ihm das klar wird, ist ihr Motiv für das Warten bis zum letzten Verhandlungstag noch weiter weg.

»Ihr Beispiel hinkt«, sagt er. »Die Sache mit der Flut kann auch anders gesehen werden.«

»Nämlich?«

»Sie haben die Flut '68 nicht miterlebt. Eine ganze Stadt war bedroht. Jeder fürchtete um sein Leben. Gegen das Wasser war nichts auszurichten, es stand meterhoch in den Straßen. Ganze Stadtteile waren abgesoffen. Und was haben die Menschen getan? Einander geholfen. So gut es ging, so gut es ihre Kräfte zuließen. Sie standen zusammen, gaben sich Halt. Eine Flut kann auch verbinden, und sei sie noch so gefährlich.«

Die Arme vor der Brust verschränkt, sieht Corinna wieder aufs Wasser. Ein Entenpaar schwappt mit den Fahrtwellen des Frachters an die Hafenmauer.

»Sie machen sich die Welt, wie sie Ihnen gefällt, Petersen. Schade.«

»Was, schade?«

»Dass Sie genau so sind, wie ich Sie mir vorgestellt habe.«

»Wie bin ich denn?«

Corinna sieht ihn an. »Herrgott, Petersen! Die Menschen versammeln sich zu Zehntausenden auf den Straßen und grölen Parolen. Ausländer sind ›Viehzeug‹ oder ›Gelumpe‹. Und die Banner gestern bei der Demo. *Stoppt die Islamisierung unserer abendländischen Kultur.* Hört diese Scheiße nie auf? Fünf Prozent Muslime leben hier. Lächerliche fünf Prozent! Aber dieser neuen Partei mit all ihren schlauen Akademikern und wohlhabenden Weißkragen reicht das. Sie will einen Flächenbrand, und man lässt sie gewähren. Ein Geschwür, das nach und nach alle Organe befällt. Nur merkt es keiner, alle fühlen sich gesund. Eine Flut kann verbinden, ja. Aber um ihr entgegenzutreten, muss man ihre Gefahren sehen.«

Die Arbeiter haben ein Seitenteil aus der Bordwand geschnitten. Mit einem dumpfen Knall fällt es ins Wasser. Die Männer oben an Deck spenden ihren an Seilzügen hängenden Kollegen Applaus.

»Angst war schon immer ein schlechter Berater«, sagt Petersen.

»Stimmt. Aber sie ist irrational.«

»Warum ›aber‹?«

»Weil allem Irrationalen mit Vernunft begegnet werden kann.«

Auf der Baustelle ertönt eine Sirene. Neun Uhr, Frühstück. Das Sirren des Horns kribbelt in den Knochen.

»Waren Sie immer vernünftig?«, fragt er.

Sie nippt am Kaffee. Die Enten haben Zuflucht auf einem vorragenden Mauervorsprung gefunden. Dicht aneinandergekauert und regungslos sitzen sie da. Corinna sieht ihnen zu, sie hat die Augen zusammengekniffen, ihre Wangen sind gerötet. »Genauso wenig wie Sie«, sagt sie.

Er sieht Corinna an. »Ist es das, was Sie an mir verurteilen?«

»Ich habe Hunger«, sagt sie.

14. SEPTEMBER 1992

Als sie gegen 8.30 Uhr ihre Studentenwohnung verlässt, ist der Himmel grau. Feuchtwarme Luft hängt wie ein nasser Waschlappen zwischen Hamburgs Häuserschluchten.

Corinna schiebt den Kinderwagen vor sich her, eine Kommilitonin hat ihn an sie verliehen. Johannes döst. Fünf Stunden ist sein momentaner Schlafrekord in der Nacht, seit Tagen fühlt Corinna sich wie ausgespuckt. Kopfschmerzen, Schwindel und Übelkeit zehren sie. Ihr steht kalter Schweiß auf der Stirn. Bestimmt zehn Kilo hat sie abgenommen in den letzten Monaten, bei dem Gedanken an Essen wird ihr schlecht. Bei dem Gedanken an die nächsten Stunden erst recht.

Der IC nach Berlin hat zwanzig Minuten Verspätung. Auf dem Bahnsteig zündet sie sich eine Zigarette an und wedelt sich mit einer Hand Luft zu. Sie raucht zu viel. Seit Jo da ist und Steve fort, hat sie angefangen. Die ersten Züge am Morgen benebeln sie; für ein paar Minuten ist sie der Welt entrückt. Der einzig gute Moment des Tages.

Letzte Woche rief einer der Schaulustigen vor dem Gerichtsgebäude »Negerschlampe« hinter ihr her. Von wem genau es kam, war nicht auszumachen; der Pulk junger Männer war zu groß und zu unübersichtlich. Negerschlampe – Corinna war wie gelähmt und ist es bis jetzt. Sie hat viel ertragen müssen an den unzähligen Verhandlungstagen. Jedes Detail wurde beschrieben, Aufnahmen vom Tatort in Augenschein genommen, Sachverständige angehört und unendlich viele Zeugen vernommen. Anatomie einer Bluttat, die Sektion eines totgetrampelten Lebens. Corinna hielt stand, ihren Blick und ihre Hoffnung auf einen einzigen Tag gerichtet: den heutigen. Sie tut das nicht für sich. Sie wird Steve bis an ihr Lebensende lieben.

Im Abteil fordert Johannes lauthals seine Milch. Corinna hätte ihren Sohn gern gestillt, aber ihr Körper gibt es nicht her. Eine Blockade im Kopf, sagt der Arzt. Sie nimmt die Diagnose zur Kenntnis, verstehen kann sie sie nicht.

Der kleine Mann saugt an der Flasche, als wäre es die letzte Mahlzeit. Corinna schaut ihm in die braunen Augen, die so sehr an Steve erinnern. Sie küsst ihn auf die Stirn.

Draußen zieht die Landschaft vorbei, trostlose, gepflügte Felder, durchzogen von brüchigen Feldwegen und trockenen Bachläufen. Hier und da ein einsamer Baum. Und immer wieder Dunkelheit, wenn der Zug durch einen Tunnel fährt.

Corinna muss diesen Tag überstehen, in wenigen Stunden wird alles vorbei sein. In wenigen Stunden werden die drei Angeklagten verurteilt sein. Zum Glück hat sie Brockmann, ein guter Anwalt, der sie als Nebenklägerin vertritt, alleine hätte sie das nie durchgestanden. Doch seine Befürchtungen teilt sie nicht. Der Vorsitzende Richter ist ein erfahrener Mann, ein Jurist aus dem Westen. Er wird die juristischen Verrenkungen der Verteidigung geraderücken. Wenngleich Brockmann an der objektiven Urteilsfindung des Gerichts zweifelt, hat er es doch auf den Punkt gebracht: Wer mit Kampfstiefeln einem am Boden Liegenden mehrmals auf den Kopf springt, handelt aus niederen Beweggründen und ist ein Mörder. So sehen es auch die vielen Prozessbeobachter und schreiben es in ihren Zeitungen. Dass der Richter im Zusammenhang mit den Opfern immer mal wieder von »Negern« gesprochen hat – ja, das war ungewöhnlich und unpassend. Aber daraus ein Indiz für eine Voreingenommenheit abzulesen? Brockmanns Befangenheitsantrag wurde weggewischt wie ein lästiger Schwarm Fliegen, und so verrückt es sein mag, Corinna hatte das Gefühl, der Richter habe recht gehabt.

Das Fläschchen ist fast leer. Johannes ist vom Saugen müde geworden und schon wieder eingeschlafen. Behutsam legt sie ihn in den Wagen zurück und küsst ihm abermals die Stirn.

In Berlin steigt sie um. Wie eine Bugwelle strömt ihr ein Schwall Menschen aus dem Regionalzug entgegen, und sofort zieht sich Corinnas Magen zusammen. Die Leute fließen links und rechts an ihr vorbei, sie bewegt sich erst wieder, als der Rausch abgeebbt ist.

Das Großraumabteil ist nur spärlich gefüllt und stinkt nach Schweiß und Essensresten. Die Luft ist verbraucht, Corinna öffnet ein Fenster. Eine gute Stunde noch, dann wird Owen sie in Empfang nehmen. Jo bleibt bei Owens Frau, und er wird sie zum Gericht begleiten. Ein gutes Gefühl, bei ihm ist sie in Sicherheit. Warum er das alles für sie tut, kann sie nicht sagen, er ahnt bestimmt längst, dass sie das Studium abbrechen und die Doktorarbeit nicht beginnen wird. Es ihm zu sagen, hat sie nicht übers Herz gebracht. Vielleicht sind Owens Sympathien für Steve einfach auf sie übergegangen. Doch letztlich ist es einerlei, was ihn antreibt. Er ist ihre einzige Stütze, sie ist ihm unendlich dankbar.

Kai Gubatz, der achtzehnjährige Anführer der Gang. Sie waren fünfzig und mehr. Die Behörden haben lächerliche drei Jungs von ihnen auf die Anklagebank geschafft. Durch Größe und Statur wirkt Gubatz älter. Immer trägt er die grau-grüne Bomberjacke, auf der sein fetter, roter, kahlrasierter Schädel steckt. Und immer grinst er, grinst in Corinnas Richtung, still und bestimmt übergießt er sie mit Hohn und Spott, und wenn Brockmann den Antrag stellt, der Angeklagte solle das Grinsen unterlassen, sagt der Richter, Grinsen verbiete das Gesetz nicht.

Der Gedanke an diesen Menschen verursacht ihr Übelkeit. Säure steigt im Hals empor. Nur noch dieses eine Mal, nur noch ein paar Stunden am heutigen Tag, und sie muss ihn nicht mehr ertragen.

Fünfzig und mehr. Wie eine Sturmflut marodierten sie im November vor zwei Jahren durch Eberswaldes Straßen – geeint im Ziel, »Neger zu klatschen«. So haben sie es genannt, die drei Angeklagten, und verwendeten die Worte, als würden sie Bier bestellen. Neger klatschen – eine Freizeitbeschäftigung wie für andere Fußballspielen. Zwei Kommilitonen, mit denen Steve unterwegs war, waren schwer verletzt entkommen. Dann war nur noch einer übrig geblieben, sie hatten ihn eingekesselt. Nach den Feststellungen des medizinischen Gutachters traf Steve der Baseballschläger an der linken Schläfe. Er ging sofort zu Boden. Gubatz sprang ihm auf den Kopf, immer wieder. Er soll gelacht haben dabei, getragen vom Grölen der anderen.

Die Gruppe Polizisten wenige Meter entfernt schritt nicht ein, aus Sorge um Eskalation.

Als der Zug in Eberswalde ankommt, steht Owen am Bahnsteig. Er trägt einen hellen Mantel, der große Mann, und hat einen Hut auf dem Kopf, den er zur Begrüßung abnimmt. Er lächelt, aber er kann den Ernst seines Gesichtsausdrucks nicht verstecken. Beim letzten Mal wurde er auf den Stufen zum Gericht angespuckt. Eine Frau um die Fünfzig hatte sich nach vorn gedrängelt und irgendetwas gerufen, das Corinna nicht verstand. Owen sah die Frau nur kurz an und ging weiter. Darauf spuckte sie hinter ihm her und traf ihn am Ohr.

»Kommen Sie«, sagt er. »Wir wollen keine Zeit verlieren. Es ist etwas Fahrt.«

Der Beifahrersitz aus rotem Kunstleder ist ihr vertraut, Owen fährt noch immer den alten, beigefarbenen Strichachter, bei dem Corinna jetzt die Scheibe ein Stück herunterkurbelt. Was für eine angsteinflößende Stadt. Die rußverdreckten Fassaden der Sechzigerjahre-Architektur, das holprige Kopfsteinpflaster. Alles ist tot und lieblos, die links und rechts emporragenden Betonblöcke bedrohen sie, auch wenn warmes Licht aus den Fenstern scheint.

»Wie kann man hier wohnen?«, fragt Corinna, mehr sich selbst.

»Die meisten Menschen sind sehr freundlich. Und die, die es nicht sind, die ignoriert man einfach.«

»Haben Sie nie Angst? Ich meine … als Schwarzer?«

Er biegt links ab. »Wenn ich mich immer von meinen Ängsten leiten ließe, würde ich als einsamer, trauriger Mann sterben. Gewalt gegen Schwarze hat es immer und überall gegeben. Daran wird sich vermutlich auch in hundert Jahren nichts ändern. Ich bin kein politischer Mensch. Vermutlich habe ich es deshalb irgendwann aufgegeben, nach Gründen für den Hass zu suchen. Aber eines habe ich mit den Jahren gelernt.« Er stoppt an einer Ampel und dreht seinen Kopf zu ihr. »Es gibt zwei Arten von Angst, die natürliche und die überflüssige. Die natürliche ist die Angst, in den dunklen Keller zu gehen oder auf dem Rand eines Hochhausdaches entlangzuspazieren. Mit ihr kann man leben; der eine mehr, der andere weniger. Gefährlich ist die überflüssige. Sie entsteht aus Unwissen und Ignoranz.«

»Wie meinen Sie das?«

»Na ja, so wenig wie beispielsweise ein Taucher den Meeresgrund fürchtet, so wenig fürchtet der Bergsteiger die Eiger Nordwand.«

»Wir sind aber nicht alle Taucher oder Bergsteiger.«

»Doch, meine Liebe, das sind wir. Wir müssen es nur wollen.«

Der Wagen passiert die Stadtgrenze. Die Allee ist von Pappeln gesäumt, die sich im Wind biegen. Immer wieder kommen Corinna und Owen Trabbis entgegen, pastellfarbene Kunststoffkisten, das diktierte Sinnbild der Gleichheit aller.

»Aber Sie haben recht«, sagt Owen.

»Womit?«

»In zwei Monaten ist die Aufbauhilfe für mich hier erstmal beendet. Meine Frau kann es nicht erwarten, nach Hamburg zurückzukehren. Außerdem geht mir das ständige Pendeln auf die Nerven. Drei Tage hier, dann ab nach Hamburg und drei Tage später wieder zurück. Ich bin froh, wenn das ein Ende hat.« Owen schaltet einen Gang hoch und gibt Gas, der Wagen klappert über die Straße. Corinnas Magen beginnt wieder zu krampfen, während Johannes auf der Rückbank im Kinderwagenaufsatz liegt und vor sich hin brabbelt.

Owen biegt auf der Landstraße nach rechts ab. Er verringert die Geschwindigkeit, bis sie vielleicht noch dreißig Stundenkilometer fahren. »Um ganz ehrlich zu sein … seit der Sache mit Steve trauen meine Frau und ich uns kaum mehr aus dem Haus.«

Vor einem einsam in der Landschaft stehenden Haus stoppt Owen und stellt den Motor ab. Er holt das Fahrgestell des Kinderwagens aus dem Kofferraum, Corinna setzt den Korbaufsatz darauf und fixiert die Schellen an den Seiten. Ihre kleine Reisetasche nimmt Owen an sich. Tonlos und im Einklang sind die Bewegungen der beiden. Kurz vor der Eingangstür hält Corinna seinen Arm fest. »Professor …«

»Ja?«

»Sie werden doch ihre gerechte Strafe bekommen, nicht wahr?«

Darauf sieht Owen in den Kinderwagen. »Natürlich«, sagt er und geht ins Haus.

2015

»Und mit welcher Begründung?«, fragt Petersen in sein Handy.

Katharina Winterfeld stockt einen Augenblick. Petersen geht in seinem Hotelzimmer auf und ab. Die Schritte sind kurz, er beißt sich auf die Zähne. Das wäre das fünfte Mal in rund zwei Jahren.

»Frank, es ist eine allererste Einschätzung. Margraf ist ein Freund. Wir sprachen eher beiläufig über die Korkmaz-Akte.«

»Und doch haben Sie nichts Besseres zu tun, als mich anzurufen und mir seine Tendenz mitzuteilen?«

Draußen tobt Schneegestöber. Flocken fallen zu Boden, schließen sich zu Wirbeln zusammen und stieben vorm Fenster auf wie ein Schwarm Spatzen. Die Landschaft liegt weiß da. Wo soll er hingucken? Wo soll er mit seinen Händen hin? Und überhaupt ist es viel zu heiß in diesem Raum. Er öffnet ein Fenster.

»Ich war an unser Gespräch von neulich erinnert. Deshalb habe ich Sie angerufen.«

»Also sehen Sie es genauso wie ich.«

»Was sehe ich genauso?«

»Dass meine Fehlerquote zu hoch ist.« Petersen setzt sich aufs Bett und wartet. Ein Schauer überkommt ihn, ihm ist kalt. Er schließt das Fenster wieder und dreht die Heizung hoch.

»Margraf ist seit zwei Jahren Richter am BGH«, sagt Katharina Winterfeld. »Schon mal daran gedacht, dass der Fehler bei ihm liegen könnte? Karlsruhe ist nicht vollkommen, und das wissen Sie genauso gut wie ich.«

Erneut lässt Petersen sich auf die Bettkante fallen. Seit ein paar Tagen hat er sich nicht rasiert. Britta würde das gefallen.

Katharina Winterfeld hat recht: Der BGH ist gut, aber nicht unfehlbar. Die Kollegen in Karlsruhe sitzen nicht im Saal und hören sich Zeugen und Gutachter und Tausende Versionen desselben Sachverhalts an. Ihre Aufgabe beschränkt sich auf eine reine Rechtskontrolle. Das wirkliche Leben spielt sich in den Unterinstanzen ab, vor Richtern wie ihm. Er muss filtern, Aussagen abwägen, sich ein Bild von der Glaubwürdigkeit verschaffen. Sollen ihn doch die hohen Herren in Karlsruhe erneut aufheben! Bei Korkmaz würde er wieder so entscheiden. Er mag der Vater von Jannis' Freundin sein und ein guter Chirurg obendrein. Das rechtfertigt seine Tat nicht. Ja, vielleicht hat Petersen einen Fehler gemacht, vielleicht hätte er sich raushalten, sich für befangen erklären sollen. Aber mehr hat er nicht mit sich abzumachen. Sein Strafmaß war tat- und schuldangemessen. Ende!

»Ich danke Ihnen. Danke, dass Sie mich informiert haben. Warten wir ab, wie Margraf und seine Kollegen entscheiden.«

»Machen Sie's gut, Petersen. Und denken Sie daran: Ohne Menschen wie Sie geht unser Rechtsstaat vor die Hunde.« Sie legt auf, Petersen hört es tuten, bis auch er den Knopf drückt.

Schweiß steht ihm auf der Stirn. Er nimmt sich ein Wasser aus der Minibar und setzt sich an den Schreibtisch.

Die Strafsache Korkmaz, er erinnert sich an jedes Detail der Beratung mit seinen beiden Kammerkollegen. Petersen hatte sich zum dritten oder vierten Mal Kaffee nachgeschenkt. Schwarze, lauwarme Brühe mit einem Schleier an der Oberfläche wie ein Ölfleck. Heinz rauchte Pfeife, Vanillearoma hing in der Luft. Reinhard saß ihm gegenüber und las zum hundertsten Mal, was sie lange kannten.

»Und?«, fragte Petersen. »Bleiben wir dabei?«

Heinz paffte an seiner Pfeife und nickte. Reinhard zuckte die Schultern. »Ich sehe die Schlagzeilen jetzt schon vor mir«, sagte er mit einem Seufzen und zog mit gespreizten Fingern ein imaginäres Banner vor sich auf. »Urteil gegen den Glauben. Landgericht tritt Religionsfreiheit mit Füßen.«

Der Kaffee war rau wie Haihaut, Petersens Zunge schabte am Gaumen. Er trank den letzten Schluck in einem Zug und stellte die Tasse zur Seite. Mit seinem Taschentuch wischte er sich den Schweiß von der Stirn, die Heizungswärme hatte sich im Raum verteilt.

»Die Presse ist mir gleich, genauso wie der Aufschrei der Zentralräte«, sagte er. »Wir halten uns ans Gesetz. An die Verfassung. Das ist unsere Aufgabe.«

Reinhard stand auf und ging zum Fenster. Ohne die anderen anzusehen, sagte er: »Alles richtig. Trotzdem habe ich ein scheiß Gefühl«.

»Weil wir Angst haben«, sagte Heinz. »Angst vor der eigenen Courage. Aber lasst uns nicht wieder von vorn anfangen! Wir haben ein Ergebnis, und das Ergebnis ist gut.«

Reinhard drehte sich zu Heinz und sagte: »Nein, Heinz. Wir haben ein Ergebnis, und meinetwegen ist es richtig. Aber *gut* ist es ganz sicher nicht.«

»Hört auf«, sagte Petersen. »Wir haben das alles schon zig Mal durchdiskutiert. Als er geschnitten hat, wusste er, was er tat. Die Handlung ist und bleibt Körperverletzung, und zwar vorsätzliche.« Er stand auf und öffnete die beiden Fensterflügel. Straßenlärm drang nach oben, Hamburger Feierabendverkehr in blechverstopften Straßen.

Reinhard stand neben ihm, zuckte mit den Schultern. »Du bist der Boss«, sagte er.

»Und du warst unserer Meinung«, entgegnete Petersen und zeigte auf sich und Heinz.

»Was macht das schon?«, sagte Reinhard. »Ihr braucht meine Stimme nicht. Ich habe nur immer wieder das Urteil der Kölner Kollegen vor Augen. Die Sache lag vergleichbar wie bei Korkmaz. In Köln haben sie den Arzt freigesprochen.«

»Der Junge in Köln war gerade mal ein Jahr alt, unserer ist neun und hatte sich klar gegen eine Beschneidung ausgesprochen«, sagte Petersen und sah hinaus auf die Straße. Ein Fahrradfahrer fuhr bei Rot in die Kreuzung, der Querverkehr bremste, fast wäre es zur Kollision gekommen. »Chaot«, entfuhr es Petersen.

»Ich glaube ihm«, sagte Reinhard und sah ebenfalls zum Radfahrer, der jetzt in einer Seitenstraße verschwand.

»Wem?«, fragte Heinz von hinten.

»Dem Kölner Arzt.«

Petersen drehte sich zu Reinhard, der ihn anguckte, als müsse er sich für irgendetwas entschuldigen.

»Ich glaube ihm«, wiederholte Reinhard. »Er ist gläubiger Muslim und fachkundiger Arzt. Er hat den Jungen reinen Gewissens beschnitten. Auf Wunsch der Eltern. Er dachte, er darf es; ein klassischer Verbotsirrtum. Und einer, den er nicht vermeiden konnte. Das Kölner Urteil ist aus Mai 2012, da war die Rechtslage noch völlig unklar, Literatur und Rechtsprechung genauso. Er handelte ohne Schuld.« Reinhard sah wieder runter auf die Kreuzung. »Radfahrer müsste man abschaffen«, sagte er.

»Also sollen wir Korkmaz doch freisprechen?«, fragte Heinz vom Tisch aus und ließ seinen Blick nicht von Reinhards Rücken. Der blieb stehen wie gefroren.

»Reinhard?« Petersen legte ihm eine Hand auf die Schulter. »Warum bringst du so viel Verständnis für Korkmaz auf?«

»Und warum du so wenig?« Er drehte sich zu Petersen. Schweiß hatte sich auch auf Reinhards Stirn gesammelt, seine Wangen waren rot.

»Weil er seinen Glauben über den klar artikulierten Willen eines Kindes gestellt hat«, sagte Petersen.

»Frank, der Junge war zur Tatzeit neun! Das Gesetz verbietet Beschneidungen gegen den Willen des Kindes, das stimmt. Aber das Gesetz sieht ebenso vor, dass das Kind einsichts- und urteilsfähig sein muss. Davon können wir vielleicht bei einem Zwölf- oder Vierzehnjährigen ausgehen. Aber doch nicht bei einem Neunjährigen! Nein, da müssen die Eltern das letzte Wort behalten, und die waren sich einig und haben Korkmaz grünes Licht gegeben. Also konnte und durfte er glauben, er sei zum Schneiden berechtigt – nach seiner Überzeugung bewegte er sich im gesetzlich zulässigen Rahmen.« Reinhard ging zum Tisch, schüttete sich Mineralwasser ein und trank in großen Zügen.

»Es bleibt stets eine Einzelfallabwägung«, sagte Petersen. »Wir haben uns den Jungen angehört – ein intelligenter und für sein Alter reifer Bengel. Er konnte sich sehr gut ein Urteil über das bilden, was mit ihm geschehen oder eben nicht geschehen soll. Und genau das hat er unmissverständlich vor dem Eingriff geäußert. Korkmaz hat sich darüber hinweggesetzt, aber die Religion muss in diesem Fall hintenanstehen.« Petersen ging zum Stuhl vor seinem Schreibtisch und schnappte sich seine Robe. »Können wir?«, sagte er und trat hinaus auf den Gerichtsflur Richtung Sitzungssaal.

Petersen geht ins Bad und taucht sein Gesicht in kaltes Wasser. Tropfend starrt er sich im Spiegel an. Dann setzt er sich auf den Badewannenrand und denkt an den Abend nach der Urteilsverkündung gegen Dr. Massoud Korkmaz, an das Gespräch mit Britta. Schon beim Aufschließen der Haustür hatte er das Gefühl gehabt, dass irgendetwas nicht stimmte. Britta hatte die Vorhänge vor der Terrassentür im Esszimmer zugezogen, was sie sonst nie tat. Der Tisch war aufgeräumt, die Blumen im kleinen Topf in der Mitte ließen die Köpfe hängen.

»Hallo?«, rief er.

Keine Reaktion. Petersen ging die Treppe hinauf. Auch hier war jedes Zimmer abgedunkelt. Jannis' Bett war zerwühlt wie immer. Klamotten lagen auf dem Boden, auf seinem Schreibtisch türmten sich Bücher, CDs, Zeitschriften.

Er zog sich um, tauschte Hemd und Krawatte gegen Jeans und T-Shirt. Aus dem Keller holte er eine Flasche Weißwein und schenkte sich ein Glas ein. Er warf seine alte Wachsjacke über und setzte sich auf die Terrasse, der Oktoberabend war kühl, aber trocken. Als er an seinem Glas nippte, hörte er die Haustür gehen. Kurz darauf stand Britta vor ihm. Ihr Gesicht war grau, die Augenhöhlen dunkel, und die herabhängenden Mundwinkel sagten Petersen, dass sie es bereits wusste und nun eine Erklärung erwartete.

»Wo ist Jannis?«, fragte er.

»Warum, Frank? Warum hast du das getan?«

Er stellte sein Glas auf den Tisch. »Es ist mein Beruf. Ich bin Richter, schon vergessen?«

»Tse«, machte Britta. »Dein Beruf … Warum hast du ihn nicht freigesprochen. Bei dem Arzt in Köln ging das doch auch.«

»Wir sind aber nicht in Köln. Ich habe entschieden, wie ich es für richtig hielt. Und mit mir meine Kollegen.«

»Heinz auch?«

»Britta, was soll das?«

»Es wäre so leicht gewesen. Stattdessen neun Monate. Wie konntest du nur?«

Irgendwo in den Bäumen stritten Amseln. Man konnte sie nicht sehen, aber das Rascheln der Blätter und das Schimpfen der Vögel waren unüberhörbar. Britta blieb im Türrahmen stehen, durchgestreckter Rücken, gerade wie eine Gerte, die Arme hingen seitlich herab, als gehörten sie nicht zum Körper.

»Das verstehst du nicht, Britta.«

»Oh ja, ganz richtig. Das verstehe ich nicht. Dafür bin ich offenbar zu blöd. So dermaßen verblödet, dass du es mir nicht einmal erklären kannst.« Britta sah in Richtung Amselgemecker. Sie trat aus der Esszimmertür auf die Terrasse, nahm einen Stein aus dem Kiesbett am Haus und schleuderte ihn in die Blätter. Kurzes Flügelschlagen, dann war Ruhe. Sie sah zu Petersen, inzwischen waren ihre Wangen und ihr Hals rot gefleckt. »Du bist so anmaßend. Das steht mir bis hier.« Britta hielt sich die Handkante an die Stirn und ergänzte: »Ich verstehe das also nicht, ja? Na, Hauptsache du verstehst immer alles.«

Petersen stand auf und ging zu ihr. Er wusste nicht, wohin mit seinen Händen und schob sie in die Hosentaschen. »Er hat ein Kind verstümmelt. Einen neun Jahre alten Jungen, der klar dagegen war.«

»Aber er glaubte, er dürfe es, Frank. Außerdem ist er Chirurg, medizinisch hat er einwandfrei gearbeitet, von wegen verstümmelt. Das hast du selbst gesagt. Du bestrafst ihn wegen seines Glaubens, wegen nichts anderem.«

»Nein, Britta, das stimmt nicht. Sein Glaube spielt dabei keine Rolle. Er hat gegen das Gesetz verstoßen, und das hat er gewusst und gewollt; er hat vorsätzlich gehandelt.«

»Genau«, sagte Britta. »Das meine ich.« Sie schüttelte den Kopf. »Sieh dich doch nur an, du Ritter ohne Robe. Kannst du nicht ein Mal in deinem Leben zugeben, dass du einen Fehler gemacht hast? Nur ein einziges Mal?«

Schweigen. Eine Weile sah sie ihn an. Petersen spürte seinen Herzschlag, ein kräftiges, schnelles Hämmern. An der Weißweinflasche auf dem Tisch liefen Kondenstropfen hinab und versickerten im Holz.

»Weiß es Jannis schon?«

Britta nickte. »Er war bei Fatme, ich habe ihn abgeholt.«

»Wie hat er reagiert?«

»Er will dich nicht sehen.«

Wieder Schweigen. Ein leichter Abendwind ließ die Blätter in den Bäumen wie unruhige Hände flattern. Petersen sah seinen Sohn vor sich, sah sie beide in ihrem Baumhaus sitzen. Eine Kerze flackerte zwischen ihnen, sie tranken Kakao und aßen Muffins, die Britta ihnen gebacken hatte. Jannis war sieben oder acht Jahre alt, zusammen hatten sie zwei Tage an dem Baumhaus gearbeitet. Die Augen seines Jungen glänzten.

»Warum versteht ihr mich nicht? Es geht nicht um den Mann, um seinen Glauben. Es geht um das Kind. Die Erwachsenen nehmen sich das Recht, an ihren Kindern herumzuschneiden. Und das Kind wird nicht gefragt. Und wenn, dann wird seine Antwort nicht respektiert. Britta, das ist Mittelalter. Das Recht duldet so etwas nicht. Wir als Menschen können so etwas nicht dulden.«

Sie schloss ihre Augen, fuhr sich mit den Händen durchs Haar, holte tief Luft. »Du bist derjenige, der entscheidet, was unser Recht duldet und was nicht, vergiss das nicht. Die Richter in Köln haben das offensichtlich anders gesehen. Aber vielleicht, Frank, vielleicht hast du sogar recht, dass dem Kind unserem Rechtsverständnis nach Unrecht angetan wurde. Ich weiß es nicht. Aber was ist mit der Verantwortung, dem Recht der Eltern? Und die Kinder kommen nicht zu Schaden, jedenfalls nach dem, was ich weiß. Und es entspricht einer Jahrtausende alten Tradition. Wer sind wir, dass wir uns darüber stellen? Dass wir darüber richten, was Millionen von Menschen seit jeher als ihr religiöses Selbstverständnis ansehen? Du bist so durchschaubar.«

»Durchschaubar?«, fragte er. »Wieso bin ich denn jetzt durchschaubar? Wie meinst du das?«

»Du versteckst dich hinter deinen Paragrafen, Frank, hinter deiner Homo-Faber-Logik. Damit machst du jeden platt.«

Petersen spürte einen Kopfschmerz an den Schläfen. Es war ein langer Tag gewesen, er war erschöpft. Dem Streit fühlte er sich nicht gewachsen, und außerdem führte die Auseinandersetzung zu nichts. Sie führte nie zu etwas, Britta verstand ihn einfach nicht.

»Nur weil ich eine Entscheidung getroffen habe? Es ist das Los eines Richters, Britta, irgendwann keine Fragen mehr zu stellen. Irgendwann erwartet man Antworten von ihm. Und manche davon sind unbequem, manche vielleicht auch bitter.«

Britta ging zum Tisch und schenkte Wein nach. Sie nahm das Glas und trank es in einem Zug aus. Dann drehte sie sich zu ihm. »Du warst befangen, Frank.«

»Nein, das war ich nicht. Wir haben das in der Kammer geprüft.« Petersens Mund war trocken, die Zunge klebte am Gaumen. Seine Handflächen waren feucht. Er hatte es noch nie gemocht, wenn Britta ihm die Strafprozessordnung erklärte. Sie hatte ihr Fach, er seines.

»Geprüft habt ihr das, ach so … Dann war es ja offenbar nicht ganz abwegig, davon auszugehen, oder wie?«

Petersen ging zum Tisch, schenkte ebenfalls Wein ins Glas und trank. »Es besteht kein Verwandtschaftsverhältnis«, sagte er.

Britta sah ihn an. Ein Blick, aus dem jedes Verständnis, jeder Wille, jede Nähe verschwunden war. »Es ist zu viel, Frank. Ich ertrag' das nicht mehr.« Sie schüttelte den Kopf. Dann ging sie ins Haus.

Petersen sah zum Baumhaus hinüber. Morsche, grün bemooste Bretter, hier und da Löcher, die Strickleiter hinauf gab es schon lange nicht mehr. Er folgte Britta. Sie war ins Schlafzimmer gegangen. Der große Koffer lag auf dem Bett, mit seinem geöffneten Deckel sah er aus wie ein Tier, das gefüttert werden wollte. Britta stand vor dem offenen Kleiderschrank, ein paar zusammengelegte Oberteile im Arm. Die Situation wirkte irreal, wie eine Filmszene, die ihn berührte, obwohl er sie nicht kannte.

»Was tust du?«, fragte er.

Brittas Augen waren feucht, noch immer zierten rote Flecken ihren Hals. Ihre Bewegungen wirkten abgehackt, statisch wie ein Uhrwerk. »Jannis ist schon bei Marit und Gerd«, sagte sie.

Zu ihren Eltern also. Seine Frau suchte Zuflucht vor Petersen bei ihren Eltern. Nicht zu fassen. Was hatte er getan außer seine Arbeit?

»Britta, bitte! Lass das! Das ist doch Unsinn!«

»Unsinn? Du kannst nicht immer alles einfach als Unsinn abtun, was nicht deiner Meinung entspricht«, zischte sie und ließ die Oberteile in den Koffer fallen. »Außerdem, sag das mal deinem Sohn, dass alles Unsinn ist.«

»Ich werde mit ihm reden. Ich verspreche es.«

Britta hielt in ihren Bewegungen inne, und er dachte, eine Maschine sei zum Stehen gekommen. Er erkannte seine Frau nicht wieder.

»Das hättest du früher tun sollen, Frank. Du hättest Fatme einmal als das respektieren sollen, was sie ist: eine junge, moderne Frau und die Freundin deines Sohnes. Ob dir das gefällt oder nicht!«

»Ich akzeptiere die Beziehung, das weißt du!«

»Das genügt aber nicht. Hinnehmen wie eine Virusinfektion. Nein, Frank. Dein Sohn spürt so was, er hat feine Antennen, weißt du? Ihn kannst du nicht täuschen.«

»Was erwartet ihr denn?« Seine Stimme war zu laut, der Puls raste, er wollte das gar nicht. Wollte nicht streiten, wollte nicht schreien. Aber es kam einfach, wie eine Welle, der man nicht ausweichen kann. »Ja, ich habe Zweifel! Und ja, ich hätte gern eine Schwiegertochter ohne türkische Großfamilie. Soll ich mich ewig verstellen? Wollt ihr lieber angelogen werden? Wollt ihr, dass ich euch was vormache? Ich bin doch nur aufrichtig! Und dafür werde ich jetzt bestraft? Britta, das ist unfair!«

Sie riss einen Pullover aus dem Schrank und schmiss ihn Richtung Bett. »Aufrichtigkeit? Du redest von Aufrichtigkeit? Dass ich nicht lache! Ich weiß nicht, welche Voraussetzungen deine Gesetze haben, damit du als befangen giltst. Aber kommt es darauf an, Frank? Du kannst dich jederzeit selbst für befangen erklären. Hast du auch damals gemacht, als dein Tennisclubpräsident diese eigenartige Geschichte mit seiner Schülerin hatte. Bestand zu ihm etwa ein – wie hast du es genannt – Verwandtschaftsverhältnis?«

Britta zwängte sich an ihm vorbei und ging in Jannis' Zimmer. Petersen folgte ihr. Er wollte sich erklären, doch ihm fehlten die Worte. Aus der Unzahl der Wörter und Sätze, die wie ein verknotetes Wollknäuel in seinem Kopf hingen, konnte er keinen klaren Gedanken stricken. Er hatte das Gefühl, sein Gehirn war dermaßen voll, dass alles unkontrolliert an den Seiten herausquoll.

Britta stand vor Jannis' Schreibtisch. Petersen ergriff ihren Unterarm, drehte ihren Körper zu ihm. Ihr Kinn zitterte. Sein Kinn zitterte. Schweiß rann von seiner Stirn. Er hielt Britta fest. Sie schrie, er solle sie loslassen. Er gab ihren Arm aber nicht frei. Er zog sie an sich, zog ihren Oberkörper an seinen. Er presste ihren Arm an seine Brust. Mit ihrer anderen Hand, die sie zur Faust geballt hatte, schlug sie ihm auf die Schulter. Britta weinte. Petersen spürte, wie die Kraft aus ihrem Widerstand wich. Ihr Kopf fiel auf seine Brust. Er umarmte seine Frau.

Eine Weile standen sie so, dicht aneinandergepresst, unerreichbar für Einflüsse von außen. Der Stoff seines T-Shirts klebte auf der Haut. Ihrer beider Atmung wurde ruhiger. Langsam löste Britta sich von ihm und setzte sich auf Jannis' Bett. Petersen setzte sich daneben. Draußen sangen Vögel, die Sonne ging allmählich unter. Es roch nach Kiefern.

»Was tun wir hier?«, fragte er leise und starrte auf seine Füße.

Britta wischte sich über die Wangen. »Ich weiß es nicht.«

»Und wie geht's jetzt weiter?« Er hielt seiner Frau eine Hand hin. Vorsichtig umschloss sie sie mit ihrer.

»Etwas Abstand tut uns vielleicht ganz gut.« Sie ließ seine Hand los, stand auf und ging zur Tür, dort drehte sie sich noch mal zu ihm um. »Weißt du eigentlich, dass er dich gern kennenlernen wollte?«

»Wer?«, fragte Petersen.

»Privat. Er hätte dich gern privat kennengelernt. Nicht als Angeklagter in einem Gerichtssaal.«

»Woher weißt du das?«

»Von Fatme. Sie hat mir viel von ihrem Vater erzählt. Du hattest ja nie Zeit oder Interesse, dich zu uns zu setzen.« Britta verließ den Raum. Ihre Worte hallten nach. Plötzlich fror Petersen. Wenn er es nicht besser gewusst hätte, hätte er gemeint, nackt bis auf die Knochen zu sein.

Es klopft an der Zimmertür. Petersen steht auf, reibt sich mit dem Handtuch das Gesicht trocken und öffnet.

»Sind Sie sauer auf mich?« Corinna hat ihre Daunenjacke an und eine Mütze auf dem Kopf.

»Nein, keineswegs. Mein Telefonat hat nur länger gedauert. Ich könnte etwas Sauerstoff gebrauchen, wollen wir ein Stück gehen?« Petersen nimmt seinen Mantel vom Haken.

Corinna zieht ein Stück Papier aus der Tasche und hält es ihm entgegen.

»Was ist das?«

»Musiol hat mir den Zettel gegeben. Die Sachen aus meiner alten Wohnung, Klamotten und so Zeug. Alles eingelagert in einem Container im Hamburger Hafen.«

»Soll ich Sie hinfahren?«

»Nein«, sagt sie. »Ich will den Kram nicht mehr haben.«

Petersen zieht die Tür hinter sich zu. Im Flur greift Corinna nach seinem Arm.

»Können Sie mir helfen, eine Adresse ausfindig zu machen?«, fragt sie.

»Sicher. Wen suchen Sie denn?«

Corinna fängt an zu lächeln, wie gedankenverloren sieht sie an Petersen vorbei und scheint Überlegungen oder Bilder in ihrem Kopf zu sortieren. »Einen alten Freund«, sagt sie.

4. MÄRZ 2010

Corinna wartet seit zwei Stunden auf ihren Sohn. Sie hat die beiden weißen Hocker und den Plastiktisch aus dem Keller geholt und auf den Balkon gebracht, der jetzt so vollgestellt ist, dass man sich kaum mehr darauf bewegen kann. Sie hat gefegt und alles ein wenig hergerichtet, die Aschenbecher geleert und ausgewaschen und die Müllsäcke mit der alten Katzenstreu endlich mal nach unten in den Abfallcontainer gebracht. Jo hat sich Himbeertorte gewünscht. Zur Feier des Tages hat sie das Geld ausgegeben und zwei Stück gekauft.

Sie sitzt am Küchentisch und rechnet. Letzten Monat waren die Ausgaben für Lebensmittel zu hoch, das muss sich ändern. Die paar Euro, die sie als Bürohelferin in dem Dachdeckerbetrieb verdient, reichen mit den Zahlungen vom Amt gerade so zum Überleben. Manchmal steckt ihr der Chef einen Schein zu. Das ist ihr unangenehm, aber gebrauchen kann sie jeden Cent. Also nimmt sie den Almosen, sagt »Danke« wie ein kleines Mädchen und versucht, nicht weiter darüber nachzudenken. Das Geld von Jo will sie nicht. Sie weiß nicht, woher er es hat, aber es ist zu viel für Gelegenheitsjobs. Es liegt unter seinem Bett, in einer Kiste, in der er auch die wenigen Fotos seines Vaters aufbewahrt. Es sind ein paar tausend Euro. Corinna hat Angst vor der Antwort, also fragt sie ihn nicht, wie er an so viel Geld kommt. Ihr wäre es am liebsten, es wäre fort. Neulich, da hielt sie es in Händen. Jo war nicht zu Hause, sie breitete es auf dem Küchentisch aus, um es anschließend zu einem Bündel zusammenzurollen. Das Geld in der einen, ein Feuerzeug in der anderen Hand. Doch sie traute sich nicht. Also legte sie es zurück und schwieg weiter.

Auch heute wird sie es nicht ansprechen, nicht an seinem ersten Tag im Betrieb. Harmsen, der Meister, ist nett. So gute Noten wie in Jos Zeugnissen habe er zwar sein Lebtag noch nicht gesehen, aber wenn der Bursche Dachdecker werden wolle, stehe er dem nicht entgegen.

Corinna geht zum Telefon und wählt. Frau Harmsen sagt, Jo sei vor Stunden aufgebrochen, und just in diesem Moment klingelt es an der Wohnungstür. Corinna erschrickt und lässt den Hörer fallen. Jo hat einen Schlüssel.

Die beiden Männer halten ihr Dienstausweise entgegen, deren Inhalt sie nicht wahrnimmt. Die Typen – gekleidet in Jeans und Lederjacke – kommen hoffentlich wegen des Geldes unter Jos Bett, aber sie sagen etwas von »Mordkommission«. Sie bitten Corinna, sie zu begleiten, es gebe Fragen im Zusammenhang mit ihrem Sohn.

»Wo ist er?«, fragt sie.

»Bitte kommen Sie«, sagt einer.

Corinna nimmt ihr blaues Windblouson vom Flurhaken und verschließt die Wohnungstür hinter sich zwei Mal.

Im Wagen, einem silbergrauen Passat, setzt sie sich auf die Rückbank. Der Beamte mit Bart und blauen Augen, aus denen er sie ernst, aber freundlich anschaut, setzt sich neben sie.

»Wohin fahren wir?«, fragt sie. Im Wagen riecht es nach den Lederjacken der Beamten. Aus dem Funkgerät schnarren verzerrte Stimmen, *Zentrale an P11, Einsatz in irgendwo*, sie versteht nur die Hälfte.

Der Mann neben ihr dreht sich zu ihr. »Frau Maier, wir haben einen jungen Mann an den Gleisen hinter dem Altonaer Bahnhof gefunden.«

»Wo ist mein Sohn?« Die Luft ist unerträglich heiß und trocken, der Anschnallgurt quetscht Corinna die Brust ab.

»Bitte beruhigen Sie sich.«

»Wo ist er, sagen Sie es mir!« Sie muss hier raus, sie droht zu ersticken. Was wollen diese Männer von ihr? Was haben sie mit Jo gemacht?

Der Mann holt ein Foto aus seiner Tasche. »Ist das Ihr Sohn?«

Alles um sie herum kommt zum Stehen. Ihr Blick verschwimmt, sie verliert das Gleichgewicht und kann sich nicht mehr auf ihrem Sitz halten. Nur das Bild, das der Mann ihr ohne Unterlass vor die Nase hält, ist klar und deutlich: Jo hat die Augen geschlossen, seine Haut ist blass wie Nebel. Er scheint auf einem Bett oder einer Trage zu liegen, sein Kopf ist von einer weißen Folie gerahmt, deren Seiten auf Höhe seines Brustkorbs mit einem Reißverschluss zusammengehalten werden.

Corinna schreit. Sie hält sich die Hände vors Gesicht und schreit. Sie spürt eine Hand an ihrem Arm. Hört unverständliche Worte neben sich. Sie will fort, fort von hier, raus aus diesem Auto. Sie geht in Flammen auf, sie brennt. Er soll sie nicht anfassen, dieser Mann. Er soll seine Finger von ihr nehmen. Er soll machen, dass nicht geschehen ist, was geschehen ist. Er soll Jo nichts tun, er soll sie und ihren Sohn in Ruhe lassen. Er soll machen, dass Jo lebt. Sie reißt das Bild an sich und versucht, die Tür zu öffnen, aber der Hebel fasst ins Leere. Wieder schreit sie, schüttelt sich, will sich losdrehen aus den Armen, die sich jetzt gegen die Kräfte ihres Oberkörpers stemmen. Aber sie schafft es nicht, ihre Muskeln gehorchen nicht, geben nach wie Morast, und als sie sich beruhigt, lehnt sich der Mann zu ihr, und sie lässt ihren Kopf an seine Schulter fallen. Die Tränen rinnen aus ihren Augen, Corinna spürt die Hand des Mannes, die sich sacht an ihren Kopf legt.

In ihr wird es still, kalt. Sie richtet sich auf. Der Beamte reicht ihr ein Taschentuch, mit dem sie sich die Wangen trocken wischt.

»Wir nehmen an, er ist Opfer eines Gewaltverbrechens geworden. Genaueres wissen wir in ein paar Stunden.«

Sie sieht aus dem Fenster. Die Einfahrt, die sie soeben passieren, kennt sie noch aus ihrer Studienzeit. Das Gebäude der Rechtsmedizin hat sich nicht verändert. Die Märzsonne wirft eine verlogene Wärme auf die Backsteinfassade.

Sie parken vorm Haupteingang. Einer der Beamten gibt dem Pförtner ein Zeichen, sirrend öffnet sich die Tür.

Corinna weiß, was jetzt kommt. Sie erinnert sich an den gekachelten Flur im Keller, an das stechende Neonlicht und den Geruch scharfer Reinigungsmittel. Der Mediziner in weißem Kittel nimmt sie in Empfang und sagt: »Kommen Sie.« Prof. Saternus steht auf dem Schild an seiner Brust.

Im Kühlraum öffnet er eine der Edelstahlluken an der Wand und zieht die Bahre heraus. Jo liegt da, als würde er schlafen. Corinna kann ihre Hand nicht beruhigen, die Finger zittern, als sie seine Lippen berühren. Dann beugt sie sich zu ihm und küsst ihn auf die Stirn, wie sie es tat, als er noch ein Kind war. Seine Haut ist eisig. Sie wischt ihre Tränen von seinen Wangen. Der Beamte mit dem Bart umfasst ihre Schultern und zieht Corinna behutsam zu sich. »Ich bringe Sie zurück nach Hause«, sagt er.

»Nein«, sagt sie. »Ich will dabei sein.« Sie sieht Prof. Saternus an. »Ich will wissen, was mit ihm passiert ist. Bitte.«

Darauf hält er einen Moment inne. Er sieht die beiden Kripobeamten an, sie nicken ihm zu. »Na dann«, sagt er und geht voraus.

In seinem Büro ist es kalt. Eine Frau bringt Kaffee, an der Tasse wärmt Corinna ihre harten Finger. Sie sieht aus dem Fenster, ein Frühlingstag weht dahin, lieblich und verspielt tanzen Blätter an den Ästen auf der Obstbaumwiese, die sich hinter dem Institut erstreckt. Unter einem der Bäume hocken drei Kaninchen und mümmeln friedlich Gras. Der Himbeerkuchen auf dem Balkontisch – Vogelfutter.

Einer der Kommissare sieht sich Totenschädel an, die in einer Vitrine liegen wie Mahnmale. Er ergreift als Erster das Wort: »Dann lassen Sie mal hören.«

Saternus sitzt hinter seinem Schreibtisch und lässt seine gefalteten Hände auf der Arbeitsplatte ruhen. »Keine Würgemale«, sagt er. »Keine sonstigen Anzeichen körperlicher Gewalteinwirkung. Wir nehmen an, er wurde betäubt, möglicherweise kannten sich Täter und Opfer.«

»Und die Todesursache?«, fragt der Beamte.

»Heroin. Vermutlich.«

Corinna dreht sich zu ihm um. »Heroin?«, fragt sie. »Schwachsinn! Mein Sohn nimmt keine Drogen. Das wüsste ich.«

»Ich habe nicht gesagt, dass er welche genommen hat. Aber nach den bisherigen Erkenntnissen ist er an einer Überdosis gestorben. Oder an einer Embolie. Dazu benötige ich noch etwas Zeit.« Saternus sieht Corinna an. »Frau Maier, war Ihr Sohn Linkshänder?«

»Nein, Rechtshänder.«

Saternus nickt. »Es gibt nur eine einzige Einstichstelle – am rechten Arm. Ein Rechtshänder sticht links. Wir gehen davon aus, dass dem Opfer das Heroin injiziert wurde – als es bereits bewusstlos war.«

Saternus steht auf, schüttet Wasser in ein Glas und reicht es Corinna. Als sie es an die Lippen setzt, gehen einige Tropfen zu Boden.

»Ihr Sohn war kein Unbekannter«, sagt der Beamte mit dem Bart. »Die Kollegen vom Betäubungsmitteldezernat haben ihn beschattet. Er hat mit Drogen gehandelt.«

»Was reden Sie da? Mein Sohn hatte nie was mit Drogen zu tun.« Der Mann redet Unsinn. Jo und Drogen? Niemals. Das hätte sie gemerkt.

»Frau Maier«, sagt der andere. »Er wurde seit mehreren Wochen observiert. Die Kollegen haben nur nicht zugegriffen, weil sie an die Auftraggeber ranwollten. Es tut mir leid, aber Ihr Sohn hat alles verschoben, was der Markt hergibt. Er war kein Kleinkrimineller.«

Corinna setzt sich auf die Kante der Fensterbank. *Jo – sag mir, dass sie unrecht haben. Wir hätten es geschafft, du und ich. Du hättest an mich glauben sollen. Ich war dir zu schwach, du hast dich für mich geschämt, das weiß ich. Aber wir waren auf dem richtigen Weg.*

»Frau Maier?«, sagt eine Stimme. Corinnas Blick klebt an den Bodenfliesen.

Diesmal also Drogen, ihr Sohn ein Dealer. Selbst wenn all das wahr sein sollte, woran sie niemals glauben wird, haben *sie* ihn zu dem gemacht, was er jetzt in deren Augen ist: ein Straftäter. *Ihr habt ihn immer schon auf dem Kieker gehabt. Verkleidet als Erzieher im*

Kindergarten oder als Lehrer in der Schule. Der Verdacht fiel immer auf ihn. Als Mütter wolltet ihr nicht, dass er mit euren Söhnen spielt, und als Väter nicht, dass er eure Töchter küsst. In euren sauberen Einkaufsläden habt ihr ihn beobachtet, ob er euch beklaut, und in euren Vereinen habt ihr ihn höchstens geduldet. Alles habt ihr ihm unterstellt: Diebstahl, Körperverletzung und jetzt Drogen. Ihr Bessermenschen. Es gibt immer welche, die gleicher sind. Ihr wähnt euch als Richter. Ihr glaubt euch berechtigt, den Zeigefinger zu erheben. Es ist so durchschaubar. Aber eines Tages musste es so kommen. Eines Tages musstet ihr euren gezinkten Trumpf ausspielen und zulangen. Ohne Ankündigung, aus heiterem Himmel. Und unumkehrbar. So war es schon immer. So ist es bis heute. Es wird nie ein Ende haben. Nie.

Corinna erhebt sich.

»Sollen wir Sie nach Hause bringen?« Einer der Beamten öffnet ihr die Tür.

Bewegungslos sieht sie ihn an – und geht. Jetzt gibt es nur noch sie. Wozu?

2015

»Wo bist du?«, ruft Petersen erneut in sein Telefon.

»Auf Pellworm.«

»Pellworm? Was tust du denn da?«

»Na, was schon? Ich mache Urlaub. Schon mal gehört, das Wort?« Friedrich lacht am anderen Ende der Leitung. »Und wo steckst du?«

Petersen wirft seine Zigarettenkippe ins Hafenbecken. »Ich bin in Husum.«

»In Husum?«, fragt Friedrich. »Was machst du denn in Husum? Sag bloß, du bist …?«

»Wann bist du zurück aus deinem unverdienten Urlaub?«, unterbricht Petersen ihn.

Es hat aufgehört zu schneien, Sonne und Wolken wechseln sich ab, und noch immer weht es scharf aus Nordost. Petersens Hand, mit der er das Telefon hält, ist steif vor Kälte.

»Hab gerade erst angefangen!«

Na wunderbar. Einmal im Leben wird der Mann gebraucht, da ist er verreist.

»Hast du Sehnsucht nach mir?«, fragt Friedrich.

»Und wie«, sagt Petersen.

»Dann komm rüber. Ist ’n Katzensprung. Von Strucklahnungshörn geht die Fähre alle zwei Stunden.«

Petersen weiß das. Vor Jahren musste er mit Britta wegen Niedrigwassers einen halben Tag auf der Fähre ausharren, bevor sie anlegen konnten. Er war oft mit seiner Frau auf der Insel. Sie haben stundenlange Winterspaziergänge am Meer unternommen und sich die Welt erklärt.

»Das Hotel heißt *Windjammer*«, ergänzt Friedrich. »Komm rüber, und wir trinken einen Pharisäer zusammen. Bist eingeladen!«

Pharisäer, das passt zu Fritz.

Etwa eine Stunde später parkt Petersen seinen Wagen am Fähranleger und besteigt das Schiff. Nur wenige Menschen sind unterwegs, Senioren zumeist, die sich in dicke Jacken, Mützen und Schals gewickelt haben. Er kauft sich einen Schwarztee mit Rum und bleibt an Deck. Der Fahrtwind ist eisig, aber er tut ihm gut. Seit vier Tagen ist Petersen jetzt in Husum, die vergangene Nacht hatte er das Zimmer wieder für sich, Corinna hat ein eigenes bekommen. Sie haben wenig Zeit miteinander verbracht, Corinna wollte allein sein. Er akzeptiert das, sie hat viel aufzuholen – und zurückzulassen. *Vier Jahre lebenslänglich*, so hat sie es genannt.

Er und Britta waren noch Studenten, als sie das erste Mal nach Pellworm fuhren. Damals durfte der Leuchtturm in den Dünen der Südküste noch besichtigt werden. Das änderte die Verwaltung, nachdem sich ein Rentnerehepaar von der obersten Plattform in die Tiefe gestürzt hatte. Die Frau und der Mann waren sofort tot. Mit einem Tau hatten sie sich an Armen und Beinen aneinandergebunden. Das Motiv konnte nie geklärt werden, vielleicht waren sie des Lebens überdrüssig. Wie verzweifelt muss eine Lage sein, die in einem Menschen den Entschluss hervorbringt, sich selbst zu töten?

Petersen steht auf der Insel und sieht zum Leuchtturm, der links etwa dreihundert Meter von ihm entfernt in die Wolken ragt. Wie verzweifelt muss eine Lage sein, die in einem Menschen den Entschluss hervorbringt, einen *anderen* zu töten? Womöglich ist die Verzweiflung am Ende dieselbe.

Das hölzerne Gasthaus mit Zwiebelmustergardinen ist verwaist, nur ein Tisch ist besetzt: Friedrich hat sich in eine Eckbank gezwängt und liest in einem Buch. Im offenen Kamin glimmen zwei runtergebrannte Holzscheite und erfüllen den Raum mit einer warmen Rauchnote. Der breite Fritz hat Probleme, sich zu erheben und hinter dem Tisch hervorzukommen, um Petersen zu begrüßen. Ihm steht Schweiß auf der Stirn, und seine fleischigen Wangen glühen.

»Schön, alter Junge«, sagt er.

Petersen erwidert die Umarmung, weil es dazugehört. Dann bugsiert Friedrich sich wieder in die Ecke, Petersen nimmt neben ihm auf der Bank Platz. Die Männer bestellen Pharisäer. Nachdem die Bedienung serviert hat, legt sie Holz nach. Sofort lecken die Flammen am Scheit empor. Das Lederarmband von Friedrichs Uhr drückt sich in seinen Arm und scheint die Hand abzuklemmen. Sie reden übers Wetter, gebratenen Aal, der hier so gut ist, und Fremdenzimmer auf der Insel, die man allein wegen ihrer Bezeichnung meiden sollte. So vergehen die ersten zwanzig Minuten, und Petersen gewinnt den Eindruck, als sei auch dem alten Studienkollegen klar, dass Geplänkel endlich ist.

»Und die Maier?«, fragt Friedrich in eine Pause hinein.

»Deshalb bin ich hier«, sagt Petersen.

Die Tür öffnet sich, und sofort kriecht die Kälte von draußen über die Eichendielen. Ein junges Paar steht im Raum. Die Frau ist schwanger, ihr dicker Bauch steht weit nach vorne ab. Sie nehmen einen Tisch in der Nische auf der anderen Seite des Raumes.

»Ist lange her.« Mit einem Taschentuch wischt sich Friedrich die Stirn trocken.

»Für mich ist es, als wäre es gestern gewesen«, sagt Petersen.

Das Paar bekommt heiße Schokolade. Die Frau strahlt unentwegt, während sie die Sahne löffelt.

»War nicht unbedingt eine Glanzleistung damals«, sagt Friedrich.

»Nein, wohl nicht.«

»Hat sie dich darauf angesprochen?« Friedrich sieht Petersen in die Augen.

»Nein. Aber ich bin mir sicher, dass man ihr Verhalten nicht ohne das Verfahren gegen Gubatz bewerten kann. Die Frau hat zwei Männer verloren. In beiden Fällen waren die Täter Rechtsextreme, auch wenn es bei ihrem Sohn darauf nicht ankam.«

»Sagst du, Frank! Sie wird das vermutlich anders beurteilt haben, als sie in deinem Saal die Waffe auf Malchow gerichtet hat.«

Petersen nickt und sagt: »Ich glaube, da liegt der Schlüssel.«

»Schlüssel? Wozu?«

»Ihr habt damals wegen Körperverletzung mit Todesfolge verurteilt.«

»Dafür könnte ich mich heute noch in den Arsch beißen.«

»Na, immerhin«, sagt Petersen.

»Worauf willst du hinaus, Frank?«

Das Paar auf der anderen Seite hält Händchen, immer wieder streichelt der Mann den Bauch der Frau. Dann sehen sie sich an und können ihr Glück nicht fassen.

»Eine Horde wildgewordener, besoffener Skins zieht durch Eberswalde, um Neger zu klatschen. Aus dieser Gesinnung haben die Angeklagten auch bei deinen Vernehmungen, Fritz, nie einen Hehl gemacht.«

»Sie waren geradezu stolz darauf.«

»Gubatz, ihr Anführer, springt mehrmals mit seinen Kampfstiefeln auf den Kopf des Opfers, auf Steve Otremba. Und das Gericht, in dem Fall du, spricht ihm den Tötungsvorsatz ab.«

Erneut wischt sich Friedrich mit dem Tuch über sein Gesicht. »Gubatz war nicht dumm, auch wenn alle Welt ihn dafür hielt. An seine Einlassungen erinnere ich mich genau. Er schilderte ausführlich, was ihn antrieb. Er wollte das Opfer erziehen, ihm eine Lektion erteilen, ihm zeigen, wer der Herr im Haus ist. Und ja, er wollte ihn auch verletzen, durchaus schwer. Aber töten? Nein, das nicht.«

»Fritz, wenn einer mehrmals derart auf den Kopf eines Menschen springt, nimmt er den Tod billigend in Kauf. Das reicht für Vorsatz. Das muss ich dir ja wohl nicht sagen!«

»Nein, musst du nicht. Aber so lagen die Dinge bei Gubatz nicht. Jedenfalls … habe ich das damals geglaubt.«

»Warum? Was hat dich so sicher gemacht?«

»Sicher? Sicher war ich mir nie. Für mich galt nur die Frage, welche Wahrscheinlichkeit höher ist. Gubatz hatte einen Satz gesagt, der mir nicht mehr aus dem Kopf ging.«

»Nämlich?«

»Er sagte, wenn er Otremba ausgemacht hätte – seine Worte –, wie hätte er dann feststellen können, ob seine Erziehung etwas genützt hat.« Friedrich spricht ungewohnt leise.

Petersen lässt seinen Oberkörper an die Stuhllehne zurückfallen. »Und das hast du ihm geglaubt?«

»Ja, Frank. Das habe ich ihm geglaubt.«

Petersen sieht zu dem Paar hinüber, starrt auf den Kugelbauch der Frau. Am Tag der Geburt ihres Sohnes Johannes wurde die Leiche ihres Geliebten in seine Heimat nach Südafrika überstellt; das hat Petersen heute Morgen im Internet gelesen. Wie muss sich Corinna in diesem Moment gefühlt haben? Ihre Trauer und ihre Bitterkeit, aber auch Wut und Ohnmacht müssen sie an den Rand des Wahnsinns getrieben haben.

»Und ich hatte Angst«, fügt Friedrich wie beiläufig hinzu.

Petersen dreht sich zu ihm. »Angst? Du? Wovor?«

Friedrich räuspert sich. »Du machst dir keine Vorstellung, wie das damals war. Der ganze Saal war voll von diesen Typen. Wenn Gubatz morgens reingebracht wurde, grölten und applaudierten sie. Vertreter vom Jugendamt hielten die Tat für eine Art Lausbubenstreich. Die Stimmung war so … Wie soll ich das sagen? So … flächendeckend verständnisvoll für dieses Schwein. Schwarze wollte keiner in der Stadt, nicht die Oma von nebenan und nicht die Scheißer im Rathaus. Jetzt hatte es einen erwischt. Na und? Dafür müsse man doch Verständnis haben, deswegen dürfe ein gerade mal Achtzehnjähriger doch nicht wegen Mordes verurteilt werden. Die hätten mich gefunden und kalt gemacht.«

Friedrichs Hand zittert, als er die Kaffeetasse zum Mund führt. »Die Staatsanwältin war noch jung«, fährt er fort. »Sie hatte ursprünglich wegen Mordes angeklagt. Ich sprach mit ihr, oft, unter vier Augen. Dann ließ sie die Anklage in dem Punkt fallen.«

»Du hättest trotzdem wegen Mordes verurteilen können.«

»Ja, Frank. Das hätte ich. Aber ich habe um mein Leben gefürchtet, verdammt noch mal!« Friedrich atmet tief ein und stößt die Luft aus der Nase. Er winkt der Kellnerin, hält sein Schnapsglas hoch und dazu zwei Finger der anderen Hand. Sie nickt und bringt kurz darauf zwei Köm. Friedrich kippt, Petersen nippt. Jahrelang hat Petersen seinem Freund Vorwürfe gemacht für dessen Urteil. Friedrich selbst hatte es immer verteidigt als juristisch vertretbare Entscheidung. Bis heute. Bis eben. Jetzt hört Petersen zum ersten Mal, dass Fritz Angst hatte. Schlichte Angst vor roher Gewalt. Sein Urteil von damals wird dadurch nicht besser. Aber mit einem Mal, hier an diesem Tisch, in einer hölzernen Friesenkneipe auf Pellworm, bekommt er das Gefühl, sich nicht in seinem Freund getäuscht zu haben. Den Unfug mit der vertretbaren Entscheidung hat Petersen ihm nie abgenommen.

»Vier Jahre hast du ihm gegeben?«, fragt er.

Friedrich nickt. »Nach etwas über zwei Jahren war er wieder draußen. Da war ich schon ein Jahr Staatssekretär.«

Das Feuer im Kamin ist runtergebrannt. Friedrich winkt die Bedienung an den Tisch und zahlt. Die Männer werfen ihre Mäntel über und gehen. Auf Höhe des Ausgangs dreht sich Petersen zu dem Paar in der Ecke und hebt verschämt die Hand zum Gruß. »Alles Gute«, sagt er und tritt in die Kälte.

Herr Deniz lächelt hinter seinem Tresen, wie er es bei Petersens Gruß immer tut. Frau Maier habe sich bis morgen verabschiedet; er – Petersen – solle sich keine Sorgen machen. Als er einen Blick durch die Restauranttür wirft, drehen sich ein paar der dort sitzenden Gäste kurz zu ihm um, widmen sich dann aber gleich wieder den riesigen Tortenstücken auf ihren Tellern. Rechts auf dem Sideboard liegen Tageszeitungen aus. Petersen schlägt die oberste auf und blättert. Nichts über Corinna Maier und ihre Entlassung zu lesen. Keine Fotos, kein Bericht. Er nickt, legt das Blatt zurück auf den Stapel, denkt einen Augenblick nach, ob er auch die anderen Zeitungen kontrollieren sollte, geht jedoch zum Fahrstuhl.

Im Zimmer brüht er sich eine Tasse Tee auf. Mit dem Becher in der Hand legt er sich aufs Bett und blättert in der Akte.

Dirk Malchow, ein Sohn aus geordneten Verhältnissen. Der Vater, Außenhandelsvertreter für Saatgut, ist beruflich viel unterwegs und meist nur an den Wochenenden zu Hause. Die Mutter, eine gebürtige Dänin, arbeitet halbtags in einer Apotheke und kümmert sich um den Haushalt. Früh bricht der Sohn mit seinen Eltern und treibt sich auf Hamburgs Straßen herum. Ursprünglich für eine Gruppe freier Wähler politisch aktiv, schließt er sich mit achtzehn einer rechtsextremen Kameradschaft an und radikalisiert sich schnell. Auf Kundgebungen fungiert er als Rädelsführer und wendet sich – teils gewalttätig – gegen *alles Undeutsche*, das er als minderwertig erachtet. Mehrere Verfahren wegen Körperverletzung, Volksverhetzung und unerlaubten Waffenbesitzes werden gegen ihn eröffnet, er bleibt jedoch auf freiem Fuß. Mit einundzwanzig stirbt seine zwei Jahre jüngere Freundin an einer Überdosis Heroin. Ab diesem Moment gerät sein Leben aus den Fugen. Er verliert seine Stelle als Kranführer im Hafen und taucht unter. Bis er am 4. März 2010 von einer Streife bei einer routinemäßigen Verkehrskontrolle wegen Trunkenheit im Straßenverkehr festgesetzt wird. Etwa zur selben Zeit geht ein Funkspruch an alle Einsatzwagen raus. Hinter dem Altonaer Bahnhof sei eine Leiche gefunden worden, ein Mann sei flüchtig: Anfang bis Mitte zwanzig, groß und von kräftiger Statur, kurze, braune Haare und bekleidet mit blauer Jeans und schwarzer Lederjacke. Die Beamten, die Dirk Malchow zu diesem Zeitpunkt in ihrem Wagen haben, reagieren sofort. Bei einer Gegenüberstellung wird er als Täter identifiziert, was durch erste Ergebnisse der KTU noch in derselben Nacht erhärtet wird. Da Fluchtgefahr vorliegt, kommt Malchow in Untersuchungshaft.

Die weiteren Ermittlungen der Staatsanwaltschaft gehen schnell voran, bereits wenige Monate später im September erhebt sie Anklage wegen Mordes. Die Sache liegt jetzt bei Petersen, in der zweiundzwanzigsten Schwurgerichtskammer des Landgerichts Hamburg. In der Öffentlichkeit findet der Prozess zunächst wenig Interesse, gelegentlich sind Zeitungsjournalisten anwesend und schreiben das Nötigste. Anders bei Malchows Kameradschaftsbund. Die Mitglieder füllen den Zuschauerraum und müssen von Petersen immer wieder zur Ordnung gerufen werden. Mehrfach lässt er den Saal räumen, weil anders dem Brüllen und Pöbeln nicht Herr zu werden ist. Corinna Maier sitzt während all der Tage als Nebenklägerin auf ihrem Stuhl und wirkt wie versteinert. Ihr Blick ist leer, die Mundwinkel sind eingezogen. Einen Amplitudenausschlag nach oben oder unten gibt sie nicht zu erkennen, ihre Reaktionsfrequenz bleibt linear. Bis auf ein einziges Mal, als sie schneller als sonst den Kopf hochnimmt und Petersen aus aufgerissenen Augen anstarrt. Am einundzwanzigsten Verhandlungstag. Zum wiederholten Mal wird ein medizinischer Gutachter angehört, der inzwischen dritte, der nähere Angaben zur genauen Todesursache machen soll. Doch auch er – einer der renommiertesten Sachverständigen seines Fachs – bleibt vage. Auch er kann nicht mit letzter Sicherheit ausschließen, dass Jo Maier an einer Embolie gestorben ist, hervorgerufen durch Luftbläschen in der Spritze, mit der Malchow das Heroin injiziert hatte. Die Verhandlung wird unterbrochen, zwischen Staatsanwaltschaft, Nebenklage, Verteidigung und Gericht finden hinter verschlossener Tür Beratungen statt. Die Staatsanwältin telefoniert mit ihrem Vorgesetzten. Dann teilt sie mit, man könne aufgrund der medizinischen Feststellungen nicht ausschließen, dass die Einlassungen des Angeklagten, er habe sein Opfer nicht töten, sondern ihm nur eine Lektion erteilen wollen, zutreffend und glaubhaft sein könnten. *In dubio pro reo* müsse man vor diesem Hintergrund vom Fehlen eines Tötungsvorsatzes ausgehen. Erwartungsgemäß stimmt die Verteidigung zu, hatte sie dieses Argument doch von

Anbeginn mit Nachdruck vertreten. Der Nebenklagevertreter, Corinna Maiers Anwalt, protestiert – ebenfalls erwartungsgemäß – lautstark und hält daran fest, dass mit Tötungsvorsatz handelt, wer einem anderen eine solche Menge Heroin spritzt.

Und Petersen? Petersen schwieg an diesem Tag. Stattdessen dachte er unentwegt an seinen alten Studienfreund Friedrich Timens. Und an dessen falsches Urteil gegen Kai Gubatz.

2015

Den Zettel mit der Adresse in der Hand steht Corinna im U-Bahnschacht und wartet auf Linie drei. Der Zug fährt ein, öffnet seine Türen und spuckt einen Schwall Menschen aus, die wortlos und wie auf Schienen ihre vorherbestimmten Wege gehen. Jugendliche haben dicke Kopfhörer auf den Ohren, geschäftige Mantelmänner drängeln sich durch die Massen, eine Frau in goldener Daunenjacke hüllt ihre Umgebung in eine Wolke ihres zu starken Parfüms. Alle Bewegungen folgen einem strengen Chaos, einer geordneten Unordnung. Diese Luft hier unten, eine Mischung aus Metall und warmem Gummi, und dieses Wuseln wie in einem Ameisenhaufen lassen Corinnas Haut kribbeln und sind ihr zuwider.

Nach acht Stationen steigt sie aus und lässt sich von einer Rolltreppe an die frische Luft transportieren. Auf der Straße muss sie sich in der Dunkelheit orientieren. Es ist bereits nach neunzehn Uhr, Nebel hat sich um die Straßenlaternen gelegt. Bei Herrn Deniz hat sie für Petersen eine Nachricht hinterlassen. Eigentlich waren sie für heute zum Abendessen verabredet. Doch er wird sich denken können, wohin sie unterwegs ist, und er wird Verständnis haben, dass sie nicht warten kann. Sie zieht den Reißverschluss ihrer Jacke bis unters Kinn, sieht auf ihren Zettel, den Petersen ihr in die Hand gedrückt hat, und macht sich auf den Weg. Damals wohnte Owen in der Nähe der Uni, in einer Altbauwohnung mit Blick auf den Park. Nachdem er emeritiert war und seine Frau gestorben ist, zog er in den Norden der Stadt und mietete ein kleines Appartement in Langenhorn. Die Nähe zur Klinik habe ihn krank gemacht, sagte er vorhin am Telefon. Corinna fischt einen Stadtplan aus der Jackentasche. Der Boomweg liegt nicht weit entfernt, sie zündet eine Zigarette an und überquert die autoleere Straße. Aus den Fenstern der Häuser ergießt sich warmes Licht in die Vorgärten, an manchen Büschen friert erste Weihnachtsbeleuchtung.

Bei Nummer zwanzig geht sie die sechs Stufen hinauf bis zur Eingangstür. Eine Vorstadtvilla mit drei Etagen, Owen wohnt in der obersten, sein Name steht über zwei anderen, denen ebenfalls Doktortitel vorangestellt sind. Jahre haben sie sich nicht gesehen, zuletzt hat Owen sie im Knast besucht, kurz nach Haftantritt. Sie bat ihn damals, nie mehr wiederzukommen. Zum Abschied küsste sie ihn auf die Wange, umarmte ihn und wollte ihn nicht loslassen. Er kam nie mehr, und sie vermisste ihn und hob alle Briefe auf, die sie in den Jahren danach von ihm bekam und immer wieder las. Auch sie schrieb ihm, Postkarten, die sie im Anstaltskiosk kaufen konnte, mit Wald- oder Meeresmotiven, auf denen sie Grüße hinterließ und dass es ihr gut gehe, trotz allem. In seinen Antworten ging er darauf nicht ein, entlarvte nicht die Oberflächlichkeit ihrer Worte, unter der sie ihre Traurigkeit verbarg. Mut sprach er Corinna zu, indem er von sich erzählte und dass er trotz seiner mehr als siebzig Lebensjahre noch einmal eine Safari unternommen habe. Mit seiner Frau und einem Jeep sei er durch die Savanne Südafrikas gefahren, habe nachts in einem Zelt geschlafen, während draußen das Lagerfeuer knackte. Wie ein Student habe er sich gefühlt, und auch sie, Corinna, werde das eines Tages erleben, wenn sie – wie er es nannte – die dunkle Zeit überwunden habe.

Sie fühlt in ihrer Tasche nach, die sie geschultert hat; alles ist da, wo es hingehört. Dann drückt sie auf den Klingelknopf, es summt, sie schiebt die Tür auf und nimmt die Treppe.

Prof. Owen ist alt geworden. Sein leicht nach vorn gebeugter Oberkörper wird von einem Gehstock in der rechten Hand gestützt. Die wenigen Haare wachsen wie Spinnweben aus dem Kopf, und seine Gesichtshaut sieht aus wie trockenes Leder. Doch seine Augen und der Mund lachen, sie wirken jünger als alles drum herum. Auch Corinna lacht. Ohne ein Wort umarmen sie sich und stehen eine Weile da, regungslos, fest umschlungen, als hätten sie Sorge, den anderen fallen zu lassen.

»Kommen Sie, kommen Sie«, sagt Owen und löst sich aus der Umarmung. Mit seinem Stock deutet er in die Wohnung, während er Corinna mit der linken Hand hereinbittet.

Die Luft steht im Raum, eine Mischung aus Schweiß und ungewaschenen Haaren wabert durch Flur, Esszimmer und Wohnstube. Die Holzböden sind mit persischen Teppichen ausgelegt, an den Wänden hängen unzählige Bilder, auf denen Elefanten, Wüsten, das Meer und die Freiheitsstatue zu sehen sind. Owen hat die große Fensterbank mit Blumen und Sträuchern vollgestellt, ein bisschen erinnert das Ensemble an den Pflanzentisch im Fernsehraum, mit Ausnahme der kleinen Gießkanne am Rand, die hier aus Messing ist.

»Bitte setzen Sie sich«, sagt Owen klapprig. Sein Hals, an dem die Haut in Falten herunterhängt, scheint in den Muskeln steif zu sein. Immer, wenn er sich zur Seite dreht, dreht er den Oberkörper mit.

»Ich hole uns was zu trinken. Champagner, zur Feier des Tages!« Ohne eine Antwort abzuwarten, stakst er aus dem Raum und kommt mit einer Flasche in der Hand zurück. Er reicht sie Corinna. »Wollen Sie sie bitte öffnen für uns?« Aus dem Schrank nimmt er drei Gläser, die er auf den Tisch stellt, eines davon neben das Porträt seiner Frau: Vor einem weißblauen Sommerhimmel wirft sie ihre Arme über den Kopf und lacht in die Kamera; im Hintergrund kann man das Meer erkennen, wie es nach dem Sand greift.

»Das war 1978«, sagt er. »An ihrem fünfundvierzigsten Geburtstag flogen wir in die Heimat.« Owen hält inne. Er lässt das Bild nicht aus den Augen, sein Lächeln versiegt wie Tageslicht, das der Dunkelheit weicht.

»Wann ist sie gestorben?«, fragt Corinna.

Owen stützt sich am Tisch ab und lässt sich in den Sessel fallen. »Was haben wir heute? Ja, richtig, 2015. Vor zwei Jahren. Sie ist vor zwei Jahren gestorben, am vierten August.«

»Es tut mir sehr leid«, sagt Corinna wie aus einem Reflex und ärgert sich über ihre Unbeholfenheit, noch bevor sie die Worte zu Ende gebracht hat.

Wieder sieht Owen zu dem Porträt. Wieder lässt er Sekunden vergehen, die wie Minuten dahintropfen. Dann lächelt er zu Corinna herüber. »Was ist, meine Liebe? Mögen Sie keinen Champagner?«

Corinna lässt den Korken ploppen und schenkt zwei Gläser voll. Beim dritten zögert sie.

»Nein, nein. Das nicht«, sagt Owen. »Ich stelle nur immer eines dazu.«

»Ich habe Ihnen etwas mitgebracht.« Corinna holt das Päckchen aus ihrer Tasche und reicht es ihm hinüber.

»Oh, wie liebenswürdig von Ihnen. Was ist es?«

»Machen Sie es auf.«

Umständlich nestelt Owen an der Schleife, die Corinna um das Geschenk gebunden hat. Er löst behutsam die Klebestreifen, schlägt das Papier auf und lässt es neben sich zu Boden fallen.

»Sie haben so viel davon erzählt«, sagt sie.

Er hält das Bild mit ausgestreckten Armen von sich und kneift die Augen zusammen. »Es ist umwerfend«, sagt er. »Es gibt genau die Stimmung wieder.«

Owen starrt auf das Gemälde. »Wir saßen oft so an unserem Jeep, genau so, unter einem Segel, das wir von der Dachreling gespannt hatten.« Vorsichtig legt er das Gemälde vor sich auf den Tisch.

»Im Gefängnis hat man viel Zeit. Ich war oft daran erinnert, wie Sie mir von Afrika erzählt haben. Ihre Augen haben dabei immer so geglänzt.«

»Wie konnten Sie die Stimmung nur so einfangen, wenn Sie noch nie dort waren? Sie sehen mich sprachlos.«

»Danke«, sagt sie und weiß nicht wohin mit ihrem Blick.

Er nimmt sein Glas, sie prosten sich zu. Stille entsteht, die Corinna mag. So gut sie mit Professor Owen reden kann, so angenehm ist es, mit ihm zu schweigen. Viele Abende verbrachten sie gemeinsam im Institut. Stundenlang saßen sie beisammen, studierten die Literatur, verglichen, schrieben auf, verwarfen, ohne ein einziges Wort. Er schenkte ihr Tee nach und ließ sich zurück in seinen Schreibtischstuhl fallen. Seinen weißen Kittel trug er wie eine zweite Haut.

Plötzlich steht Owen auf und geht zum Schrank. »Ich habe auch etwas für Sie«, sagt er. Aus einer Schublade fischt er Papiere und reicht sie Corinna. Sofort erkennt sie die Handschrift. Corinna hält sich die Hand vor den Mund, beißt sich auf den Finger. Und lässt ihren Tränen freien Lauf. Owen streichelt ihren Kopf. »Er gab mir die Abschrift wenige Tage nach seinem Vortrag.« Owen geht zurück zu seinem Sessel.

Corinna nickt, und in ihre Tränen hinein muss sie lachen. »Sein Beitrag zur Beschneidung«, sagt sie.

»Ja«, sagt Owen. »Er wäre ein guter Wissenschaftler geworden. Einer der besten Studenten, die ich je hatte.« Owen trinkt einen Schluck. »Und einer der mutigsten«, ergänzt er.

»Ja, das war er.« Corinna streift mit den Fingern über die Zeilen auf ihrem Schoß. »Wir sind abends oft mit dem Stadtbus unterwegs gewesen. An einem Abend, da haben wir uns noch gar nicht lange gekannt, haben ihn ein paar Besoffene angepöbelt. Sie haben ihn einen Affenmann genannt. Wissen Sie, wie er reagiert hat?« Corinna muss schlucken.

»Nein«, sagt Owen. »Was hat er getan?«

»Er ist auf einen der Sitze gesprungen und hat einen Gorilla imitiert. Bis ihn der Busfahrer rausgeschmissen hat.«

Beide müssen lachen, auch wenn Corinna das Lachen im Hals stecken bleibt.

»Danke«, sagt sie und hält die Blätter empor. Dann schenkt sie Owen und sich nach.

»Der Vortrag damals … Ich habe den armen Kerl ganz schön vorgeführt.«

»Nein«, sagt sie. »Es war gut so. Damals habe ich das nicht verstanden. Aber mit der Zeit … Man wird eben älter. Wenn Sie es nicht getan hätten, hätte es jemand anderes getan, der es sicher nicht so gut mit ihm gemeint hätte.«

Owen lässt sich in den Sessel zurücksinken. Er stützt die Ellenbogen auf die Lehnen und faltet die Knochenhände vor sich. »So habe ich es Ihnen damals erklärt, ja.« Sein Blick schweift ab.

Corinna sitzt auf der Vorderkante ihres Sessels, sie mag sich nicht zurücklehnen.

Owen wirkt abwesend. Er starrt ins Leere, atmet schwer und tief. Immer wieder schließt er die Augen für einen Moment. Aus seinen Nasenlöchern schnaubt die Luft. Bis er Corinna ansieht. In der Ecke schlägt eine Standuhr acht Mal.

»Ich habe Ihnen damals nicht alles erzählt.« Er schließt die Augen und senkt seinen Kopf. »Ihm auf den Zahn zu fühlen, tat ich nicht nur zu seinem Schutz.«

Corinna zieht die Stirn kraus. »Sondern?«

An seinem Gehstock stemmt er sich hoch und schlurft zum Fenster. Er spricht gegen die Scheibe. »Wenn ein schwarzer Professor einem schwarzen Studenten einen weißen Doktortitel verleihen will, dann schauen alle ganz genau hin. Stecken die beiden unter einer Decke, oder taugt die Arbeit wirklich etwas? Der kleinste Verdacht genügt. Inmitten von Gleichen gibt es immer Gleichere. Ich fürchte, das wird sich niemals ändern. Infiziert sind alle, allein die Inkubationszeit ist unterschiedlich lang; und ich habe nur wenige kennengelernt, bei denen der Erreger gar nicht ausbrach.« Owen dreht sich zu Corinna um.

Sie steht auf und geht zu ihm.

»Die Kritik an seinem Vortrag hing in der Luft. Wenn ich sie nicht geäußert hätte, dann hätten sie mich unter Generalverdacht gehabt. Ich habe es auch zu meinem eigenen Schutz getan.«

Mit beiden Händen greift Corinna nach seinem linken Arm. »Steve hat Sie bewundert, Professor. Er hat sich Ihre Kritik sehr zu Herzen genommen und war dabei, seine gesamte Arbeit umzustellen. Bei allem, was Sie damals moniert haben, hatten Sie recht, auch ganz objektiv, ohne Farbenlehre. Steve wusste das, und er wusste auch, dass er bei Ihnen in guten Händen war.«

Noch immer ist Owen größer als Corinna, dennoch wirkt er, wenn er sich ein zaghaftes Lächeln traut, klein wie ein Junge. Eine Weile stehen beide da und sehen in die Nacht hinaus. Schneeregen fällt stumm herab. Corinna hält Owens Hand und spürt, dass er sie nicht mehr auf Dauer ruhig halten kann; wie sanfte Stromschläge zuckt es immer wieder unter ihren Fingern.

»Wo genau ist die Aufnahme Ihrer Frau entstanden?«, fragt sie irgendwann.

»Das Bild da auf dem Tisch?«

»Ja.«

»In Jeffreys Bay, in der Nähe von Port Elizabeth. Wir hatten uns für ein paar Tage ein Strandhaus gemietet.«

Owen geht hinüber, nimmt das Bild an sich und kommt zurück.

»Ihre Frau war wunderschön.«

»Ja, das war sie. Und voller Lebensfreude. Bis feststand, dass wir für immer in Deutschland bleiben. Ich hatte ihr versprochen, dass wir zurückgehen würden. Nur noch ein Jahr. Dann noch eins und noch eins. Irgendwann wollte *sie* nicht mehr.« Er stellt das Porträt auf die Fensterbank.

»Kommen Sie«, sagt er und nimmt sein Glas vom Tisch. Noch einmal stoßen sie an. Dann geht Corinna wieder zum Fenster, nimmt die Aufnahme zur Hand und dreht sich zu ihm. »Professor?«

»Ja?«

»Zeigen Sie es mir?«

»Was meinen Sie?«

»Das Meer. Und die Savanne. Ihr Land.«

Er lächelt. Und sie lächelt mit ihm.

2015

Husum taut. Die ganze Stadt ist ein einziger Haufen Schneematsch. In der Nacht ist es wärmer geworden, und jetzt, um neun Uhr früh, zeigt das Thermometer am Hoteleingang acht Grad plus. Immer mehr setzt sich der blaue Himmel gegen ängstliche Wolken durch. Wenn Sonnenstrahlen auf den Asphalt stechen, steigt Dampf auf, und man könnte meinen, der Frühling stünde vor der Tür.

Petersen hat mit acht Stunden für seine Verhältnisse lange und gut geschlafen. Die letzte Nachricht, die er gestern von Corinna bekam, ist von 23.17 Uhr. Die beiden haben sich für hier und jetzt verabredet, doch Corinna lässt auf sich warten.

Überall tropft es. Von Häuser- und Autodächern, von Straßenlaternen, Zigarettenautomaten und Fensterbänken; ein einziges Platschkonzert der Natur, und er kann sich nicht erklären, warum es ihm ein Schmunzeln ins Gesicht treibt. Überhaupt kribbelt sein ganzer Körper, das Rumstehen und Warten will er mit Gelassenheit nehmen, kann er aber nicht.

Das Handy klingelt. Immerhin.

»Guten Morgen. Wo bleiben Sie?«

»Guten Morgen«, erwidert sie. »Heute ist ein klarer Tag. Man kann Langeoog sehen.«

»Was? Wo stecken Sie?« Petersen schüttelt den Kopf, als könnte sie es erkennen.

»Ich habe einen Wunsch«, sagt sie. Im Hintergrund rauscht Wind.

»Nämlich?«

»Wie lange dauert es von Husum nach Bensersiel mit dem Auto?«

»Bensersiel? Was wollen Sie denn da?«

»Sagen Sie schon.«

»Hm.« Er überlegt. Runter bis Hamburg, weiter über Bremen nach Oldenburg und hoch nach Wilhelmshaven. »Na ja, vierhundert Kilometer sind das schon, einfach. Sind Sie dort? Ich dachte, Sie sind bei Ihrem Professor. Wollen Sie noch irgendwen besuchen?«

»Nicht irgendwen – *irgendwas*. Es existiert noch. Das alte Strandcafé, ich war als Kind manchmal hier. Da gab es die besten Waffeln der Welt. Mögen Sie Waffeln?«

»Ja, ich mag Waffeln. Aber die bekommen wir hier auch. Frau Deniz' Waffeln sind großartig.«

Corinna lacht, Petersen hört sie zum ersten Mal so ausgelassen lachen. »Kommen Sie schon. Sie wollen doch etwas wiedergutmachen an mir. Dann müssen Sie Waffeln in Bensersiel mit mir essen.«

Er überschlägt: Vier Stunden wird er für die Fahrt brauchen. Bensersiel ist schön, er war zwar nicht oft dort, aber das, was er kennt, gefällt ihm, ein kleines friesisches Backsteinstädtchen am Meer. Wie ist sie bloß dort hingekommen?

»Na schön«, ruft er in sein Telefon gegen den Wind. »Zwischen eins und halb zwei könnte ich da sein. Wo finde ich Sie?«

»Das Café heißt *Strandperle.*

»Wie einfallsreich.«

»Ich warte dort auf Sie«, erwidert Corinna, und gleich darauf tutet es im Hörer.

Es ist zehn nach eins, als Petersen auf einem Parkplatz direkt hinterm Deich den Motor abstellt. Wolken sind kaum mehr am Himmel, der Wind hat sie vertrieben. Die Sonne ist fast warm. Ein eigenartiger Tag für Mitte November. Im Handy blinkt eine Nachricht:

Hi, Dad!
Würd gern mal mit dir reden.

Wann hast du Zeit?
Gruß

Wann er Zeit hat? Für seinen Sohn? Zum Reden? Was für eine Frage!

Hi, Großer,
wann immer du magst!
Wollen wir telefonieren?
Oder uns irgendwo treffen?
Liebe Grüße zurück!

Nachdem er die Nachricht versendet hat, liest er sie und die seines Sohnes noch ein paarmal, bevor er das Telefon zurück in die Manteltasche steckt. Neunzehnjährige mögen es nicht, wenn man sie umarmt. Aber da müsste Jannis jetzt durch, wenn er hier wäre.

Bis zum Café fragt Petersen sich durch bei den wenigen Touristen, die auf den Straßen und am Wasser unterwegs sind. Er mag die Stimmung, die Luft schmeckt nach Salz. Die Brandung springt schäumend an Land und zieht wieder ab, als sei sie beleidigt, um gleich darauf erneut zum Sprung anzusetzen. Ein paar Boote schwojen in den Wellen, Krabbenkutter, ein Hobbysegler und weiter draußen auf See ein bunt betupfter Containerschlepper.

Die *Strandperle* – ein hellblaues Holzhäuschen – steht auf Pfählen direkt im Sand. Zum Eingang führt eine Treppe mit zweiundzwanzig Stufen, und unweigerlich fragt er sich, ob der Betreiber Bußgeld zahlen muss, weil er nicht barrierefrei gebaut hat. Corinna sitzt in einer Ecke auf der mit Glasscheiben gerahmten Terrasse und liest in einem Buch. Sie winkt Petersen zu. Vor ihr auf dem Tisch steht ein Teller mit Krümeln und Puderzuckerresten.

»Na, wie viele haben Sie schon hinter sich?« Petersen zeigt auf den Krümelfriedhof.

Sie lacht. »Eine einzige! Und was soll ich sagen: Es sind immer noch die besten!«

Der Genuss der Erinnerung bleibt unerreicht, Petersen kennt das gut. Er bestellt Waffeln mit Vanilleeis und Kaffee für beide.

»Jetzt verraten Sie mir, wie Sie das gemacht haben. Wie sind Sie hierhergekommen? Mitten in der Nacht. Und mit fünfzig Euro in der Tasche.«

Corinna wirkt wie ausgewechselt, ihre Augen strahlen, die kurzen blonden Haare glänzen im Licht. Sie sieht jünger aus als gestern. Oder war es vorgestern?

»Ich kann es selbst kaum glauben, aber ich bin einfach ausgebüchst. Als ich gestern Abend wieder am Hauptbahnhof in Hamburg stand, bin ich kurzerhand zum Automaten, habe eine Fahrkarte gekauft und mich in den Zug nach Bremen gesetzt. Dort habe ich ein paar Stunden in einer furchtbar unbequemen Warteecke geschlafen und bin in der Früh mit dem Daumen raus an die Straße. Und, voilà, jetzt sitze ich hier!«

Für einen Moment ist Petersen verärgert. Der Frau hätte sonst was passieren können, nachts allein auf der Straße und bei Wildfremden im Auto. Doch wenn er sich vorstellt, wie sie dort gestanden hat mit dem Daumen im Wind, kann er nicht verhehlen, dass sie ihn beeindruckt.

»Was ist?«, fragt sie und strahlt dabei über das ganze Gesicht, wie er es noch nicht an ihr gesehen hat.

»Ich werde Sie vermissen«, sagt er.

Sie sieht ihn an. Die Härte ist aus ihren Zügen gewichen, die Linien verlaufen weich und eben. Sie ist eine schöne Frau. Ihr Strahlen nimmt kein Ende. »Vermissen? Mich? Wo sollte ich denn hin, dass Sie mich vermissen?«

»Weg von mir. Wir werden uns vermutlich nie wiedersehen.«

Sie lacht und schüttelt den Kopf und winkt ab. »Was reden Sie denn da? Natürlich werden wir uns wiedersehen. Erst holen Sie mich aus dem Knast ab, damit ich Seelendoktor für Sie spielen kann, und dann schicken Sie mich in die Wüste? Nee, Petersen, so haben wir nicht gewettet. Jetzt haben Sie mich an der Hacke. So schnell werden Sie mich nicht wieder los.«

Eine dicke Kellnerin kommt mit zwei Tellern und Kaffeebechern an den Tisch. Freundlichkeit scheint ihr fremd zu sein, ihr Mund verläuft in einem nach unten offenen Halbkreis. Als sie ihnen einen guten Appetit wünscht, sieht Petersen ihr ein zweites Mal ins Gesicht. Das hat sich nicht verändert, doch will ihre liebevolle und geradezu fürsorgliche Stimme so gar nicht zu ihrem griesgrämigen Äußeren passen. Als stünden zwei Menschen in einer einzigen Hülle vor ihm: ein Sauertopf und eine Goldmarie. Er schüttelt innerlich den Kopf.

»Danke«, sagt er und lächelt, vielleicht etwas zu übertrieben.

Eine Weile sitzen sie da und schauen aufs schäumende Meer hinaus. Corinna raucht und nippt zwischendurch am Kaffeebecher, aus dem Dampf aufsteigt.

»Vergangenheit ist nicht immer schlecht«, sagt sie irgendwann. »Im Gegenteil: Ist sie nicht das, was uns ausmacht? Das, worauf wir uns verlassen können, wenn nichts mehr bleibt? Sie sind ein Teil meiner Geschichte und ich ein Teil Ihrer. Ob wir wollen oder nicht, aber davon kommen wir nie mehr los. Das bleiben unsere Brandzeichen.«

Weder Petersen noch Corinna haben bisher die Teller vor sich angerührt, die Eiskugeln sind schon ein bisschen eingesackt und breiter geworden. Am Himmel zetern Möwen, während von unten die Brandung herauffaucht.

»Prägung wird erst gut, wenn man sie versteht«, sagt er. »Wenn man begreift, warum man ist, wie man ist. Sonst nimmt man hin. Ohne Fragen. Ohne Kritik. Vor allem bei sich selbst.« Er greift Gabel und Löffel und macht sich an die Waffel, die inzwischen fast kalt ist.

»Sie sind ein guter Kerl, Frank Petersen. Sie machen sich das Leben nicht so leicht, wie ich dachte.« Auch Corinna beginnt zu essen.

Als beide fertig sind, schieben sie die Teller zueinander in die Tischmitte. Corinna zündet sich eine neue Zigarette an und streckt ihm die Schachtel rüber. In wortlosem Einvernehmen fischt auch er sich einen Stängel raus und raucht. Er weiß nicht warum, Verlegenheit schließt er aus. Das Nikotin im Kopf macht ihn ruhig.

Er ruft die doppelte Kellnerin zu sich und bezahlt. »Lassen Sie uns ein Stück gehen«, sagt er zu Corinna.

An der Wasserkante haben sie die Schuhe ausgezogen und tragen sie baumelnd in der Hand. Petersen spürt den kalten, festen Sand unter seinen Füßen. Immer wieder lässt Corinna beim Gehen ihre Zehen hinter sich herschleifen und zieht Spuren nach sich.

»Jetzt sagen Sie es endlich«, sagt er nach einer Weile. Der Wind zerrt an seinen Haaren, die Brandung rauscht.

»Was?«, fragt sie.

»Warum am letzten Tag? Warum haben Sie sich alldem ausgesetzt und bis zum letzten Tag gewartet?«

Corinna bleibt stehen und sieht ihn lange an. Er hält ihrem Blick stand, ohne jede Mühe und Scheu.

»Damals, bei Steve, habe ich daran geglaubt«, sagt sie. »Der Richter war voreingenommen, aber ich wollte es nicht wahrhaben. Die Sache war so klar, so eindeutig. Ich hatte ihm vertraut, auch wenn er dazu eigentlich keinen Anlass gegeben hatte. Aber was blieb mir? Außer Hoffnung?«

Petersen ist unschlüssig. Friedrich hat es ihm im Vertrauen erzählt, als Freund. Doch was ist er Friedrich schuldig? Und was Corinna? Petersen sucht Antworten auf Fragen, die er sich lange zu stellen nicht gewagt hat. Jetzt endlich scheint er so weit zu sein, er hält einen Schlüssel in der Hand, er muss ihn nur benutzen und die Tür aufsperren. Auf Fritz kommt es gerade nicht an, sondern allein auf ihn, auf Petersen selbst. Sicher, Britta würde ihm wieder Egoismus vorwerfen. Aber ein Stück weit gehört Egoismus dazu, wenn man endlich wissen will, wer man ist und wo man steht.

»Er hatte Angst«, sagt Petersen.

Sie dreht sich zu ihm, stoppt kurz, geht dann aber weiter. »Angst … pah! Jeder hatte Angst. Na und? Der Mann war Strafrichter. Er trug Verantwortung.«

Petersen will seinen alten Studienfreund nicht in Schutz nehmen, er will keine Lanze für ihn brechen. Corinna hat recht. Friedrichs Urteil war ein Desaster, der ganze Prozess um Steve Otrembas Tod war es. Dennoch: Fritz allein auf seine Verantwortung zu reduzieren, gefällt Petersen nicht. Und wenn, dann trug er Verantwortung auch für sich selbst. Jedenfalls empfand er es so. Das kann man ihm nicht zum Vorwurf machen.

»Ich kenne ihn«, sagt Petersen. »Sehr gut sogar. Wir haben zusammen studiert.«

Wieder stoppt Corinna. »Sie kennen ihn?« Sie starrt Petersen mit zusammengekniffenen Augen an. »Das ist nicht Ihr Ernst?«

»Gestern erst haben wir miteinander gesprochen. Er hat mir von damals erzählt. Von seiner Angst.«

»Und? Glauben Sie ihm?«

Petersen öffnet den obersten Knopf seines Mantels, ihm ist warm geworden. »Ja, ich glaube ihm. Aber darum geht es nicht.«

»Sondern?«

»Er war der falsche Mann am falschen Ort«, sagt er. »Niemals darf ein Richter aus einer Motivation heraus entscheiden, die nichts mit dem Gesetz zu tun hat.« Petersen hat das klar und deutlich formuliert, er musste es sich nicht zurechtlegen, es kam von ganz tief innen, und er würde es immer wieder so formulieren, und wenn er es aufschreiben müsste, würde er es mit einem Ausrufezeichen versehen. Es ist der Quell seiner Überzeugung, davon bringt ihn niemand ab. Britta mag glauben, dass er sich und allen etwas vormacht, wenn er so redet, aber das stimmt nicht. Sie macht sich selbst etwas vor, wenn sie ihm Motive unterstellt, die nichts mit dem Gesetz zu tun haben.

Corinna umfasst Petersens Arm und dreht ihn zu sich. »Meinen Sie das wirklich so, wie Sie es sagen? Oder verarschen Sie sich und den Rest der Welt?«

Er sieht auf ihre Hand an seinem Arm, sie lässt ihn nicht los. »Ich meine immer alles, was ich sage. Nur werde ich hin und wieder missverstanden. Oder ich drücke mich zu ungeschickt aus.«

»Eine späte Erkenntnis«, sagt Corinna. »Warum sind Sie nicht schon bei Malchow darauf gekommen? Er war so voller Hass. Es war so offensichtlich. Sie wussten das doch. Sie haben das doch auch gesehen.«

Der Wind rauscht zwischen ihnen hindurch und nimmt die Worte mit. Das also ist es: Sie hat ihn für rechtsblind gehalten. Genau wie Britta, die es noch immer tut. Doch das erklärt noch immer nicht Corinnas Zögern.

Sie nimmt ihre Hand von seinem Arm, dreht sich nach vorn und atmet durch. »Jede Sekunde habe ich in Ihrem Gerichtssaal gesessen und gehofft. Geglaubt und gehofft, dass sich nicht wiederholt, was schon einmal nicht hätte sein dürfen. Ich habe Sie beobachtet, Petersen, ich habe jede Ihrer Regungen wahrgenommen und analysiert; sieht er es so oder sieht er es so? Ich habe die Zeugenaussagen über mich ergehen lassen und jedes Detail der Sachverständigen, die Jo noch einmal haben sterben lassen, die ihn noch einmal elendig haben verrecken lassen auf den Gleisen, nur weil ein rechtsradikales Schwein seine Hautfarbe nicht ertragen konnte. Und wofür das alles? Weil ich uns eine Chance geben wollte! Ihnen und mir, Petersen. Ihnen, um meinen Glauben an unseren Rechtsstaat wiederherzustellen, und mir, um endlich Frieden zu finden.«

Klein und leer steht sie da. Doch ihre Augen strahlen noch immer eine eigentümliche Kraft aus. Sie hat Unmenschliches erlebt, sie hat nicht nur Mann und Sohn verloren, alles, was ihr heilig war. Nein, der Mann und der Sohn sind – in ihren Augen – aus denselben Motiven heraus getötet worden. Welches Schicksal lässt so etwas zu?

Welche Fügung bestimmt, dass Menschen derart leiden müssen? Da ist er wieder, der Homo Faber, und Petersen ist ganz auf seiner Seite: Das alles kann nur Zufall sein. An die Vorsehung zu glauben, wie sie mit zwei Würfeln das Leben der Menschen ausknobelt, wirkt im Licht der Frau, die jetzt bei ihm steht, nur noch zynisch. Petersen wird Britta darauf ansprechen, er wird mit ihr darüber reden, wenn sie mag, und er ist jetzt schon gespannt auf ihre Meinung.

»Malchow hat es aus Liebe getan«, sagt Petersen. »Um den Tod seiner Freundin zu rächen. Ihr Sohn hat sie mit Heroin versorgt, an dem sie zugrunde ging. Malchows Liebe war verboten; seine Freundin missbilligte seine politische Gesinnung. Seine rechten Kumpel hatten ihm ein Ultimatum gesetzt: die Kameradschaft oder das Mädchen. Er wollte sich für das Mädchen entscheiden. Aber dann war sie tot, gestorben an einer Überdosis, die Johannes ihr beschafft hat. Malchows Handeln hatte nichts mit rechts oder links, schwarz oder weiß zu tun. Es war Hass. Hass, der aus Liebe entstand.«

Corinna zieht die Stirn in Falten. Sie sieht hinaus aufs Meer, dann zu Petersen und wieder aufs Meer. Ihr Kopf, ihr Oberkörper drehen sich, ihr Blick ist überall und nirgendwo. Bis sie sich die Hände an die Wangen drückt und durchatmet, bevor sie schreit. Sie schreit gegen den Wind an und die Brandung und ihre Gefühle. Tränen fallen aus ihren Augen, sie ballt die Hände zu Fäusten, presst sie an ihre Brust und brüllt Petersen an: »Er war ein Mörder, und Sie wollten ihn mit vier Jahren davonkommen lassen, mit beschissenen vier Jahren!«

Draußen auf See ist das Containerschiff am Horizont verschwunden. Der Salzwind streicht über die Gischt und zupft kleine Schaumbüschel ab, die durch die Luft tanzen. Er dreht sich um und sieht Corinna in die Augen. »Das war nie meine Absicht«, sagt er.

2015

Altbekannte Wege, sein Auto fährt wie von selbst. Zum Abschied hat Herr Deniz ihm eine Flasche Raki in die Hand gedrückt, sie liegt neben ihm auf dem Beifahrersitz. Die klare Flüssigkeit, die laut Herrn Deniz Medizin sei, bei der die Götter ein Auge zudrücken, schaukelt mit den Fahrtbewegungen. Petersen mag keinen Anis, doch er wird die Flasche bis zum letzten Tropfen austrinken.

Als sie sich gegenüberstanden, Petersen und der unbekannte Mann, der ihm auf unerklärliche Weise nach nur ein paar Sätzen nahegekommen war, griff Herr Deniz nach Petersens Hand und sagte, das Urteil brauche Kraft, dem Vorurteil genüge Gleichmut. Er – Massoud Deniz – sei schon immer ein starker Mann gewesen. So wie Petersen einer sei.

Er stoppt an einer roten Ampel, Anzugträger passieren die Straße, ein paar von ihnen haben eine Pappschachtel in der Hand und fischen mit Stäbchen Nudeln heraus. Mittagessen im 21. Jahrhundert, er wird sich nie daran gewöhnen.

Er parkt vor dem Gerichtsgebäude. Er grüßt Hansen, den Pförtner, der sich bis heute vor den Richtern übertrieben verbeugt, was Petersen über die Jahre hinzunehmen gelernt hat, und steht kurz darauf bei Katharina Winterfeld im Büro. Lächelnd überreicht sie ihm eine ausgedruckte E-Mail ihres Freundes Margraf, dem Richter beim BGH.

»Immer ruhig Blut«, sagt sie.

Petersen überfliegt die Zeilen. Margraf schreibt, » … aber bitte absolut vertraulich, liebe Kati … «, der Senat halte Petersens Entscheidung für sehr gut begründet und auch im Ergebnis für überzeugend. Man müsse die Sache zwar noch abschließend beraten, aber es spreche Vieles dafür, dass die Revision der Staatsanwaltschaft zurückgewiesen werde. Die Entscheidung werde voraussichtlich im ersten Quartal des neuen Jahres verkündet.

Petersen gibt ihr das Papier zurück.

»Kaffee?«, fragt sie.

Er nickt. Seine Entscheidung wird also halten. Er ist erleichtert, eigentlich wusste er es von Anbeginn, auch wenn immer wieder Zweifel aufgekommen waren, nicht nur bei Reinhard und Heinz, auch bei ihm. In der Sache lagen sie richtig.

»Wenn rauskommt, dass Ihr Freund in Karlsruhe Entscheidungen ausplaudert, bevor sie verkündet sind, ist er die längste Zeit Richter am BGH gewesen.«

Katharina Winterfeld lacht. »Verraten Sie's niemandem. Das ist auf meinem Mist gewachsen.«

»Auf Ihrem? Wie darf ich das verstehen?«

Sie reicht ihm eine Tasse Kaffee und nimmt sich selbst auch einen Becher. »Ich hatte Margraf gebeten, sich sofort zu melden, wenn er was weiß. Ich hatte so ein Gespür, wissen Sie? Irgendwie war ich mir sicher, dass Ihre Korkmaz-Entscheidung hält. Das wollte ich so schnell wie möglich von ihm hören – um es Ihnen sagen zu können. Dachte, das täte Ihnen gut.«

Petersen muss schmunzeln und schüttelt den Kopf. »Sie sind wirklich einzigartig«, sagt er.

»Wie geht es Ihnen sonst?«, fragt sie und setzt sich hinter ihren Schreibtisch.

Er bleibt davor stehen. »Ich habe mit Corinna Maier gesprochen. Sehr ausgiebig.«

Katharina Winterfeld nickt. »Und«, fragt sie, »kommt sie mit der Freiheit klar?«

»Sie ist willensstark. Es gibt Schlimmeres für sie als die Freiheit.«

Abermals nickt seine Chefin.

»Sie ist Einmaltäterin, keine Kriminelle. Sie findet ihren Weg. Ihr damaliger Professor will zurückgehen in seine Heimat nach Südafrika. Sie überlegt, ob sie ihn begleitet, als Krankenschwester und Ersatztochter. Sie muss natürlich noch mit Musiol klären, ob das in der Bewährungszeit alles geht. Ich sehe da allerdings keine Schwierigkeiten. Sie?

Katharina Winterfeld schüttelt den Kopf. »Perspektive. Das Beste, was ihr passieren kann.«

Sie wolle sich noch einmal die Haare langwachsen lassen, hat Corinna lachend gesagt. Zum Abschied hat sie Petersen umarmt, und er hat nicht gewusst, wie er damit umgehen soll. Also hat auch er seine Arme um sie gelegt, so standen sie eine Weile vor dem Eingang der Pension, die für beide vorübergehend ein Halt geworden war.

Katharina Winterfeld nippt an ihrer Tasse. »Und Sie? Wie steht's mit Ihnen? Haben Sie Antworten bekommen?«

Petersen nimmt einen Schluck Kaffee. »Sie hatte Angst, ich würde dem Antrag der Staatsanwaltschaft folgen und wegen Körperverletzung mit Todesfolge verurteilen. Sie fürchtete eine Wiederholung der Ereignisse und dass sich das Unrecht an ihrem Lebensgefährten bei ihrem Sohn fortsetzen würde. Deshalb hat sie geschossen.«

Katharina Winterfeld atmet durch und sieht ihn an. »Und? Lag sie richtig?«

»In der Kammer waren wir uns einig, wir hatten uns bereits festgelegt, bevor die Schüsse fielen«, sagt Petersen. Mit Heinz und Reinhard und den Schöffen hatte er das Votum schon geschrieben, bevor Staatsanwaltschaft und Verteidigung plädiert hatten. Das entspricht nicht der Strafprozessordnung, ist aber allgemeine Praxis, und seine Chefin wäre die Letzte, die ihm daraus einen Vorwurf machen würde. »Dirk Malchow hatte sich im Grunde selbst ans Messer geliefert, mit seinen eigenen Einlassungen. Er hatte zwar keine Ahnung, welche Menge Heroin einer letalen Dosis entsprach, so gesehen mag das Argument der Verteidigung, er habe mit dem Tod nicht rechnen können oder müssen, noch nachvollziehbar sein. Doch die Gutachter konnten nicht ausschließen, dass Johannes Maier an einer Embolie gestorben ist, hervorgerufen durch Luftbläschen in der Kanüle.«

»Ja, und?«

»Ich habe Malchow gefragt, ob er die Luft in der Spritze gesehen habe. Ja, die habe er gesehen, sagte er. Und auf meine Frage, ob er wisse, was das bedeuten könne, sagte er, das könne sehr gefährlich sein. Wie gefährlich, fragte ich. Und er: Scheißgefährlich, davon könne man Scheiße noch mal draufgehen. Also fragte ich, warum er dennoch gespritzt habe. Da zog er nur noch die Achseln hoch und sagte, töten habe er das Opfer nicht wollen. Aus meiner Sicht hat er den Tod billigend in Kauf genommen, das hat uns in der Kammer gereicht. Wir hätten ihn wegen Mordes zu lebenslang verurteilt.«

Katharina Winterfeld öffnet das Fenster und steckt sich eine Zigarette an. Das Rauchen ist im gesamten Gebäude verboten.

»Haben Sie ihr das erzählt?«

»Ja.«

»Und?«

»Tja«, sagt er. »Ich habe ihr eine Kopie unseres Kammervotums gegeben, als Beweismittel sozusagen. Zum Abschied hat sie mich umarmt.«

Katharina Winterfeld nickt und lächelt. »Wenn rauskommt, dass Sie geheime Kammerberatungen ausplaudern, sind auch Sie die längste Zeit Richter gewesen.« Sie nimmt noch einen Zug von der Zigarette, schmeißt den Stummel nach draußen und ergänzt: »Gut gemacht, Frank.« Sie schließt das Fenster und geht auf Petersen zu. »Kommen Sie zurück. Machen Sie Ihren Job. Wir brauchen Sie hier.«

Einen Augenblick sieht er hinaus in ein trockenes, ruhiges Novembersepia. Dann dreht er sich wieder zu seiner Chefin und deutet auf die Mail aus Karlsruhe. »Glauben Sie, ich überlasse Heinz und Reinhard allein den Triumph?«

Katharina Winterfeld hebt ihren Kaffee zum Toast und nickt. Dann geben sie sich die Hand zum Abschied.

Im Auto ist ihm kalt. Er braucht einen neuen Wagen, der Land Rover ist zu groß für die Stadt. Und dreihunderttausend Kilometer reichen. Petersen braucht einen neuen, einen kleineren, vielleicht mit etwas mehr Dampf unter der Haube.

Vor der Galerie ist ein Parkplatz frei. Durch die Schaufensterscheibe lugt er vorbei an den aufgehängten Bildern. Rebekka steht telefonierend hinter dem Verkaufstresen. Als sie ihn wahrnimmt, macht sie große Augen und winkt ihn herein. Ihr Gespräch scheint länger zu dauern, Petersen geht die Stahltreppe zur Galerie hinauf und hat sofort gefunden, was er sucht. *Nach vielen Jahren* hängt immer noch am selben Platz. Petersen hat sich den Titel des Bildes gemerkt. Eine Insel im Dunst, die Konturen verwässert, eine Reise in die Vergangenheit, so kann man es deuten. Auf dem kleinen Preisschild unter dem Rahmen an der Wand steht zweitausendneunhundert Euro. Ein stolzer Preis für etwas Leinwand und Farbe, doch Rebekka gegenüber wird er natürlich kein Wort verlieren; so etwas hält sie für kleinbürgerlich, und wenn Petersen eines nicht ist, dann das.

»Hey, Rumtreiber. Langeweile?« Rebekka kommt die Treppe herauf. Sie umarmen sich, und Petersen gibt ein Küsschen links und ein Küsschen rechts, weil es dazugehört. Bei Rebekka ist es ihm nicht mal unlieb.

»Du bist mir noch eine Geschichte schuldig«, sagt er und deutet auf das Inselbild.

»Ja, stimmt«, sagt sie. »Magst du einen Tee?« Petersen zieht die Augenbrauen hoch. Rebekka grinst und hüpft die Treppe runter, kurz darauf steht sie wieder vor ihm, zwei Flaschen Bier in der Hand. In der Nische auf den Ledersesseln trinken sie in wortlosem Einvernehmen.

»Dann lass mal hören«, sagt er.

»Aaalso«, beginnt sie gestreckt. »Ich weiß gar nicht, wie lange ich Herb schon kenne. Aufgewachsen ist er in Pennsylvania und kam mit Anfang zwanzig nach Deutschland. Er lebt seit Jahren in Hamburg, seine Werke werden in der ganzen Welt verkauft; ein sehr erfolgreicher

Maler. Nur mit der Liebe klappt es nicht bei ihm. Er fliegt von Baum zu Baum, hat er mal gesagt, und immer, wenn er gelandet ist, dauert es nicht lange, und der Baum verliert die Blätter. Nur einmal muss es anders gewesen sein, auf dieser französischen Insel da.« Rebekka zeigt auf das Gemälde.

»Was ist passiert? Hat er sich in eine immergrüne Thuja verliebt?« Petersen lacht, Rebekka winkt ab und schüttelt den Kopf.

»Blödmann«, sagt sie. »Nein, auf der Insel hat er tatsächlich die Frau fürs Leben kennengelernt. Sie hieß Manon. Herb war dort zu Besuch bei seinem Bruder, der war mit Manons Schwester verheiratet, so trafen sie sich. Das Problem war nur, dass Manon bereits vergeben war.«

»Und damit endet die Geschichte?«

»Natürlich nicht! Herb lieferte sich mit ihrem Verlobten ein Motorbootrennen. Ein Kräftemessen unter Männern. Herb fuhr schneller und besser, der Verlobte kam dabei ums Leben. Herb und sein Bruder haben lange Zeit geglaubt, Herb habe dessen Tod aus irgendeiner Unachtsamkeit heraus zu verantworten gehabt. Aber das stimmte nicht. Trotzdem sprach fortan keiner mehr mit keinem, zwanzig Jahre lang. Bis Herb seinem Bruder einen Brief schrieb und die beiden sich trafen.«

Petersen nippt an seinem Bier. Es ist eigenartig. Wenn doch im Grunde jeder weiß, dass Missverständnisse und Unkenntnis der Nährboden für Konflikt sind, warum geben wir dann nicht mehr daran, das Übel bei der Wurzel zu packen?

»Was ist mit Manon geschehen? Hat er seine große Liebe wiedergesehen?«

»Hm«, macht Rebekka und zieht die Schultern hoch. »Darüber hüllt er sich in Schweigen. Ich weiß es nicht, aber wenn er davon erzählt, grinst er wie ein Lausbube. Ich glaube, da läuft was. Ich hoffe es für ihn.«

Petersen trinkt aus und stellt die Flasche auf den Tisch. »Ich kaufe das Bild«, sagt er.

»Du spinnst!« Rebekka starrt ihn aus großen Augen an. Ihre roten Haare leuchten im Halogenlicht, das von der Decke fällt.

»Ich kaufe es. Das Geld überweise ich morgen, okay?«

»Ich glaube es nicht! Frank Petersen will fast dreitausend Euro für ein Kunstwerk ausgeben? Ist das dein Ernst?«

»Kannst du es gut einpacken?«

»Na klar«, sagt sie und drückt ihm einen Kuss auf die Wange. Kopfschüttelnd stöckelt sie die Treppe runter. Petersen folgt ihr.

»Du bist doch Kunstexpertin.«

»Leidlich.«

»Kennst du dich auch mit Literatur aus?«

»Literatur? Wie meinst du das?«

»Gibt es einen Unterschied zwischen Märchen und Sage?«

»Hä?« Rebekka zieht die Augen hoch. »Hab ich mir noch nie Gedanken drüber gemacht. Wie kommst du darauf?«

Sie schneidet eine lange Packpapierbahn von einer Rolle an der Wand ab.

»Ich habe neulich ein Gespräch geführt, da wurde das behauptet.«

»Hm. Bin mir nicht sicher, ich glaube, das Märchen ist immer ausgedacht, und die Sage, nun ja, an der ist was Wahres dran. Irgendein tatsächliches Ereignis oder so was.«

»Hm«, macht jetzt auch Petersen. So viel Feinsinn hätte er dem guten Deniz nicht zugetraut. Öffnet eure Augen, und ihr werdet sehen. Öffnet euer Herz, und ihr werdet erkennen. Schon eigenartig, dass er ausgerechnet jetzt an seinen Trauspruch denken muss.

Das Bild ist verpackt. Rebekka hat ein Trageband an die obere Kante geklebt. Petersen hält es in der Hand, sie öffnet ihm die Tür. Im Eingang stehen sie sich gegenüber.

»Hey, Frank?«

»Ja?«

»Was wirst du tun? Ich meine … wegen Britta und so.«

Er schaut auf das Paket in seiner Hand. In Gedanken steigt er aus einem Boot, platscht durchs Wasser und geht an Land, nass bis auf die Knochen.

»Ich werde fertig renovieren«, sagt er, winkt zum Abschied und steigt zurück in seinen Wagen.

Als er auf der Landstraße ist, dämmert es bereits. Die Tage werden kürzer, die Zeit wird konzentrierter. Wie heißt es so schön? Das Leben ist zu kurz, um schlechten Wein zu trinken. Petersen, du hast soeben ein Gemälde für dreitausend Euro gekauft. Wenn der Land Rover vor ein paar Tagen nicht in die Werkstatt gekommen und Petersen schon früher gestartet wäre, hätte er Rebekka im Laden verpasst. Zufall?

2015

Petersen hat die Lichterkette in die Tanne vorm Haus gehängt. Von der Garage verlegt er das Verlängerungskabel bis in den Vorgarten und stöpselt den Stecker der Kette ein. Dann marschiert er rüber zur Kellertreppe, schiebt die Zeitschaltuhr in die Steckdose und programmiert die Laufzeiten.

Aus dem Garten nimmt er den Holzkorb mit, den er vorhin mit trockenen Scheiten befüllt hat, und schleppt ihn ins Haus. Natürlich hat er vorher die Gummistiefel auf der Terrasse ausgezogen, von seinem Sohn verlangt er das schließlich auch. Na ja, wenn er ehrlich ist, besteht Britta darauf, aber sie hat recht.

Petersen macht Feuer im Kamin. In der Küche setzt er einen Topf mit Glühwein auf und legt ein paar Orangenscheiben hinein. Als die Flüssigkeit heiß ist, stellt er die Gasflamme aus, schüttet sich einen Kaffeebecher voll und nimmt eine Zigarette und Streichhölzer aus dem Schrank. Er kehrt zurück auf die Terrasse, schlüpft in die eisharten Stiefel und steckt sich den Tabak an. Im Garten auf der Bank unterm Kirschbaum raucht er in den bereits dämmrigen Nachmittag hinein.

Er ist zufrieden mit seiner Arbeit. Wohn- und Esszimmer hat er in einem hellen Beige gestrichen, die alte Schrankwand kam zum Sperrmüll, Britta hat sie nie gemocht, und Petersen muss zugeben, das gute Stück war in die Jahre gekommen. An der Wand gegenüber vom Kamin hängt jetzt *Nach vielen Jahren*. Wie bei Rebekka in der Galerie hat Petersen zwei Halogenspots an der Decke montiert und auf das Gemälde ausgerichtet. Das helle Ledersofa, gefällig wie eine Feder, steht davor und gibt dem Raum den Charakter von Leichtigkeit.

Petersen nimmt einen Schluck aus dem Becher. In seiner Familie ist der Samstag vor dem ersten Advent traditionell besetzt: Weihnachtsbeleuchtung montieren, Kamin anzünden, bei Wind und Wetter im Freien Würstchen grillen. Rhythmus und Inhalt des Tages als Ritual, eine verlässliche Bank, auf der er es sich über die Jahre gemütlich gemacht hatte. Heute hockt Petersen allein hier, Brittas »vorübergehend« ist noch nicht vorüber, das Grundstück fühlt sich verwaist an, da kann er machen, was er will.

Unten an der Feuerstelle greift er ein paar Scheite aus dem Vorrat, schichtet sie aufeinander, wie er es von seinem Vater gelernt hat, so dass genügend Sauerstoff an den Haufen kommt, und stopft Papier und einen Anzünder dazwischen, den er mit einem Streichholz ansteckt. Sofort züngeln die Flammen empor, vorsichtig erst, als müssten sie sich vortasten, beobachtet von Skeptikern, die ihnen die große Brunst nicht zutrauen, bis sie um sich greifen und dem Holz keine Chance mehr lassen.

Aus seinem Arbeitszimmer greift er sich die Handakte Malchow, Strafsache 22 Ks 34 Js 1213/10, geht – die Akte unterm Arm – in die Küche und schenkt sich nach. Er tritt wieder auf die Terrasse und erschrickt, Glühwein schwappt aus der Tasse.

»Hi.« Britta steht da, als sei sie eben erst fortgegangen. Eingepackt in ihre Winterjacke mit Mütze und Schal lächelt sie zaghaft und schraubt ein kleines Päckchen in die Luft. »Irre ich mich, oder hast du auch dieses Jahr die Würstchen vergessen?«

»Britta?«, sagt er, zur Frage erhoben. »Wie kommst du … ich meine …«

»Die Garage war offen. Hast du auch einen für mich?« Sie deutet auf den Becher in seiner Hand.

Hinten im Apfelbaum meckern zwei Krähen, vermutlich streiten sie über einen der letzten verdorrten Äpfel, die aus unerfindlichen Gründen noch immer an den kahlen Zweigen hängen, als wollten sie dem heranrückenden Winter zeigen, dass sie stärker sind. Er geht ins

Haus, um eine zweite Tasse zu holen, und als er zurückkommt, steht Britta noch immer an derselben Stelle. Sie setzen sich ans Feuer. Inzwischen ist es dunkel geworden, die Flammen spenden Licht und Wärme, und Petersen weiß nicht, wie er anfangen soll. Das Holzfeuer riecht vertraut.

»Möchtest du sehen, wie das Wohnzimmer geworden ist?«, fragt er nach einer Weile.

»Später«, sagt sie und nippt am Becher. »Steht dir, der Bart.« Sie lächelt.

Petersen fasst sich ans Kinn und streicht über die Stoppeln. Heute früh noch hatte er den Rasierer in der Hand. Doch sein Gegenüber im Spiegel gefiel ihm; ein bisschen wie George Clooney, obwohl der gar keinen Bart trägt.

»Wie geht es unserem Sohn?«

»Er ist mit Fatme bei ihren Eltern. Sie schächten gerade ein Schaf.« Ihre Fassade kann sie nicht lange aufrechterhalten und prustet los.

Auch Petersen muss lachen. »Das ist nicht witzig«, sagt er, und sie stoßen an.

Das Feuer ist in vollem Gange. Es knackt und zischt und lodert nur so in einem fort.

»Britta, ich …«

»Nein, Frank. Bitte lass mich zuerst …« Sie sehen einander in die Augen. »Heinz hat mich angerufen.«

Der Umstand, dass seine Frau mit einem seiner Freunde telefoniert, ist für sich betrachtet nicht besonders. Hier und jetzt jedoch werden die Worte gewogen, werden auf Kante gezogen und haben das Zeug, frisch eingesäte Pflanzen zu zertrampeln, noch bevor sie das Licht der Welt erblicken.

»Man darf dir wohl gratulieren«, sagt sie.

»Na ja«, entgegnet er, und wirft ein Holzscheit nach. Er sieht den Flammen zu. Er hat Angst, schon wieder etwas falsch zu machen. »Noch ist nichts amtlich. Karlsruhe wird sicherlich erst im Februar oder März entscheiden. Aber Heinz hat sich natürlich gefreut, als ich ihm von Margraf erzählt habe.«

Sie nippen an ihrem Glühwein und sehen ins Feuer.

»Fatmes Vater hat vielleicht einen neuen Job«, sagt Britta nach einer Weile.«

»So?«

»Das Berufsverbot läuft Ende März ab, er hat sich auf eine Oberarztstelle beworben. Sieht wohl ganz gut aus, wie er sagt.«

»Das freut mich.« Sein Magen zieht sich zusammen. BGH hin oder her, Petersen würde wieder so entscheiden. In der Sache; die persönliche Nähe wäre zu überdenken.

»Er möchte dich noch immer kennenlernen. Ich habe lange mit ihm geredet.«

»Und?« Petersen dreht sich zu seiner Frau.

»Weißt du, was er zu mir gesagt hat?«

»Nein, was?«

»Er hat gesagt, verstehen kann er es nicht. Aber akzeptieren, das geht. Du hättest deinen Job und deine Überzeugungen. So wie er.«

Petersen spürt Wärme in seinen Wangen und an der Stirn. Britta spricht leise und klar, kein Vorwurf schwingt mit, keine Belehrung. Er atmet tief ein und sieht seine Frau an. Unter der Wollmütze wirkt ihr Gesicht klein und jung. Er sieht sie, wie sie beide Studenten sind. Sie die beschwingte Lehramtsanwärterin für Kunst und Religion, mit Leinenklamotten wie das gelebte Klischee, er der Jurastudent, Jeans und weißes Hemd, der sich das Feiern verbat.

»Hast du Hunger?«, fragt er.

»Und du?«

Petersen grinst. Er holt das Dreibein aus der Ecke, stellt es über die Flammen und hakt den Grillrost ein. Britta reicht ihm das mitgebrachte Päckchen, er stutzt.

»Sucuk«, sagt sie. »Dein Sohn liebt die Dinger.«

Petersen muss schon wieder lachen. Seine Frau hat Humor. Einen Humor, den er kennt. Er hat ihn vermisst.

»Warte!«, sagt er und verschwindet ins Haus. Zurück kommt er mit einer Flasche und zwei Schnapsgläsern.

»Ich mag weder Sucuk noch Raki: der Beginn eines wunderbaren Abends!« Er schenkt ein, während Britta die Würstchenpackung aufreißt.

Die Kirchturmuhr schlägt drei Mal in die Nacht, als das Feuer runtergebrannt ist und nur noch ein Rest Glut schimmert. Das letzte Blatt der Akte Malchow, das Petersen zusammengeknüllt hineinwirft, flammt auf. Dann ist es Asche.

EPILOG

Den Februar mag er nicht. Der Februar ist der unentschlossenste Monat des Jahres, der Frühling ist zum Greifen nah, aber noch immer ziehen Kälte und Regen ein. Doch an diesem Morgen, an dem sich Petersen in seinem Büro vorbereitet auf die Verhandlung, die in einer Viertelstunde beginnt, scheint die Sonne vom blauen Himmel. Bevor er das Zimmer verlässt, öffnet er im Handy die Nachricht, die ihn gerade erreicht hat. Ein Foto, Corinna Maier lachend am Strand. Ihre länger gewordenen Haare wehen im Wind. Unter das Bild hat sie einen Text gesetzt:

Hey, Petersen,
vor Jahren sagte ein guter Freund: »Die Wahrheit der Dinge ist die Summe ihrer Unwahrheiten.« Ich habe lange gebraucht, um das zu verstehen. Aber eins ist mir klar geworden: Sie wussten es immer.
Ich bin endlich am Meer. Danke.

Mit den Fingern streift er über die Zeilen, liest sie wieder und wieder.

Dann geht er, Akte und Robe unterm Arm, und schließt die Tür hinter sich.

NACHWORT

Der vorliegende Roman ist eine weitgehend frei erdachte Geschichte. Der Autor hat sich jedoch bei zwei seiner Figuren an der Realität orientiert. So lehnt sich die Tat von Corinna Maier im Roman an die von Marianne Bachmeier an, die 1981 im Saal des Lübecker Landgerichts den mutmaßlichen Mörder ihrer Tochter erschossen hat. Die Lebenswege und -inhalte sowie die Tatmotive der beiden Frauen weichen jedoch verschiedentlich voneinander ab. Marianne Bachmeier schmuggelte am 06. März 1981 eine Pistole in den Gerichtssaal des Lübecker Landgerichts und erschoss damit am dritten Verhandlungstag den wegen Mordes an ihrer Tochter Anna angeklagten Klaus Grabowski. Sie schoss dem Mann in den Rücken und drückte acht Mal ab. Sieben der Schüsse trafen; der 35-jährige Angeklagte war sofort tot. Es handelte sich um den bis dahin spektakulärsten Fall von Selbstjustiz in der Bundesrepublik, der ein enormes Medieninteresse auslöste und in der Öffentlichkeit kontrovers diskutiert wurde. Fernsehteams aus aller Welt berichteten aus Lübeck, Passanten wurden auf der Straße nach ihrer Meinung zu der Tat befragt. Ein Teil der Bevölkerung zeigte Verständnis, andere verurteilten sie als eine Handlung, die mit den Grundsätzen des Rechtsstaats unvereinbar sei. Am 02. November 1982 klagte die Staatsanwaltschaft Lübeck Marianne Bachmeier zunächst wegen Mordes an, ließ später aber den Mordvorwurf fallen. Nach 28 Verhandlungstagen verurteilte die Schwurgerichtskammer des Landgerichts Lübeck am 02. März 1983 die Angeklagte wegen Totschlags und unerlaubten Waffenbesitzes zu sechs Jahren Haft. Sie wurde nach drei Jahren Strafvollzug vorzeitig aus dem Gefängnis entlassen.

(https://de.wikipedia.org/wiki/Marianne_Bachmeier; https://www.ndr.de/geschichte/chronologie/Marianne-Bachmeier-Selbstjustiz-einer-Mutter,mariannebachmeier101.html; https://www.sueddeutsche.de/panorama/selbstjustiz-marianne-bachmeier-die-rache-einer-mutter-1.285988)

Hierneben findet die Figur des Steve Otremba, Corinna Maiers Lebensgefährte, sein reales Vorbild im Schicksal des Schwarzafrikaners Amadeu Antonio Kiowa, eines der ersten Opfer rassistisch motivierter Gewalt in Deutschland. Kiowa wurde 1962 in Quimbele, nordöstlich der angolanischen Hauptstadt Luanda geboren. Er war der älteste Sohn und hatte elf Geschwister. Er absolvierte Ausbildungen in Brasilien, Portugal und der Sowjetunion. Am 03. August 1987 kam er mit 103 weiteren angolanischen Vertragsarbeitern in die Deutsche Demokratische Republik und hoffte auf ein Studium der Flugzeugtechnik. Stattdessen aber wurde er, wie damals viele angolanische Vertragsarbeiter, zum Fleischer ausgebildet und lebte und arbeitete fortan in Eberswalde. Hier lernte er seine Freundin kennen, die 1990 ein Kind von ihm erwartete. Am Abend des 24. November 1990 hatten sich neonazistische Skinheads aus mehreren Ortschaften in Eberswalde versammelt und sich mit etwa fünfzig weiteren Jugendlichen aus einer Diskothek zusammengetan. Ihr Vorhaben lautete: »Neger klatschen.« In der Nacht vom 24. auf den 25. November 1990 zog die Gruppe durch die Straßen Eberswaldes und traf auf Kiowa und zwei Männer aus Mosambik. Einige Mitglieder der Gruppe schlugen Kiowa brutal zusammen, einer der Täter sprang ihm, als er bereits am Boden lag, mit beiden Füßen auf den Kopf. Der 28-jährige Kiowa trug schwerste Kopfverletzungen davon und fiel in ein Koma, aus dem er nicht mehr erwachte. Elf Tage später erlag er seinen Verletzungen. Er hinterließ seine Lebensgefährtin, die zu diesem Zeitpunkt hochschwanger war. Der gemeinsame Sohn wurde am 09. Januar 1991 geboren, es war derselbe Tag, an dem Kiowas Leichnam nach Angola überführt wurde. Dort wurde er auf dem Friedhof in Luanda beigesetzt.

Der Fall selbst wurde nicht als Mord, sondern als schwere Körperverletzung mit Todesfolge eingestuft, wodurch fünf der Angreifer im September 1992 vom Bezirksgericht Frankfurt (Oder) lediglich zu maximal vierjährigen Bewährungs- und Haftstrafen – und nicht (wie bei Mord) zu lebenslänglich – verurteilt wurden. Die Entscheidung wurde überwiegend als juristisch verfehlt und gesellschaftspolitisch motiviert kritisiert.

Nach Kiowas Tod waren sein Sohn und dessen Mutter weiteren Anfeindungen in Eberswalde ausgesetzt, wobei unter anderem der Kinderwagen mit Hakenkreuzen beschmiert und später zerstört wurde. Die Mutter starb 2015. Kiowas Sohn lebt heute in Neubrandenburg. Er spielt für den SV Nordbräu 78 e.V. in der 1. Herrenmannschaft Fußball, Position rechtes Mittelfeld.
(https://de.wikipedia.org/wiki/Amadeu_Antonio_Kiowa; https://www.amadeu-antonio-stiftung.de; http://www.svnordbraeu78.de)

Der Autor, Oktober 2020

DISCLAIMER

Dieses Buch dient der Unterhaltung, aber auch der öffentlichen Kritik und der Diskussion von für die Öffentlichkeit und Gesellschaft wichtigen Themen. Tatsächlich existierende Personen und Firmen wurden weitgehend verändert und/oder frei erfunden, Geschehnisse teilweise erdacht und anderen und/oder fiktiven Personen zugeordnet. Verbleibende Übereinstimmungen mit etwaigen realen Personen wären somit rein zufällig und sind nicht gewollt, bzw. sollen nicht deren tatsächliche Handlungen und/oder Eigenschaften widerspiegeln.